講談社文庫

掟上今日子の備忘録

西尾維新

講談社

掟上《おきてがみ》今日子《きょうこ》の備忘録《びぼうろく》

第一話　初めまして、今日子さん

1

「動くな！　この中に泥棒《どろぼう》がいる！」

笑井《えみい》室長のそんな怒鳴《どな》り声が、研究室中に響いた——はにかむようなその名前に反して、重低音の声色《こわいろ》を持つ笑井室長は、

「全員、この部屋から一歩も外に出るな！」

と、更に声を大きくして、ヒステリックに叫ぶ。

警官隊でも突入して来たよう、と言うより、強盗でも押し入って来たかのような迫力で、僕は反射的に両手をあげた。床が散らかっていなければ、迷わずその場でうつ伏せに寝ころび、手を頭の後ろで組んだことだろう。新入り、かつ、気弱な僕ほど露骨《ろこつ》ではなくとも、他のみんなも反応は似たり寄ったりだった——作業中の手を止め、怪訝《けげん》そう

に笑井室長のほうを見る。
「どうしたんですか？　笑井室長」
ややあって、最初に質問したのは、彼との付き合いが一番長い――換言すれば、彼の
ドスの利《き》いた声を一番聞き慣れている百合根《ゆりね》副室長だった。もっとも、そんな百合根副
室長にして、このときの笑井室長のあまりに横暴と言える振る舞いには違和感があった
ようで、普段クールな彼女も、やや当惑しているみたいだ。
「バックアップデータがなくなってる！　誰かが盗《と》ったんだ！」
笑井室長は喚《わめ》き散《ち》らすようにそう答えた。
バックアップデータがなくなってる。
間抜けなもので、僕は咄嗟《とっさ》にはその言葉の意味を察しかねたが、さすがに百合根副室
長を含む他の三人は、即座に反応した。各々、驚いたように椅子から立ち上がる――
が、それを見咎《みとが》めて、
「動くなと言っているだろう！」
と、笑井室長は繰り返した。
「なくなったって……、よく探したんですか？」
誉田《ほんだ》さんが、渋々と言うか、不承不承《ふしょうぶしょう》とばかりに、座り直しながら言う。元々笑井室
長とは折り合いのよくない彼なのだが、それを差し引いても、いきなり仕事仲間を疑う

ような発言をした上司への反感を禁じ得ないらしい。

「バックアップって、SDカードでしょう？　うっかり机の下に落としたとか……」

言われて笑井室長は、意外と素直に、自分の足下を確認した――研究室の中は御多分《ごたぶん》に漏《も》れずごった返していて、特に各人の机の周りは混沌《こんとん》を極めているので、確かにそんな中にSDカードくらいの、薄くて小さいサイズの物体を落としてしまえば、すぐには発見できなくなるだろう。

裏を返せば、ここで素直に誉田さん――誉田英知《えいち》研究員の指摘に応じたということは、笑井室長はそれまで足下を探していなかった、探しもせずに大騒ぎを演じ始めたということである。だからここで、彼の机の下から紛失物が見つかったならば、みんな、業腹《ごうはら》ではあるものの、この件はいつもの人騒がせ、一種の笑い話で済んだかもしれなかったけれど、そうは問屋が卸さなかった。

「やっぱりない！　あるはずがないだろう、盗られたんだから！」

笑井室長は更に怒りを露《あら》わにした。無駄な手間を取らされ、激情が再燃したという風だ。

「そんな……私達の誰かが盗ったって言うんですか？　酷《ひど》い……」

悲しそうにそう言うのは岐阜部《ぎふべ》さんだった。本当に泣き出しそうである。駆け寄って彼女の肩を支えてあげたい衝動にかられたけれど、残念ながら、このあとの展開がなんとなく予想できている僕としては、どんなに哀れを誘われても、岐阜部研究員を慮《おもんぱか》ってあげる余裕はなかった。

「あ……いや、でもないんだから！　さっきまで、ここに置いてあったはずなのに！」

誉田さんとは種類を異にする岐阜部さんからの静かな非難に、一瞬ひるんだ笑井室長だったが、しかしあくまでも持論を翻《ひるがえ》すことはなかった。

机の下ではないにしても、自分の勘違いか何かだという考えは、毫《ごう》ほどもないようである——自分の雇い主のことを悪く言いたくはないけれど、特に、こんな僕を雇ってくれた笑井室長には感謝してもしきれないのだけれど、しかし、この人はこういうところがある。一旦こうと決めつけたらもう、そうとしか思えなくなるのだ。

その頑《かたく》なさはある種の天才性とも言えるし、その天才性ゆえの成果もちゃんとあげているし、そうでなければ研究室をひとつ、任されたりはしないのだろうが——振り回される周囲は大変だった。

「じゃあ、みんなで探しましょうよ、室長。それでいいでしょう？」

百合根副室長が提案した。

「何かの弾みで、どこかに転がって行ってしまったのかもしれませんし……手分けして探せば、きっと見つかりますよ」

「……わかった。だが、見つかるまで誰も、この部屋から外に出ることは許さんからな」

あたかも妥協したかのごとく、不満たらたらな風に笑井室長は頷《うなず》いた——それから一時間、僕達五人は本来の業務を離れ、研究室中を隅から隅までひっくり返して遺失物探しをする羽目になったけれど、しかし結論だけ言うと、成果はあがらなかった。期せずして、散らかっていた研究室を大掃除する形になったことが成果と言えば成果だったが、そんな成果が笑井室長の動転を落ち着かせるはずもない。

しかしこうなると、前触れもなく仲間を怒鳴り散らした笑井室長を、一概に責めることもできなくなる——実際に、研究データのバックアップが入っているSDカードは、部屋のどこにもなかったのだから。『泥棒』云々《うんぬん》の暴言はともかく、大切な記録媒体の紛失自体は間違いなく起こった出来事なのだ。本来整理整頓をもっとも苦手とする笑井室長自身も、捜索に参加していたことを思えばなおさらだ。

「で、でも、なくなったのはあくまでもバックアップですよね？　室長のパソコンの中にある元データは無事なんだったら……」

誉田さんがなだめるように言い掛けたのを、

「バックアップだろうとなんだろうと、外部に漏洩《ろうえい》したらおしまいだろうが！」

と、ぴしゃりとやっつけた。これには誉田さんもぐうの音も出ない。

そう、そこが問題だった。

なくなったSDカードに入っていたデータは、いわゆる機密に分類されるもの――らしい。新入りの僕にはよくわからないけれど、だからこそ、この笑井研究室、そして更《さら》級《しな》研究所には徹底した警備・管理態勢が敷かれているのだ。たとえバックアップといえど、『元データが残っていてよかったね』では済まされない。

「さっさと名乗り出ろ！　誰が盗ったんだ、今なら許してやるから！」

そんなことを言われて名乗り出る泥棒もいるまいが、笑井室長はそう喚いて、一番近い位置にいた僕を、じろりと強くにらみつけた。

「やめましょうよ、室長。これだけ探しても出てこないということは、確かにバックアップは紛失したようですけれど、だからって身内を疑うような真似《まね》は……」

言いながら百合根副室長が、心配そうに僕に視線を向けた。

「そうですよ、俺達はなんだかんだありながらも、ここまで一緒にやってきたじゃないですか。それを全部、台無しにするようなことを言うのはやめてください。……そりゃあ助手の彼は、まだここに来て二ヵ月目の新人ですけれども」

誉田さんも、笑井室長に反論するようなことを言いながら、最後に僕を向いた。

「とにかく、もう一度みんなで部屋の中を探しましょう。証拠もないのに人を疑うなんて、よくありません。疑わしきは罰せずですよ。いいですか、どんなに怪しくても、証拠はないんですから」

岐阜部さんが最後に、勇気を振り絞るように僕の前に立ちはだかって、上司に言い聞かせるようにした——そして僕に、「大丈夫だからね」とウインクしてきた。

要するに全員僕を見ていた。

全員僕を疑っていた。

唯一岐阜部さんだけが心なし僕を庇《かば》ってくれていたが、しかしこの状況で庇うということは、疑っているのとほぼ同義である。

「あ、あ、う——た」

声が震える。身体が震える。みんなの注目を一身に浴びて、何も言えなくなってしまいそうだった——だけどそれでも僕はなんとか、言うべきことを言えた。さながら自らの権利を行使するため、弁護士を呼ぼうとする被疑者の悲鳴のように。

「た——探偵を呼ばせてください！」

2

……推理小説ファンの間では、ジョークではなく最早常套句《もはやじょうとうく》となる言い回しに、こんなものがある——『私に殺意を持つ犯人と共に旅行するほうが、私に好意的な名探偵と旅行するよりいくらか安全だ』。

行く先々で難事件に巻き込まれ、その人生で幾多《いくた》の凶悪犯罪と遭遇することになる名探偵を揶揄《やゆ》する、まあ愛のあるエスプリなのだけれど、しかしそれでも彼らは、行く先々で巻き込まれた難事件や、遭遇する幾多の凶悪犯罪を、ちゃんと解決するだけ立派である。

想像してみて欲しい。

ただ難事件に巻き込まれ、ただ凶悪犯罪と遭遇する——ただそれだけの人物がいたとしたら、その人物こそがもっとも共に旅行したくない相手だろう。

それが僕だ。

いや、僕はそれだけじゃあない。

それだけじゃあなく僕、隠館厄介《かくしだてやくすけ》は、巻き込まれた難事件や遭遇した凶悪犯罪の原因と目されるのだ——犯人と疑われ、容疑者と怪しまれ、首謀者と考えられ、黒幕と見なされる。小学校の時分、クラスで物がなくなると、特に理由もないけれどみんなから犯人扱いされる奴《やつ》がいただろう？　彼もしくは彼女が、僕の在りし日の姿だ。彼もしくは彼女が、そのまま大人になったらどうなるのか？　その疑問に、僕は生涯をかけて答えてきた。

何の自慢にもならないけれど、僕は幼い頃から色んな種類のトラブルを経験してきた

——そのたびに、僕のせいにされ、僕が悪いことになり、みんなが僕を責め、誰もが僕を吊し上げた。

はっきりさせておくけれど、どれもこれもあらぬ疑いで、いわれのないバッシングで、身におぼえのない冤罪《えんざい》だった。もちろん僕も聖人君子じゃあるまいし、我こそは清《せい》廉潔白《れんけつぱく》な好男子だと主張するつもりはないけれども、お天道様《てんとさま》に恥じるようなことをしたことはこれまでの人生、一度もない——つもりなのだが、毎回毎回、なぜかことあるごとに、僕は疑惑の人となる。

学生時代からそうだったが、社会に出てからそれは顕著《けんちょ》だった——就職先にも困る有様で、未《いま》だに職場を転々としている。不祥事の疑いをかけられてクビになるのはまだいいほうで、社員の大半が消息不明となり、会社そのものがなくなってしまうなんて出来事もあった。当然そのときも重要参考人として、僕は取り調べを受けた。

嘘《うそ》か誠《まこと》か、その事件以来、僕は公安警察に常時その動向を監視されているという話も聞いた——何の裏も背景もない凡庸《ぼんよう》な男に血税が投入されているとしたらそんな申し訳のない話はないけれども、しかし、僕自身にはどうすることもできないのだ。

でかい身体に気弱な態度が疑いを招くのだと言われることもあるが、好きで身長百九十センチになったわけでもないし、巨体に内包されるこんな性格が好きなわけでもない。それこそ重要人物のように、僕が命を狙われていて、そのせいで事件が起きているというのならばまだしも、僕はあくまでも脇役である。

名探偵でも名犯人でも、怪盗紳士でもない。

推理小説で言うなら、登場人物表にも名前が載らない、たまたま現場に居合わせたバイプレイヤーだ。僕なんかを疑い始めていたら時間の無駄だし、仮にそんな僕が犯人だったら、作者はアンフェアの誹《そし》りを免《まぬか》れまい。

だけどそんな『たまたま』も、十万回続けば、誰だってこいつはやばいと思う——正直僕だって思う（ちなみに十万回という数字はさほど大袈裟《おおげさ》な誇張ではない）。よって、ますます僕は有事の際に疑われやすい男となり、だから更に人の目を気にして、僕の態度はより一層おどおどしたものとなる——もっと疑われる。

悪循環だ。

そういう星の下に生まれたのだと諦めるしかないのだけれど、しかし人と人とのつながりが一番大切で、信じ合うことに何より重きが置かれる現代社会で生きるには、これはあまりにつらい宿命だった。

とは言え人生なので、生きないわけにもいかない——健康で文化的な最低限度の生活を維持するため、僕は僕を守らなければならない。

そこで僕が身につけた自衛策が、探偵の雇用である。

名探偵とのホットライン。何かあったときに頼れる探偵達の連絡先が、僕の携帯電話にはぎっしり詰まっている——小説やテレビのようには、なかなか謎に出会えない彼らに、僕が惜しみなく未解決事件を提供するのだ。

いわば需要と供給である。

僕は彼らの常連であり、上客であり、お得意様なのだ——これもまた掛け値なく、何の自慢にもならないが。

今回見舞われた、笑井研究室バックアップデータ紛失事件に関して、我が身にかけられた疑いを晴らしてくれる名探偵に、僕は、置手紙《おきてがみ》探偵事務所所長・掟上《おきてがみ》今日子《きょうこ》さんを選んだ。

今日子さんは僕が知る名探偵の中で、もっとも優秀な名探偵——ではないし、もっとも有名な名探偵——でもない。事件解決率百パーセントの名探偵でもなければ、大組織に属する名探偵でもない（置手紙探偵事務所は個人事務所だ）。誤解を恐れずに言えば非常に癖《くせ》のある女性だし、決して付き合いやすい人ではない。にもかかわらず、諸々《もろもろ》の条件を考えると、やはり今回は今日子さんしか、頼るべき相手はいなかった。

なぜならば彼女は僕の知る限り、『最速』の名探偵だからだ——だが、その『最速』さえ、探偵としての彼女を表すキャッチフレーズではない。

掟上今日子。

彼女の標語は——『忘却』である。

3

「えーと、ごめんください。笑井航路《こうろ》さんの研究室は、こちらでよろしかったでしょうか？」

ノックの音に続いて、そんなおずおずとした声が聞こえた――百合根副室長がドアのロックを解除すると、部屋の中に這入《はい》って来たのが今日子さんである。

小柄で地味な服装、それにそろえた髪は総白髪なので、遠目にはまるで老婆が登場したかのようだったが、今日子さんは僕と同い年の二十五歳だ。近くで見れば、今日子さんの瑞々《みずみず》しい若さは、すぐにそれとわかる。

探偵事務所の所長、いわば一国一城の主である彼女と、常に就職先に困っている、このままだと間違いなくこの更級研究所もクビになるであろう僕との共通点など、言ってしまえばその年齢くらいなのだが――ともかく僕は駆け寄って、

「今日子さん！」

と、呼びかけた。

「来てくださってありがとうございます、助かりました！　お久し振りです、お元気そうで何より！　こんな状況で言うようなことではありませんが、またお会いできて嬉《うれ》し

いです！　こんな状況じゃなければ、もっと嬉しいんですが……」

　感極まって手を取ろうとしたけれど、今日子さんはすっとその手を引いて、

「初めまして。あのう、どちら様ですか？」

　と言った。

　ドアを再びロックしていた百合根副室長は、そんな今日子さんのリアクションを不思議そうに見る――そりゃあそうだろう、僕が鳴り物入りで助けを求めた名探偵が、こともあろうか僕を初対面扱いしているのだから。

　しかしこれは僕が悪かった。咳払《せきばら》いをして、

「ぼ、僕が依頼人の隠館です。隠館厄介。今日子さんには、これまで何度もお世話になっています」

　と、身の上を明かした。

　口だけではなく、免許証を取り出して呈示する――パフォーマンスじみていてやり過ぎかもしれないが、今は時間が惜しい。

　今日子さんは免許証の記載内容と僕を見比べ、「そうでしたか」と、特に感慨なさそうに言う――僕にとっては、『久し振りの再会』でも、忘却探偵の彼女にとってはこれが『初対面』なのだから、感慨を要求するほうが間違っているのだが。

「では、改めまして。置手紙探偵事務所所長・掟上今日子です。今回は……『今回も』

ですか？　承《うけたまわ》らせていただきます、隠館さん」

そう言って今日子さんは僕に名刺を手渡した。彼女からもらう名刺も、もうこれで何枚目になるかわからない。

それから彼女は部屋の中をあちこち移動し、笑井室長、百合根副室長、誉田研究員、岐阜部研究員の順番に、「掟上今日子です」「掟上今日子です」と、挨拶して回った——彼らとは完全に初対面なのに、しっかり職階が上の者から名刺交換しているのはさすがだ。誉田さんと岐阜部さんは階級こそ同じだが、誉田さんのほうが一年年次が上——しかし年齢は同じだし、言葉も交わさずにわかるものではないと思うのだが。

全員に挨拶回りを終え、今日子さんは僕のところに帰ってきて、

「事件のあらましは既に聞いております。この部屋で行われていた研究の、バックアップデータが入ったSDカードを見つければよろしいんですね？　つまり、遺失物の捜索ということで」

と、笑井室長に向けて穏やかに言った。

紛失の発覚から二時間ほど経過して、ようやく多少の落ち着きを取り戻した笑井室長だったが、未だ『泥棒』説から脱してはいないらしく、

「それだけじゃない。盗んだ犯人を特定してくれ」

と返した。

「はあ。しかし、そこはあまり重要ではないのでは？」

とぼけた調子で言う今日子さん。相変わらずのようだ――いや、この人が相変わらずでないことなんて、ないのだ。たとえ性格が変わっても、それはすぐ元に戻ってしまうのだから。

「大切なのは、データの流出を防ぐことであって……」

「馬鹿を言うな！　この先、裏切り者と仕事ができるわけないだろう！」

室長の怒鳴り声に、僕は身をすくめた――が、今日子さんは澄ましたものである。精々肩をすくめる程度だ。この人に威嚇《いかく》や脅《おど》しは通じない。それは忘れもしない『抜錨《ばつびょう》事件』の際、本物の機関銃を突きつけられても眉《まゆ》一つ動かさなかったことからもわかる――もっとも、彼女はもうそれを忘れているけれど。

「承知しました。しかし、元々私が隠館さんから受けた依頼は、彼にかけられた疑いを晴らして欲しいというものです――もしも隠館さんが犯人だった場合は、依頼人の利益に反することになります」

なんてことを言うんだ、今日子さん。

と思うが、思うだけだ。

もちろんすべてを疑ってかからねばならない探偵という職業上、その表明は当然だった――いいだろう、僕だけを疑う人よりは、全員を疑う人のほうが、まだマシだ。

「……要は、隠館くんが犯人だった場合、ただ働きになっちゃうってこと？　だったら、その場合は研究所から謝礼が支払われることになると思うわ」

百合根副室長が慎重そうに言った。まっとうな人生を歩んでここまで来たであろう彼女には、探偵なんて肩書きは胡散臭《うさんくさ》い職業にしか思えないのだろう。

「それではフェアとは言えませんね。犯人がいた場合、つまりバックアップデータの紛失がこの中のどなたかの悪意による犯行だった場合の支払いは、例外なく研究所が持つというのはいかがでしょうか」

今日子さんがあくまでも穏やかに言うのでそんな風には聞こえないけれど、結構シビアなお金の話をしている——この辺りは個人経営の職業探偵だけあって、さすがにしっかりしている。

密室に閉じ込められて、前金が払えるような状況でもないし、彼女にしてみれば、僕のような若造よりも研究所を相手にしたほうが、取りっぱぐれがないのだろう。

百合根副室長は笑井室長を窺《うかが》った。笑井室長は渋い顔をして、

「わかった」

と頷いた。

「だが、もしも解決できなかった場合は……」

「その場合はロハで結構です。うちはそういうシステムでやらせていただいております

ので」

出来高払いですよ、と。

微笑《ほほえ》んで、今日子さんは答えた。その笑顔に僕は安心感に包まれる——もちろん、まだ何も解決していないので、安心するのは気が早い。今日子さんだって、別にすべての事件を解決してきた万能の探偵というわけではないのだ。

「それより……本当に大丈夫なのかよ？」

そう今日子さんに、やや荒っぽく問いかけたのは、誉田さんだ。今日子さんがどうというより、彼の場合は既に二時間以上この部屋に閉じ込められ、苛々《いらいら》しているのだろう——条件はみんな同じだけれど、誉田さんは笑井室長の次に短気だ。そして彼としては、やはり不仲である笑井室長の不注意による紛失という説を、一番強く推している——ゆえにこの状況を相当理不尽に感じているはずだ。

「部外者のあんたを招いたのは、隠館くんがあんたなら大丈夫だと太鼓判《たいこばん》を押したからなんだが……、俺は今でも、機密事項だらけのこの部屋を、探偵にいじって欲しくはないんだ」

「ご心配なく。私はこの通り、スマホもデジカメも持ってきておりませんし」

両手を広げてそう言う今日子さん。

研究所の入口で、身体検査は既に受けてきたらしい。

「それに——今日見聞きしたことは、明日には全部、忘れちゃいますから」

4

どんな事件でも一日で解決する。

それが置手紙探偵事務所の看板であり、僕も最初、あの面妖《めんよう》な『多体問題事件』に巻き込まれた際、その魅惑的な言葉に惹《ひ》かれて飛びついたのだが、しかしそれは『最速の探偵』としての売り文句ではなく、『忘却探偵』としての注意書きだったことを、すぐに知ることになった。

名探偵・掟上今日子。

彼女の記憶は一日ごとにリセットされる。

医学用語で言えば前向性健忘の一種となるのだろうが、ともかく、どんな調査をしても、どんな聴取をしても、彼女はそれを寝て起きたら忘却してしまうのだ。

誰が相手だろうと、どんな出来事だろうと。

初対面と初体験を無数に繰り返すことになる。

長期にわたる事件を担当できないという意味では、探偵として致命的な特性だが、しかしひっくり返せばそれは、あらゆる機密事項に平気で踏み込めるという、他のどんな探偵も持たない圧倒的な特性でもある。

何せ忘れてしまうのだ。

これ以上確実に、探偵としての職業倫理、即ち守秘義務を保持する方法はなかろう――なので彼女の事務所には、人には言えない悩み、絶対に露見してはならない事情を抱えた依頼人が殺到する。

基本的に一日以内で解決できない事件は受けないし、またその性質上、予約を一切受けつけない仕事のやりかたは、業界内でも賛否があるけれど、そんなシステムのお陰で今日のように、突発的に助けを求めても応じてくれたりもするわけだから、僕にとっては間違いなく五指に入る名探偵である。

情報流出を危惧《きぐ》し、また外部に不祥事が漏れるのを恐れ、最初は探偵を呼ぶことを渋った笑井室長だったが、僕はその恐れはまったくないということを力強く主張したのだった――嘘だ、本当はしどろもどろになりながらだったけれど。

今日子さんはその辺りを流暢《りゅうちょう》に説明した。

「調査にあたり、皆さんからおひとりずつ順番にお話を聞くことになるとは思いますけれど、ご心配なく。何を話されても、何を見ても、私はそれを、寝て起きたら忘れています。いただいた名刺も、支払いが確認できましたらお返しします。皆さんと私が出会った事実は、明日には消えてなくなります――少なくとも、私の中では」

「…………」

にこにこしながらそんなことを語る今日子さんを、岐阜部さんは不気味そうに見る——それは正常な反応だろう。どういう状況であれ、あなたのことを明日には忘れると言われて、気分のいい人間はいない——しかも今日子さんの場合、それはただの事実なのだ。

僕だってそう。

会うたびに『初めまして』と言われるのは正直、つらい——相手が今日子さんのような素敵な女性となれば尚更《なおさら》だ。

笑井室長は腕組みをして、

「わかった。掟上さん、犯人探しはあなたに一任しよう。好きに話を聞いてくれて構わない——だが、それでも素人《しろうと》に迂闊《うかつ》に触ってもらっちゃあ困るものも、部屋の中にはある。何かに触るときには、必ず誰かの了解を取ってくれ」

と言った。

「承知しました。ふむ……では時間もありませんし、早速始めましょうか。どこか一人ずつお話を伺える場所を貸していただけませんか？　小さな個室みたいな部屋がいいのですが」

「個室？　それは許可できない。犯人を部屋から出すわけにはいかない。犯人をこの部屋から外に出せば、データを流される恐れがある。この部屋はネットからも携帯電波からも遮断されているが、研究所の中にはそうではない場所もある」

「しかしそれは現実的ではありません。絶食状態に追い込んでお手洗いも行かせないというのは、監禁に値します。そのような状況での取り調べには証拠能力は皆無です。殴って聞き出しているようなものですから」

笑井室長は譲らなかったが、今日子さんも譲らなかった。贔屓目《ひいきめ》ではあるが、笑顔で譲らない今日子さんのほうが、僕には優勢に見える。

「私が責任を持って、聴取相手がおかしな行動が取れないように注視しますし、部屋から出る際にボディチェックをさせてもらえれば、問題ないでしょう」

「……いいだろう、許可しよう」

ややあって、笑井室長はそう言った。

ここで彼が今日子さんの提案に乗ったのは、たぶんできるものなら最初にしたかった身体検査を、する口実を得たからだろう。これまで、部屋にいる五人中二人が女性という状況下では、ボディチェックなんてできるわけもなかったが、第三者の、しかも女性である今日子さんがすると言うのであれば格好だ。

人を無闇に疑うべきではないということは、数々の疑惑を受けてきた僕が一番痛感していることだけれど、部屋を一通り探しても見つからなかった以上、ものは所詮薄くて小さいSDカードの一枚である、誰かが身につけている可能性は、決して低くないのだから。

「小会議室をひとつ、自由に使えるよう手配する――が、掟上さん。たとえボディチェックでシロだったとしても、聴取の際には対象から一時も目を離さないと約束してもらうぞ」

「お任せください」

今日子さんは笑顔で頷いた。

そして言った。

「ゆめゆめ忘れません。大丈夫です、私、記憶力はいいほうなんです――一日以内でしたら」

5

かくして今日子さんの探偵活動は開始された――開始時刻は午後四時。どんな事件も一日で解決する、と言っても、それは厳密に二十四時間という意味ではなく、『今日子さんが眠るまで』という意味だ。

僕の知る限り、今日子さんは朝六時に起きて夜十一時に寝るという極めて健康的な生活習慣の持ち主だ——それを含めて考えれば、今回の調査にあてられる時間は、最大でも十二時間と言ったところか。

なくしたSDカードを一枚探すだけ、と言えばいかにも簡単そうな、『日常の謎』とも言うべき小さな事件にも思えるが、その中に入っているデータは膨大で、しかも冗談みたいに高い価値を持つ。とても日常的とは言えない。責任問題に発展すれば、僕どころか笑井室長の首も飛ぶだろうし、最悪、更級研究所の存亡にも関わってくる。それを思えば本来、笑井室長がどれほど喚こうと、一日での解決を期待するような事件ではないのだ——じっくりと慎重に、手順を踏んで、SDカードの行方を調べるべきなのだ。

だけれど、証拠もないのに新入りというだけで（あとは振る舞いが挙動不審というだけで）疑いをかけられた僕としては、そんなことは言っていられなかった——自らの潔白を証明するため、全力を尽くさねばならない。

それが人任せというのも悲しいけれど。

僕にもし探偵としての器量があったら……なんて夢を見ないわけでもないのだが、生憎《あいにく》、僕は自分というものを知っていた。自分がただの脇役に過ぎないと知っていた。特に、今日子さんのような才能を間近で見せつけられれば、尚更である——一日分しか己の記憶を保持できないという、日常生活を送る上では困難を極める宿命を与えられながら、一廉《ひとかど》の探偵として名をなしている彼女のような人間こそを、人は、主役と呼ぶのだ。

「では、最後はあなたです。隠館さん。よろしくお願いします、こちらへ」

四番目に聴取を受けた百合根副室長と一緒に研究室に戻ってきた今日子さんは、そう言って僕を手招きした——ここまで、笑井室長、岐阜部さん、誉田さん、百合根副室長の順番で、今日子さんは話を聞いている。

この順番にどういう意味があるのかはわからない——これは職階順でも、年齢順でもないようで、あるいは意味はないのかもしれない。ただし、僕を一番最後に回したのは、明らかに意図的なものだろう。

ともかく廊下に出て行こうとした僕だったが、

「待てよ」

と、誉田さんが引き留めた。

「隠館くんのボディチェックを、掟上さんに任せるのはまずくないか？　雇用関係にあるんだから」

八つ当たりにも似た因縁《いんねん》のような物言いだったが、なるほど、筋は通っていた。証拠がない以上、分別のある大人として、彼も本気で僕を疑っているわけではないだろうが、どうしても疑わしいという気持ちを払拭《ふっしょく》できないらしい。

抵抗するのも時間の無駄なので、「わかりました。じゃあ、僕へのボディチェックは、全員でしてくれて結構ですよ」と、投げやりに答えた——ここですねたような態度を取ってしまうことが、また僕への疑惑を加速させてしまうこともわかっているのだが。

女性陣二人は辞退したけれど、誉田さんと、それと光栄なことに笑井室長が自ら、僕の身体をまさぐった——結果はシロ。

そりゃそうなのだが、安心して廊下に出ようとした僕を、

「あのう、私のチェックがまだ済んでいません」

と、今日子さんが通せんぼした。

きっちりした人だ……。

彼女にとっては初対面である僕を、信じてくれと言うのも無茶な話なので、素直に応じた——笑井室長や誉田さんと違い、肯綮《こうけい》にあたる手際《てぎわ》のよい身体検査だった。

「はい、問題ありませんね。ではこちらへ」

と、今日子さんは僕を小会議室に案内した。僕は笑井研究室のあるフロア以外にはほとんど足を伸ばしていないので、その小会議室に這入るのも初めてのことだった。そこは小会議室というより、まさしく取調室のような有様だった（『本物』には何度も這入ったことがある）——こんな狭い部屋で今日子さんと二人きりというのは、少しどきどきした。

　ただ、それはこちらの一方的な気持ちであって、相手からすれば初対面の、得体の知れない挙動不審な巨漢と、狭い部屋で二人きりというのは、あまり嬉しくない環境なんじゃないかと思われた。が、今日子さんはそんな様子はまったく見せない。澄ましたものである。

「隠館厄介さん。あなたからは電話を受けた際に、既にお話を聞かせてもらっていますが、改めていくつか確認させてください」

　今日子さんは早速本題に入った――彼女にとって時間は、僕達の何万倍も貴重なものなのだ。僕達の一生が、彼女にとっての一日であると言って、決して大仰《おおぎょう》ではない。

「隠館さんは私と以前に、幾度か面識があるということですが、そのことはこの場では意識しないでくださいね。もしも思い出話があっても、できるだけ控えてください――あなたが知っている私のエピソードを、私が知ってはならないんです」

　距離を置くようなそんな発言が少し悲しいが、これは仕方ないことなのだと言い聞かせる。だからこその忘却探偵・掟上今日子なのだ。

「隠館さんはいつから、この更級研究所で働いてらっしゃるのですか？」

「二ヵ月くらい前からです……助手として雇われました。助手と言っても、僕は専門的なことは何もわからなくて、資料の整理とか、お茶汲《く》みとかゴミ出しとか、任されるのはそんな雑用じみた仕事ばっかりだったんですけれど……」

喋《しゃべ》っているうちについつい言い訳っぽくなってしまうのは、僕の悪癖だ。これまでの人生あまりに多方面から疑われ過ぎていて、ついつい、言い訳がましくなってしまう。ただ、今こうして落ち着きを失っているのは、疑いを向けられているからではなく、今日子さんにじっと見つめられているからかもしれない。

「と、とにかく、何もわからない奴だから、雇ってもらえたというか……、頭のいい研究員の人に、俗務をやらせるわけにもいかないんでしょうね」

「なるほど。明日には全部を忘れる私が信任を得て、調査を行わせてもらえるのと、そこは同じですね」

卑屈な言いかたになってしまったかと心配したけれど、今日子さんはそんな風に同意を示してくれた。

ほのかに嬉しく、少しだけ気が楽になった。

僕と今日子さんを並べて語るのは実際には無理があるだろうけれど、しかし、雇われる決め手となる理由は、この場合確かに少しだけ似ているのかもしれなかった。

「前の仕事をクビになって、就職先に困っているところを、顔の広い知り合いが笑井室長を紹介してくれまして……、ここでならうまくやっていけそうだと思っていたんですけれど」

いや、どうだろう。

いつかこうなると思っていたかもしれない、今まで通りに——思ったよりもはるかに、あまりにも早かったのは事実だが。

「では、そんな隠館さんにこそ、お伺いしたいですね。いえ、これまでの四人からもお話は十分聞かせてもらったんですけれど、なにぶん専門職のかたの言うことは、部外者にはわかりにくいことも多くて……」

今日子さんはメモを取らない。録音もしないし、ラップトップで調査記録を整理したりもしない——すべて頭の中にインプットする。そうでないと、事件が終わってもリセットできないからだろうが、たとえほんの一日分でも、口頭での聴取内容を五人分、完全に漏れなく覚えるというのは、やはり驚異の記憶力である。

それを明日には全部忘却するというのだから、まったくちぐはぐだ。

「そもそもこの更級研究所は、何を研究しているんですか？」

「色々、らしいですよ……映像関係、視覚関係の研究が多いらしいです。なにぶん縦割りなので、他の部署がどういうことを研究しているのかは寡聞《かぶん》にして知りませんけれど、笑井研究室が担当しているのは、主に立体視らしいです」

らしい、が多過ぎて我ながらまるであてにならない証言だったが、今日子さんは頷きながら、

「立体視、ですか」

と僕の言葉を繰り返す。

「はい。平たく言うと3D技術です……えーっと、映画とかで、あるじゃないですか？」

「ああ。あの眼鏡をかける……」

言いながら今日子さんは、自分のかけている丸眼鏡に触れる。

「眼鏡オン眼鏡になるので、私はあまり見ませんけれど」

見たとしても忘れているのだ。

「笑井室長がしている研究は、眼鏡をかけなくとも、誰にでも、どの席からでも3D映像を見ることを可能にするための研究なんですよ。まあ、立体映像にも、ホログラムとか、色々あるみたいなんですが……今だと、3D映画を作ろうと思えば、特別なカメラで撮影したり、結構それだけで予算を喰《く》われるところがあるけれど、笑井室長の提唱する新しい技術を使えば、それを十分の一以下に抑えることができるとか……」

全部受け売りだし、しかも僕なりの理解なので、この説明がどこまで正確かはわからないけれど、今日子さんは納得したように「なるほどお」と言った。

「3D映画を見るにあたって、あの変な眼鏡をかけなくてもいいというのは、素晴らしいです」

「…………」

変な眼鏡というのは、どういうものをさしているのだろう——まさかとは思うが、赤と青のセロファンの奴だろうか？

今日子さんの記憶が、睡眠のたびに一体どこまで『リセット』されているのかは定かではない——失われる記憶は、一日につき一日分。そう言えば大した量には思えないけれど、それが一年続けば、即《すなわ》ち一年分の記憶を失うということだ。

僕が今日子さんと初めて会ったのは二年前のことだけれど、彼女はその時点で既に、長らく記憶を積み重ねていなかった。時が経てば経つほど、時の流れから取り残されていく彼女が、こういった最新鋭の研究施設の業務内容を十全に理解できないのは、致し方のないところである。

機密保持とスピードというふたつの条件を満たす名探偵として、今回僕が頼るべきは今日子さんしかいなかったけれど、今日子さんからすれば、不向きな仕事を頼まれたと思っているかもしれない——そこを僕がフォローできればよかったのだけれど、しかし、僕はワトソン役でさえないのである。

「……だけど、笑井室長独自の研究技術であるのなら、その立体視のデータが外部に流出しても、そこまで困らないのではありませんか？　知られても、他の人には再現できないのでは」

「そうでもありません。百合根副室長の言葉を借りれば、笑井室長の研究の肝は、発想の転換にあるのだそうですから。既に完成されている技術の意外な組み合わせが新機軸ってことで……、そのやりかたが一旦外に出てしまえば、あっという間に先んじられるとか」

雑用とはいえ、僕なんかを雇っていることからもわかるよう、更級研究所は決して大きな機関ではない――大企業にパワーゲームで対抗されれば、土台、敵《かな》いっこないのだ。知恵を絞って、秘密裏にことを進め、盲点をつく戦法を取るしかなく、だからこそ情報は命なのである。

「なるほど。それで、少なく見積もっても数億円規模の損失ですか……ああ、この金額は誉田さんが仰《おつしや》っていたんですけれど」

「お金の問題でもなく、これまでの研究が全部ぱあになることを、みんな恐れているみたいです……」

その恐怖は、新入りで、しかも専門職ではない僕にはわからないものだ。だからと言って、いわれもなく疑われる僕の恐怖も、彼らにわかるものではないだろうが。

「……基本的な調査方針としては、今のところ不注意による単純な紛失事件としてとらえるのが正当なようにも思えますが、そんな大切なデータを、笑井さんがなくすはずがないと感じるのも事実です。これは全員に訊《き》いていることなんですけれど」

定型句のようなその前置きからして、アリバイに関する質問かと思ったけれど、そんなものではなかった。

「ＳＤカードを盗んだ犯人がいるとすれば、誰だと思いますか？」

ストレート、というか、相当に立ち入った質問である――今日子さんはこんなことを、全員に訊いたのか？　ならばたぶんみんなは、隠館助手だと答えたのだろうけれど……。

「わかりません。誰にもそんな動機はないと思います……」

僕は正直に答えた。ここでぱっと冴《さ》えた答を返せるようだったら、探偵役をやっている。

「研究室が閉鎖されることになったら、みんな職を失うことになりますから」

「でも、たとえば件《くだん》のデータを持ち込めば、他の研究機関に雇ってもらえるのでは？」

「狭い業界ですから、そんなことをすれば、すぐにバレてしまうでしょうし……」

もちろん、するならばバレないようにするだろうが、それにしたってリスクが高過ぎる気がする。利益を得るための行動としては、やや行き過ぎだ。

「そうですね。ならば笑井さんに恨みを持つ者の犯行、と考えるのはいかがでしょう。利益度外視の、単なる嫌がらせ」

「………………」

研究データを隠して、室長があたふたするところを見たかった、と？　それは悪戯《いたずら》として悪趣味過ぎるけれど……。

「データの価値を考えると、当然、悪戯では済まないでしょうね。悪趣味でも済まされません。十分に刑事事件です」

きっぱりと今日子さんは言う。こういう倫理観ははっきりしている——彼女は犯罪者を芸術家として称賛するタイプの探偵ではない。

「ただ、そう考えると納得できるところもあります。部屋から持ち出すつもりはなく、ただ部屋のどこかに隠した……あるいは粉々に砕いて処分した。この場合、流出の心配はしなくていいわけですけれど」

「確かに笑井室長は、振る舞いが横暴と言うか……、あまり人当たりがいいとは言えませんが、そこまで悪意のある嫌がらせを受けるほど、嫌われてはいなかったと思います」

泥棒呼ばわりに、そりゃあみんな気分を害しただろうけれども、あれが天才ゆえの振る舞いであることを、みんな承知している——本気で腹を立てるほどではない、『いつものこと』だ。

「ですね、皆さんそうおっしゃいます」

あっさりと今日子さんは自説を撤回した。

「もしもデータの本体が盗まれた、破損されたというのであれば、笑井さんの研究を妨害するためという意味もあるでしょうが、なくなったSDカードはあくまでバックアップですからね。笑井さんは、その可能性を捨てていないようでしたけれども。ご自身の人望のなさは把握してらっしゃるようで……では、質問を変えます。一番、犯人じゃなさそうな人は誰ですか？」

これもまた今日子さん独特の質問だ。

僕は思いついたままに答える。

「僕は僕が犯人じゃないことを知ってますが、それを除いて考えたら……、笑井室長はまず違いますよね。被害者本人なんですから。彼と一番付き合いの長い百合根副室長が、次に怪しくないです。要職にある連帯責任者として、被《こう》る《む》ダメージは、似たり寄ったりでしょうし。誉田さんと岐阜部さんは……」

と、ここで言葉に詰まる。

三番目に怪しくない人を決めてしまえば、同時に四番目に怪しくない人、つまり一番怪しい人を決めてしまうことになる――確たる証拠もなく、だ。それは僕がされてきて、一番つらかったことだ――そんなことを他の誰かにするわけにはいかない。

僕が黙ったのを受けて今日子さんは、

「隠館さんは、優しい人なんですね」

と言った。

今日子さんのような人にそう言ってもらえたのは嬉しかったけれど、前にそう言ってもらったときと同じように、明日になったら今日、僕という男をそう評価したことを彼女は忘れてしまうのだと思うと、やはり寂しくもあった。

僕はそんな気持ちを振り払うように、

「誉田さんと岐阜部さんは、ライバル関係にあります。同い年だから、互いに意識しているところがあるんだと思います。二人で競争している感じです。先輩なのは誉田さんですけれど、百合根副室長は、岐阜部さんのほうを評価しているみたいで……その辺の食い違いが、競争を加速させているみたいです。いい関係とも言えますが、でも、ちょっと見ていてはらはらします」

と、あまり関連のなさそうな情報に、強引に話をつないだ。

「参考になりました。ありがとうございます。ふむ……では、皆さんから話を伺うのはこれくらいにして、本格的な室内の捜索を始めさせていただきましょうか」

そこで今日子さんは腕時計を見た。

そのアナログ時計の針は、午後六時を示している。つまりタイムリミットまで――

「午後九時には帰らせていただきたいので、あと三時間ですね」

そう言った。

僕の見込みは甘く、どうやら今日子さんは、今日も予定通りの時間に就寝するつもりらしかった――どこまで本気なのか、微笑んで彼女は言う。

「夜更かしは美容の大敵ですから」

6

研究室のメンバーで行った一回目の捜索の結果、部屋はそれなりに整頓された状態になったが、それはあくまでそれ以前の、カオスだった室内を知っている者の感想であり、客観的にはまだまだ研究室の中は雑然としていた。

こんな中から一枚のSDカードを見つけるというのは、素人目にも至難の業に思えたけれど、しかし今日子さんは、

「物を隠すときには、人はついつい見つけやすい場所に隠しちゃうんですよね」

と、ツボを押さえた要領のいい捜索活動を行った——僕達が入念に調べたような場所をスルーして、逆に僕達が思いも寄らなかった場所、たとえばラックに並べられた専門書のページの間とか、パソコンのキーボードの下とか、そんな場所を調べるのだった。

さすがプロだと、この辺はみんな素直に感心していたようだが、しかし裏を返せば、僕達の探しかたが遺失物の捜索だったのだとすれば、今日子さんの探しかたは、意図的に隠された物を探す、宝探しのやりかただった。

どうやら全員から話を聞き終えて今日子さんは、不注意による紛失ではなく、誰かが

悪意を持って隠したという可能性に重きを置いたようだった――あるいはその可能性を、てっとり早く先に消してしまおうとしているのかもしれないけれど。

でも、これだけ探して、入念なボディチェックまでして出てこないと言うのは、確かにやや異常である――今日子さんが探している間、手伝うわけにもいかない研究室のメンバー五人は相当気まずかった。

そう、今日子さんとの話の中では出なかったけれど、笑井室長自身の狂言という可能性だって、決してないではないのだ。

研究が行き詰まって投げ出したくなったとか、他の場所で他のときに不注意でなくしたデータを、ここで今日なくしたことにして、責任逃れ、責任分散をしようとしているとか……この場合、研究室をどんなに探しても、SDカードが出てくることはないわけだが。

無能な僕だって悪魔の証明くらいは知っている――『ある』ことを証明するのは簡単だが、『ない』ことを証明するのは難しい。この部屋からSDカードが見つからなかったからと言って、それはこの部屋にSDカードがない証明にはならないのだ。

「笑井さんが使ってらっしゃるSDカードが、それ一枚ということはないですよね？他のカードと紛れちゃった、あるいは取り違えちゃったって可能性はないんですか？」

キャビネットの引き出しを取り外し、引き出しの中ではなくその奥を探しながら、今日子さんは誰にともなく、そんなことを訊いた。

「それくらいはもう確認した。そんな初歩的な取り違えはしない」

憮然《ぶぜん》として笑井室長は答えた。

彼としては、自分の領地とも言える研究室の中を、部外者に調べ回られているこの状況は、やはり嬉しいものではないらしい。

「そうですか。では念のため、他の皆さんも、お使いのSDカードを全部、調べてみてください。研究データそのものとなると、私が触れるわけにもいかないので」

確かにSDカードなんて、消耗品としてまとめて大量に購入するものなので、外見から区別はつかない。ラベルを貼ったり、ケースに記号を書いたりするけれど、そんなのはその気になったらいくらでも偽造できるだろう。

それも盲点と言えば盲点である。

「え、で、でも……もしも手持ちのSDカードの中にバックアップデータが紛れ込んでいたら、その人が犯人ってことですか？」

岐阜部さんが不安そうに訊いた。

「いえ、そうとは限りません。ただ犯人が、一時的な避難場所として紛れ込ませただけかも。木を隠すなら森の中という奴ですね」

SDカードを隠すならSDカードの中？

そうかもしれない。主要な研究のバックアップデータが入っているというのならまだしも、そうではない記憶媒体の扱いなんて、こういう職場ではついつい消耗品として、適当になりがちだ。

そこに紛れ込ませるというのは、なるほどいい隠しかたである——僕はこの研究室でパソコンを貸与されていないから、当然手持ちのSDカードなんてなかったので、みんなのコーヒーのお代わりでも淹《い》れるくらいしかすることがなかったけれど、各人、今日子さんの指示に従って動き始める。

もちろん、本人が本人のSDカードをチェックするのでは意味がないので、一人のSDカードを残る三人が一緒にチェックするという形だ。

大胆な隠し場所。

いかにも探偵風の視点というか、もしも僕が犯人だったら、『そうしておけばよかった』と思うようなアイディアだったが、しかし結論から言うと、提出された全員分のSDカードをすべてチェックしても、バックアップデータは見つからなかった。

ファイル名を変えているだけかもしれない、という誉田さんの指摘を受け、内部データをひとつひとつわざわざ開いてチェックしたけれど、全部シロだった——手間をかけた割に得るものがなかった。

「パッキングされている新品のSDカードまでは、調べなくていいのよね？」

いささかの皮肉も込めた口調で百合根副室長がそう言うと、今日子さんは別に気落ちした風もなく、

「はい、いいと思います」

と応じた。

堂々としたもので、悪く言えばふてぶてしい。人によっては不遜《ふそん》とも取るだろう、揺るぎない態度である——まあ、誰のことも明日には忘れてしまう今日子さんにとっては、人に嫌われることなどあまり怖くないのかもしれない。

「ちょうどこちらも終わりました」

「え。と、言うことは……」

笑井室長は身を乗り出したが、

「一通り見させてもらいましたが、お探しのSDカードは見つかりませんでした」

と、今日子さんは報告した。

この時点で午後七時。

今日子さんの考えるタイムリミットまでは、あと二時間と迫っていた——夜更かしは美容の大敵と言いつつ、かつて『連凧殺人事件《れんだこ》』の際には三徹までしてみせた彼女だ。あれはあくまで例外だとしても、このまま事件が難航すれば、明日の朝くらいまでは起きていてくれるものだと信じたいが……。

「おいおい、なんだったんだよ、この時間は。この茶番は。あんた本当に有名な探偵さんなのか？」

と、誉田さんが絡むように今日子さんに詰め寄るが、彼女はすいっとそれを躱《かわ》して、つまりただ無視をして、僕のほうへと近寄ってきた。

もちろん、僕に守ってもらおうと思ったわけではないようで、「隠館さん、ちょっとミーティング、よろしいですか？」と、僕を廊下へと誘った。

7

「バックアップデータがある場所はおおよそ推理できました。しかし犯人の論理的な特定は、今のところ不可能です」

笑井室長と誉田さんの先刻よりも更に入念なボディチェックを受けてから、再び部屋の外に出、小会議室へと移動した僕と今日子さんだったが、席につくなり彼女はそう切り出した。

あっさり言われたのでうっかり聞き逃しそうになったが――

「え？　できたんですか？　見つからなかったって、さっき――」

「見つからなかったのは本当です。というより、見つからなかったことで、ＳＤカードの隠し場所の予想がついたということです。ただ、犯人はわかりません」

「犯人……ということは、今回の紛失劇は、やっぱり誰かの悪意のある犯行だったと？」

「ええ、どうやら。まあ、絶対とは言いませんが……ただ、誰がやったのかまでは不明です」

犯人が誰かがわからないことを相当気に病んでいるらしく、今日子さんは心苦しそうにそう言う——だが、僕からすれば、バックアップデータの所在がわかったというだけで、十分万々歳だと思う。

「そうでもありません。私が受けた依頼は、疑いをかけられた隠館さんの汚名をそそぐことです。このままではそれを果たせません」

「どういうことですか？　データが見つかったなら——」

「犯人が誰かわからないということは、他の四人と同様に、隠館さんが犯人かもしれないということでもあります」

「…………」

「と言うより、むしろ状況は悪化します。ただの紛失だったかもしれなかったのに——隠館さんの仰ってらしたように、これまではその可能性が高かったのに、推測できる隠し場所からして、誰かが故意にやったことだけは証明できてしまうのですから」

それは……、確かによくないことだった。

特に僕にとってよくないけれど、研究室全体にとっても、決してよくない……、データが見つかったところで、『誰かは犯人だがそれが誰かはわからない』という禍根《かこん》を残す事態になるだろう。

笑井室長の言葉ではないが、そんな居心地の悪い状況で、今後ちゃんとした仕事ができるはずもない。

「なので、隠館さんからもう少し詳しく、研究室内での人間関係を教えていただく必要が出てきました」

「僕から？　……全員から、ですよね？　僕が最初ってだけで」

「いえ、ここから先は隠館さんを当てにさせていただきます。あなたを信用することにします」

言われて、気付いた。

そう言えばさっき部屋を出るときのボディチェックに、今日子さんは参加していなかった――それは僕に対する信用の表れだったのか？

「い、依頼人を信用するということでしょうか」

「依頼人は嘘をつく。基本的には私は、そう決めつけて仕事をしております。ただ、ここまでのやりとりから、あなたは正直で、実直で、嘘のつけない人だと判断しました」

そんなことを言われることは滅多にない。

と言うより、それと逆のことばかり言われてきた人生だ——親にさえ疑われながら生きてきた。信じるだなんて言われたのは、本当に数えるほどだ。

悲しいかな、いや嬉しいことなのか、そのほとんどは今日子さんが言ってくれたのだ——どんなに信用してもらえても、次に会うときには彼女は僕を忘れている。今回のような事件でもない限り、僕が今日子さんに依頼の電話をすることがないのは、それがあまりに辛《つら》いからだ。

だけどやっぱり、人から信じてもらえるというのは、嬉しいことだった。

「なので隠館さん。あなたが観察する限りの、笑井航路室長、百合根結子《ゆうこ》副室長、誉田英知研究員、岐阜部ながめ研究員の性格や人間性、経歴や家族関係、これまでのエピソードを、どんな細かいことでもいいので、むしろなるだけ細かく、教えてください」

ほぼほぼ感動していた僕の心中には構わず、今日子さんはさくさく話を進めた——就寝時刻を気にしているわけではなく、あまり長く部屋を離れて僕と二人でいると、犯人に不自然だと思われると考えているのだろう。

「動機の面から探っていくアプローチをとろうと思っています……たとえば、経済的な事情を抱えている人はいませんか？　親戚に、同業者がいるかた……とか」

「さあ……聞いたことありませんけれど」

期待してもらっても、新入りの僕はまだ、彼らとぜんぜん打ち解けていない。一緒に食事に行ったことも、ほんの数回である。好きなゲームや漫画の話くらいならばしたはしたけれど、誉田さんや岐阜部さんがどんなタイトルが好きかなんて、さすがにこの事件には関係ないだろう。

「いえ……、そういう……一見、関係なさそうな……情報も、あんが……い」

と。

気付いたときには遅かった。

それくらい唐突に、今日子さんの眼鏡の奥の瞳《ひとみ》が、とろんとなっていた――瞬《まばた》きの回数が異様に多い。いつからか、滑り落ちそうになる頭部を、片手でテーブルに肘《ひじ》をついて、支えていた。

「じゅう……よう」

「きょ――今日子さん！　いけない！」

間に合わなかった。

僕が椅子を引いて立ち上がり、肩を揺さぶろうと今日子さんに手を伸ばしたときには、彼女は勢いよく崩れるように、決壊して机上に突っ伏していた。頭をしたたかに打ち付けて、結構な音が小会議室に響いたけれど、その後、彼女は微動だにしない――すぐに穏やかな寝息が聞こえてきた。

「ああ……」

僕は絶望しながら狭い室内を移動し、今日子さんの二の腕を左右外側からつかんで、体を起こす――あまりに強く頭を打ったようだったので心配していたが、打ったのは額だったようで、眼鏡も割れていなかった。

ただ、すやすやと――眠っている。

安らかに、眠っている。

馬鹿な、早過ぎる。

まだ八時にもなっていないのに――そう思いながら、僕は遅蒔《おそま》きながら、今日子さんの身体を揺さぶった。

「ん……」

そんな深い眠りではなかったようで、している内に、うっすらと瞼《まぶた》を開いた。

そして開口一番、こう言った。

まったくの他人を見る目で。

「初めまして。あなた、誰です？　ここは、どこです？」

8

すぐに僕は彼女から手を離した。

寝込みを襲おうとしていたと思われてはたまらない——今日子さんは、壁に張り付くまでに後退した僕をどういう風に見たのか、より怪しいとでも思ったのか、まずは凝視《ぎょうし》した。

「ぼ、僕は隠館厄介……あ、あなたの依頼人で、僕は、じゃなくて、ここは、更級研究所……」

舌がもつれてまったくうまく説明できない。

このたび獲得したはずの信頼を、こうも早く失ってしまったショックも手伝って、僕は完全に動転していた。

今日子さんはそんな僕から、

「…………」

と、視線を外した。

『取るに足らない』から見切りをつけた、というような動作だった。

それは酷く悲しい事実だったが、少なくともこの場で今日子さんに害なす者ではないと判断されたことは、救いだった。しかしそんな救いなど、大局的にみれば非常にささやかなものである。

既に今日子さんは、さっきまでの記憶を完全に失っている——『昨日』とは言えないにしても、今朝、おそらく六時に起きてから、ついさっきまでの出来事をすっかり忘れている。

僕がヘルプの電話をかけたことも、この研究所を訪れてからの調査も——そして何より、見事推理できたという、紛失したSDカードの在処《ありか》もだ。

ここまでの仕事が、探偵活動が、すべて無に帰《き》したのである。

それどころか、今の今日子さんの心境は『自室のベッドで寝ていたはずなのに、起きたらまったく知らない部屋で、まったく知らない男と一緒にいる』である——僕が彼女の立場だったら悲鳴を上げて、めちゃくちゃ取り乱すことだろう。

だが今日子さんは、顔こそ険しく、警戒モードに入ったものの、行動は冷静そのものだった——すぐに自分が着ているカーディガンの袖口をインナーごとまくった。

細くて白い左腕。

その前膊《ぜんはく》部分いっぱいに、黒色の、太いマジックペンの筆跡で、こう書かれていた。

『私は掟上今日子。25歳。置手紙探偵事務所所長。白髪、眼鏡。記憶が一日ごとにリセットされる』

「…………」

それは免許証よりも明白な、自らの手による身分証明だった——なにせ自分の筆跡だ、見誤るわけもない。

「私は掟上今日子。25歳。置手紙探偵事務所所長。白髪、眼鏡。記憶が一日ごとにリセットされる」

その文章を今日子さんは読み上げて、指で眼鏡に触れ、髪の色を確認した――納得したように頷く。己《おの》が個人情報を積み重ねる。

不測の事態に備えた、今日子さんなりのバックアップというわけか――これまで何度も今日子さんに助けを求めてきた僕だったけれど、彼女がこんな備えをしていただなんて初めて知った。

小学生が忘れ物を防ぐために、手の甲を連絡帳代わりにすることがあるけれど、そのバリエーションと言うか……メモを取らず、携帯電話も持たない彼女が、もしも自室とは違う場所で眠ってしまった場合どう対処するのかと、心配していなかったわけではないけれど、考えてみれば名探偵である彼女が、僕が危惧するような事態への対策を打っていないはずもない。さながら、消え去った過去の自分からの置手紙と言ったところか……と、僕が感心しているうちに、今日子さんは早くも次の行動に移っていた。

考えかたはこうなのだろう。

記憶のつじつまが合わなかった――しかし私ならばこういう状況に備え、何らかの備えをしているのではないか？　たとえば左腕に、未来の自分へのメッセージを残しておくとか。

そして読み通りに情報を得て、考えることはこう――もしも自分が『一日ごとに記憶がリセットされる』人物であるならば、残しているメッセージは、これだけではないはず。

今日子さんは足首まで隠すロングスカートを、右手で左側の裾をつかんで、大胆にめくった――下着が見えるぎりぎりまで。

僕は思わず目をそらしたけれど、行動があまりに唐突だったので、その綺麗な太股《ふともも》が一瞬、見えてしまった。

そこには、左腕の文字に使われていたのと同じペンで、こう書かれていた。

『現在仕事中』

「現在仕事中」

繰り返す。

データをインプットし直すように。

スカートを戻す音が聞こえたので、僕は壁向きの状態から、今日子さんに向き直った――とにかく何かを言おうと思ったのだけれど、しかし、そのときにはもう今日子さんは、無言のまま更なる行動を取った後だった。

それもまた画的《え》に大胆なものだったので、僕は再び目をそらしかけたけれど、しかし、失敗した――上着をまくりあげ、露出された彼女の腹部には、これまでの二ヵ所とは違う細い、赤いペンで、こう書かれていたのだ。

『隠館厄介さん。身長190センチ以上。25歳。依頼人。詳しくは彼に。信用できる』

「隠館厄介さん。身長190センチ以上。25歳。依頼人。詳しくは彼に。信用できる」

信用できる。

と、その部分だけ、二度繰り返して言って——今日子さんは僕を向いた。

そして言った。

「失礼しました、隠館さん」

椅子から立って、ぺこりと頭を下げる——まだぎこちなくはあったけれど、その態度からは、警戒心は消え去っていた。

「状況を教えていただけますでしょうか」

9

左腕に書かれていたメッセージは常に書いているもので、左脚に書かれていたメッセージは僕からの依頼を受け、事務所を出るときに書いたものだろう——そしておなかに書かれていた文言は、この仕事の最中のどこかで書いたもの。

メモを取らない手ぶらの今日子さんだが、研究室の中にはペンくらいいくらでもある——万が一に備えて、タイミングを見計らってこっそり書いておいたということだろう。

その後も今日子さんは、僕から話を聞く前に、身体のあちこちをチェックしていたけれど、どうやら『死者からの伝言』ならぬ『過去からの伝言』――ダイイングメッセージならぬバニシングメッセージは、以上の三つだったようだ。

つまり、何かあっても詳しい事情は僕から聞けばいいと判断したということだ――それはとても嬉しいことで、僕は泣きそうにさえなったけれども、残念ながら、僕はまだ今日子さんから、推理したというSDカードの隠し場所を聞いていなかった。こんなことなら、それを真っ先に聞き出しておけばよかった。

僕が説明できるのは、彼女が現在おかれている状況までであって、つまり、彼女の推理はまったく烏有《うゆう》に帰したのである――なんてことだ。これは正直、今日子さんからの信頼を裏切ったにも等しい。僕は今日子さんに、『あなたのこれまでの仕事は無駄になった』ということを説明しなければならなかった。

「気にしないでください、あなたのせいではありません。不注意だった私がいけないんです」

今日子さんはそう言ってくれた――不注意？

確かに仕事中に寝てしまったのは彼女だけれど、それを不注意と表現するのは、やや違うようにも思う。そうだ、今日子さんが僕に言わなかっただけで、前日に徹夜の仕事が入っていたのかもしれない――だからあそこで眠ってしまったのかも？

「いえ、寝不足の状態で、新しい仕事に臨む私だとは思いません。不完全な状態で依頼に応じるくらいだったら、信頼できる同業他社を紹介します。たぶん一服盛られたのでしょう」

今日子さんはそう断言し、僕に質問した。

「隠館さん。仕事中、私は何かを口にしませんでしたか？」

「……いえ、インスタントコーヒーくらいしか」

「ならばそれでしょうね」

納得したように今日子さんは頷いた。

「たぶん、『犯人が近くにいる』という状況下で、暴力に訴えられたときのことを危惧して、私はこんなメッセージを残したんだと思います」

と、上着の裾をぺろりとめくる今日子さん。僕が視線を逸《そ》らすのを受けて、「失礼」とすぐに元に戻した。

「だけど、眠らせにかかるなんて……どうやらその四人の中に、私のことを詳しく知っている人がいたようですね。眠らせれば私を無力化できるということを」

「いえ、僕が説明するまで、四人とも知らないようでしたが？」

「ならば、あるいは機転を利かせたのかもしれませんが……、でも、知らない振りはできますからね。あなたの話だと、誉田さんが私のことを、『本当に有名な探偵さんなのか？』と揶揄したとのことです……、たとえばこれは、私をまったく知らなかったとしたら、ちょっと違和感のある台詞《せりふ》ですね」

　確かにそうだ。

　じゃあ誉田さんは今日子さんのことを知っていたのか？　いや、僕が小会議室で取り調べを受けている間に、別の誰かが、誉田さんに教えたという可能性もある。

　あの研究室はネットから遮断されているとは言っても、この情報化社会だ、忘却探偵なんてとびっきりの変わり種を、彼らの中の誰かが、あるいは全員が、知っていてもおかしくはない……。

　それこそ忘れていたけれど、実物を見ている内に思い出したのかも——眠らされることが、彼女の最大の弱点であることも。

　実際、僕が知る、掟上今日子の冒険譚《ぼうけんたん》の中でも、幾度となく彼女は、犯人にあの手この手で、眠らされそうになっている。今日子さんの場合、口封じをしたいとき、その推理力を妨害したいときに、わざわざ殺すというようなリスクを冒す必要はないのだ——そこまでせずともなんとかして眠らせればいい。

　睡眠ガス、アルコール、低酸素、麻酔、ヒーリングミュージック、心地よいマッサージ施術、馬鹿馬鹿しいところでは催眠術なんてのもあった。

今回の場合は、睡眠薬か……？

コーヒーを淹れたのは僕だけれど、来客用のカップに薬を塗られていたのだとすれば……だけれど睡眠薬なんて、そうそう都合よく用意できるものでもなかろう。

「睡眠薬にも色々ありますからね。風邪薬だって精神安定剤だって、言ってしまえば睡眠薬ですし。飲むと眠くなります。私はその手の薬をほとんど服《の》まないはずですので、効果は通常よりも高いと思われます」

ほとんど服まない（はず）というのなら、混入されていてもそれとわからないということで——今日子さんがコーヒーの『正しい味』を憶えているかどうかも、そもそも怪しい。

「風邪薬くらいなら、部屋のどこかにあったかも……」

一度目の捜索の際、見たような気がする。たぶん置き薬の類《たぐい》だろう——つまり、誰でも使えるということで、その薬から犯人に辿《たど》り着くことは難しい。

くそう。となると一から出直しか。

いや、一からでさえない——今日子さんがSDカードの隠された場所を推理したのは、全員の話を聞き、部屋を自らの手と目で、地道に時間と手間をかけて一通り捜索したからだ。

だけど同じことをもう一度させてくれと言っても、四人は応じないだろう。特に部屋の捜索については、今日子さんは自ら「何も見つからなかった」と言ってしまっているのだ――それを最初からもう一回と言い出したら、付き合いきれないと呆《あき》れられてしまう。

「一からじゃありませんよ、隠館さん。少なくとも現状、その四人の中に犯人がいるという事実は確定しています。私に眠ってもらわないと都合の悪かった誰かが」

「そ、それはそうかもしれませんけれど……」

記憶はリセットされているのに、継続して僕が犯人かもしれないという可能性を排除して考えてくれる今日子さんが嬉しかったけれど、しかし、それだけでは前進とは言い難いのではないのか。調査をやり直せないというのは、致命的だ。

「いいえ、隠館さん。調査を繰り返す必要はありません。致命的というなら、犯人はひとつ、致命的なミスをしました」

「え？」

「ミステリーにおいて、探偵に手を出すのは反則です。向こうが反則を使うなら、こちらも反則を使えます」

今日子さんは穏やかに微笑んで言った。

けれども、その目はまったく笑っていなかった。

「どうせ失われるものだからと、軽い気持ちで私の記憶に手を出したのならば、犯人には必ずその報《むく》いを受けてもらいます。戻りましょう、隠館さん。私が一秒で、あなたの疑いを晴らし、この事件を解決してさしあげます」

最速の探偵はそう見得を切った。

続けて、では研究室まで案内してください、と言う——場所を覚えていないのである。それだけではない、笑井室長、百合根副室長、誉田研究員、岐阜部研究員の顔も覚えていないのだ。

にもかかわらず、一秒で解決すると言い切った——普通ならばハッタリと受け取るところだが、今日子さんに何度も助けられてきた僕は、それがハッタリではないただの事実だと知っている。

逆に、知らなかったのだろうか？

誰にしても、今日子さんを眠らせた犯人は、それが弱点であると同時に逆鱗《げきりん》でもあるとまでは、知らなかったのだろうか？　掟上今日子を強制的に眠らせて、その後、検挙されなかった犯人は一人だっていないというのに……。

10

午後八時半。

「お待たせしました、解決編です」

と、今日子さんは何食わぬ顔で言った。さっきまでの記憶をすっかり失っているとは、まったく感じさせない態度である——あらかじめ名前と特徴は僕が関連づけて教えているので、室内の誰が誰なのかはわかるのだろうが、それにしても凜《りん》としたものだ。見ているこっちがはらはらする。

一服盛った犯人も、薬の効果がなかったのかと、きっとはらはらしていることだろう——推理小説のお約束、『名探偵、一同集めてサテと言い』に対する突っ込みとして、自分が犯人だったらそんな会合には絶対に参加しないというものがあるけれど、今回は関係者が全員軟禁されていたのだから、犯人も同席せざるを得ないわけだ。犯人がやけを起こして暴れたときに取り押さえてくださいと、僕は今日子さんから言われている——どうやら『今日の今日子さん』は、『昨日の今日子さん』からのメッセージを受け、僕のことを信頼し過ぎているきらいがある。光栄なことであるが、僕は見た目から想像されるほど、荒事に慣れているわけではないので、うまくできるかわからない——けれど、だからと言ってまさか断るわけにもいかない。

誰が犯人でもいいよう、僕は四人全員に注意を払った。

「解決編……ってことは、泥棒が誰だかわかったんだな？」

「私達の中に犯人がいるっていうの？」

「それよりSDカードはどこにあるんだよ。あれが見つからなきゃ」

「……そろそろ、帰りたいんですけれど」

笑井室長、百合根副室長、誉田さん、岐阜部さんが口々に言う――みんな半信半疑といった様子だけれど、それを受け止める今日子さんが、まさか犯人は特定できていないし、SDカードの隠し場所も忘れてしまったとは、誰も思っていないだろう。

こんな空っぽの、何もない状態で一同を集めた名探偵なんて恐らく空前である。

「ここでは立体視の研究をされているとのことでしたが……結局人間なんて、見たいものを見たいように見るだけですよね」

そんな思わせ振りなことを言いながら（立体視についての知識など、もう彼女の中のどこにもない）、今日子さんは部屋の中を歩き出す――僕を含めて他の五人は座っていて、その椅子の間を縫うように、徘徊《はいかい》する。

みんな、そんな今日子さんを追うように首を動かすけれど、それを逃れるように彼女はなめらかに動線を描き、そして思わぬところで足を止めた。

そこはSDカードがなくなった笑井室長の机の前――ではなく、彼と一番長い付き合いである百合根副室長のパソコンの横――でもなく、彼と折り合いの悪い誉田さんの椅子の後ろ――でもなく、唯一僕を庇ってくれた岐阜部さんのロッカーの隣――でもなく。

　窓際の背の低い本棚の上に置かれていた、給湯ポットの前だった。コップや何かも置かれている、インスタントコーヒーやお茶を淹れるためのスポットだ。僕もさっき使った——今日子さんが飲んだ睡眠薬入りのコーヒーは、あそこで淹れられたものだ。

　その方面からアプローチするつもりなのか？　僕が気付かなかっただけで、コーヒーに薬を仕込める人物は一人しかいなかったとか？　だが、それを明かすことは諸刃《もろは》の剣《つるぎ》だ——すなわち、今日子さんは先ほどまでの記憶を失っていると、白日の下に晒《さら》すことになるのだから。調査中の記憶を失っている探偵の言うことなど、誰が信用する？

　しかし、僕の心配をよそに、今日子さんは平然と、給湯ポットを手に取り、胸の前で抱《かか》えるように持って、

「手順として、犯人の名前よりも先に、まずは最重要事項である、ＳＤカードの在処を明らかにしたいと思います」

　と言った。

「実は先程、部屋を捜索した際に『見つかりませんでした』と言ったのは、嘘です。本当はあの時点で、場所はわかっていましたし——この目で確認しています」

　この目で確認している？

　そんな馬鹿な。

　今日子さんは今こそ嘘をついている。

場所だって百パーセント特定できていたわけではないはずだし、その記憶も現在はなくしている——まして、目視などしているはずがない。

「で、データは無事なのか？」

そうとは露知らず——あるいはそういう演技なのか——発される笑井室長の言葉に、今日子さんは首を振って、

「外部に流出していないという意味では無事ですが、残念ながらバックアップデータ自体は無事ではありません。なぜなら」

と、視線を手元のポットに落とす。

「現在、お探しのSDカードがあるのは、このポットの中——熱湯の中だからです」

「ええ!?」「ええ!?」「ええ!?」「ええ!?」「ええ!?」

唐突に告げられた今日子さんの言葉に、全員が驚きの声をあげた瞬間、

「動くな!!」

と。

部屋中のガラスが割れんばかりの大声で、今日子さんが怒鳴った——その小柄な身体から、どうすればそんな大音声《だいおんじょう》が響かせられるのか、防犯ブザーのような轟音《ごうおん》に、皆が固まった。

いやはや、笑井室長の喚き声なんて、これに比べれば実際、可愛《かわい》らしいものだった

——小鳥のさえずりのようなものだった。対する今日子さんの声量は、まさしく空気を切り裂かん裂帛《れっぱく》だった。

皆、蠟《ろう》で塗り固められたかのごとく、身動きが取れない——身体が竦《すく》むどころか、ほとんど擬死状態の全員を、今日子さんは一人ずつ指さし確認して、

「はい、あなた犯人」

と、にこやかに、穏やかな声で言った。

僕を含む他の四人は、全員、今日子さんに怒鳴られる寸前に目を向けた、彼女の抱き抱える給湯ポットを見た状態で固定されていたが——ただひとり、今日子さんに最後に指さされた岐阜部ながめさんだけが、自分の机の引き出しに目を向けた姿勢で、固定されていた。

11

一人だけ違う方向を向いていた——どうしてそれが、岐阜部さんが犯人である理由になるのか、情けない話だが、僕には咄嗟にはわからなかった。しかし今日子さんがポットを、もう役目は果たしたとばかりに定位置に戻し、即座に岐阜部さんの視線の先に移動し、その引き出しを開けた辺りで、遅ればせながら理解した。

他の四人は、今日子さんがＳＤカードが『ある』と言ったポットを見た——当然だ。捜し物が『ある』と言われれば、反射的にそこに注目する。

だが、岐阜部さんだけが、反射的に違う方向を見た——彼女だけは、今日子さんの持つ給湯ポットの中になど、ＳＤカードが『ない』ことを知っていたからだ。ならばポットに意味はなかったのだろう、単に、今日子さんは、誰も思いもしないような意外な場所を示せばそれでよかったのだ。

悪魔の証明の、数少ない解答例だ。

『ない』ことを証明するためには、それが他の場所に『ある』ことを証明すればいい——そして他の場所に『ある』ことを知っていた岐阜部さんだけは、だからポットに目を向けなかった。

それだけではない。

つい、無事を確認せずにはいられなかった。

そりゃあそうだ、最終的にデータを持ち出そうとしていたのであれば、それが万が一、熱湯の中になんて入れられていたらたまったものではない。

だから、つい。

自分がそれを、隠した場所を確認せずにはいられなかった——自分だけが知っている、ＳＤカードの隠し場所を。

「本来、私は犯人を罠《わな》にひっかけるようなやりかたは禁じ手にしているんですけれど――先に禁じ手を使ってきたのはあなたですからね、岐阜部さん。悪《あ》しからず」

言いながら今日子さんは引き出しの中身を確認する――岐阜部さんは身じろぎもしない。諦めたかのように肩を落としている。その態度は雄弁な自供だった。

まさしく一秒で。

と言うか、一声で。

掟上今日子は事件を解決したのだ。

犯人が暴れた場合は僕が取り押さえる手はずだったが、どうやらその必要はなさそうだった――僕以外の三人も、徐々に状況を理解してきたようだが、しかし、今日子さんの大声による束縛から解放されても、みんな呆然《ぼうぜん》として、誰も立ち上がろうとはしなかった。

「となると、この辺りですかね。記憶を失う前の私が目をつけていたのは」

そう言って今日子さんが、岐阜部さんの引き出しの中から取り出したのはまさしくSDカードだった――ただし、それは笑井室長の研究データのバックアップデータが入ったものではなく、岐阜部さんが私的に使っていたもののはずだ。

みんなでそれは確認している。

そう言えばその点、僕はまだ説明していなかったので、

「今日子さん、それは違います。それは探しているSDカードじゃ……」

と言い掛けたのだが、

「そうですね。これではないかもしれません。これかも。これかも。これかもしれません」

今日子さんは引き出しの中から次々とSDカードを取り出した。どれも岐阜部さんが使っていたものだが……どれもバックアップデータのそれとは、内容は違うはずだ。それとも、チェック漏れがあったということか？

「木を隠すなら森の中、ですね。どれがそうなのかは、わかりませんが……」

木を隠すなら森の中。今日子さんは、記憶を失う前に言ったのと、同じことを言った——この辺りは同一人物なのだから、そういう思考回路だということだろう。

だが、その仮説はあのとき一度否定されたはず……、忘れているとは言え……いや待てよ、あのときだって今日子さんは、明確に否定したわけではないのか？

「ど、どういうことなんだ？」

ようやく笑井室長が質問した。さっきの大声に当てられて、すっかり毒気が抜けてしまっている——萎縮《いしゅく》していると言ってもよかった。まさか張り上げる大声で張り合っていたわけでもないだろうが……。

「ですから」

今日子さんは数枚のＳＤカードを、手の内でもてあそぶようにしながら言った。

「カードの中のバックアップデータをデリートして、別のデータを書き込めば、それで偽装できるでしょう？」

「あ……」

と、百合根副室長が声を漏らし、口元を押さえる。そのあまりにも単純な発想に、そうせずにはいられなかったようだ——僕だって同じ気分だったが、しかし。

「で、でも、それだとバレはしないかもしれないけれど、データも失っちゃうだろう？　岐阜部はそれでもよかったってのか？　ただの嫌がらせで……」

誉田さんは、これまでのように問いただすという風ではなく、ただ疑問のように、今日子さんに訊いた。

笑井室長に対する嫌がらせの可能性は（記憶を失う前の）今日子さんと話して、まあないだろうというような結論が出ていた——それに、データを消しているのなら、熱湯の中でデータが台無しになっていると言われても、別に殊更《ことさら》慌ててデータを確認する必要はない。今日子さんの行動に一貫性がなくとも、それはある意味当然だ、だって記憶が繋《つな》がっていないのだから。

問題は犯人である岐阜部さんの行動に一貫性がなくなるという点である——データが消えることを恐れた彼女が、それより以前にデータを消していたなんてことが、あるはずもない。

じゃあ……。

「先ほどは、わかりやすくするために簡略化して言いましたけれど、実際の手順は逆だったはずです。正確には、SDカードに別のデータを追加で書き込んでから、バックアップデータをデリートする、です」

今日子さんはそう言ったが、しかしそれで何が変わるのかわからなかった。順番が逆でも、結局、バックアップデータが消えることに変わりはないのでは？

「……データ復元ソフトか」

「はい」

力なく言った笑井室長の言葉に、今日子さんは笑顔で頷いた。

「消去したデジタルデータが、専用ソフトを使えば復元できることなんて、今時誰でも知っていますよね。何せ私が知ってるんですから。でも意外と盲点でしょう？　空っぽのSDカードに見えても、データの痕跡はしっかり残っている……その後、該当の領域に上書きしなければ完全には消えません」

だから、バックアップデータの消去よりも、偽装ファイルを追加するほうが先なのか——一度くらいならば上書きしても復元できなくはないのだろうが、内容の貴重さを思うと、万全は期したいだろうし。

つまり岐阜部さんは、機会を窺って笑井室長の机からSDカードをくすねて、自分のパソコン上で、その手順を踏んだ——偽装ファイルを書き込んで、バックアップデータを消去した。

あとはその、何の変哲もない——変哲もなくなったSDカードを自宅に持って帰って、専用ソフトを使ってデータを復元させればいい。誰にはばかることなく、大手を振ってどこにでも持ち込める、立体視研究データのバックアップの復活だ。

復活。

まさしく死人を生き返らせるような荒技だが……成功していれば、シンプルにして、実にスマートなやりかただった。

成功していればだが……。

「……いつから私が怪しいと思っていたの？」

弱々しく、岐阜部さんが今日子さんにそう訊いた——これも犯人としては定番の台詞だが、しかし、まさか『いえ、今の今まで疑っていませんでした』と答える訳にはいかないのか、名探偵は無言の笑顔でそれに答えた。

「人間は見たいものを見たいように見るだけ……そういうこと？」

今日子さんはそれにはつれなく、「あれはただ適当に喋っていただけです。意味はありません」と返す。

「これに懲《こ》りたら二度と私を眠らせようとしないでください。あなたが消したデジタルデータと違って、私の記憶は、一度消えたら二度と、復元できないのですから」

12

犯人が判明した以上、動機なんてもうどうでもいい——と考える向きもあるだろうが、僕にはそんな風には思えない。僕が知る名探偵の中には、『私は謎さえ解ければいい。なぜ殺したかなんて興味ない』と言い切る猛者《もさ》もいるけれど、理由もなく疑われることの多い僕としては、理由なき犯罪の存在を認めるわけにはいかない。

岐阜部さんは持ち出したデータを、やはり大企業に持ち込むつもりだったようだ——笑井室長の考える立体視技術の、物量作戦、パワーゲームによる一刻も早い実用化を望んだようだ。

もっとも、金のためではなかったという。

岐阜部さんには一緒に暮らしている母親がいて、彼女は病というわけではなかったが、数年の内に片目の視力をほとんど失ってしまいそうなのだという。片目でも視力を失えば、人は遠近感を損なうことになる——奥行きを計れなくなる。それらに比べれば小さな問題だが、たとえば立体映像を見られなくなる。

研究室で行っている研究は笑井室長が主導しているものだが、岐阜部さんにも、メンバーとしてそれに参加しているという自負がある——その成果を、大切な母親に、見られる内に見て欲しかった。

だから、このままだと実用化まで何年かかるかわからない更級研究所から、もっと大規模な研究機関に、そのデータを供与しようとした——具体的にどこに流すつもりだった、というようなところまではまだ決まっていなかったらしい。

こんな動機は綺麗事だ、本当は金目当てだったに決まっている、誰も知らない笑井室長との確執があったのかも、とか……、色々考えることもできそうだったけれど、僕は岐阜部さんの語ったその理由を、信じることにした。

演技であれなんであれ、一応は僕を庇ってくれた彼女に対する僕からの、それは、唯一できる、せめてものお返しだった。

疑われ通しの僕には、信じてあげることくらいしかできないのだった——まあ、身内の悪事ということで、今回の件は外部に公表されることなく内々で処理されることにはなるだろうけれど、岐阜部さん本人はもちろん、不祥事を起こした笑井研究室は懲罰の対象となり、予算も縮小されるだろうから、皮肉なことに岐阜部さんの行動は、自身が関わった立体視技術の実用化を更に遠のかせるものになってしまったけれど。

いや、他人事《ひとごと》ではない。

予算が縮小されるということは、専門知識もない雑用係なんて雇っている余裕はなくなるということで、結局僕は、またしても働き口を失うことになるのだろうから。

約束通り今日子さんへの支払いを更級研究所が持ってくれる運びになったことが、僕にとってせめてもの救いと言えばせめてもの救いか……。

「毎度ありがとうございました」

今日子さんは僕にそう言った——毎度、と言っても、彼女にとってこれは完全にビジネス上の定型句である。僕にとってはまさしく、またしても今日子さんにお世話になったという感じなわけだが。

ぴったり九時に帰ることになった今日子さん。

一仕事終えて、すっきりしたような顔をしていた——ちなみに岐阜部さんが使ったのは、やはり部屋の中にあった風邪薬で、しかしカップではなく、ポットのほうに仕込んだのだと言う。要は本人を含む全員が薬を飲んでいたわけだが、飲み慣れていない今日子さんに、覿面《てきめん》に効果があったらしい。

状況が状況だったとは言え、味の変化に誰も気付かなかったというのは文字通りの不覚だが、それに際して、ポットの中身を見ていたからこそ——お湯の中にSDカードなんてないことを知っていたからこそ、岐阜部さんはあのとき、ポットではなく引き出しのほうを見てしまったのだとも解釈できる。そこまでは今日子さんも予想していなかっただろうけれど、やはり悪いことはできないと言うべきか。今日子さんの逆鱗に触れたという点以外でも、岐阜部さんの、自らの悪事を隠匿《いんとく》しようとした行為こそが、墓穴を掘ることになったのだから。

岐阜部さんはやはり今日子さんのことをうっすら知っていたようで、誉田さんは僕が取り調べを受けているときに、岐阜部さんから今日子さんの様々な『有名人』としてのエピソードを聞いたそうだ——岐阜部さんとしては、今日子さんの『忘却』エピソードを他の者と共有することで、彼女に一服盛った犯人をぼやかそうとしたのだろう。細かいことだが、それも一応付記しておく。

「それでは、隠館さん。二度とこのようなことがないように祈ってはおりますが、何かご用命の際には、是非とも置手紙探偵事務所の掟上今日子をお呼びつけください」

「ええ、そうさせていただきます」

とは言うものの、次に会うときは、またもや『初めまして』から始まるのだと思うと、今日子さんに助けを求めるのは気が重く、次のトラブルの際、本当に『そうさせていただ』くかどうかは、我ながら相当怪しかった。いやいや、そんなトラブルに巻き込まれないことが、本当に一番なのだが……。

そんな僕の、社交辞令と葛藤《かっとう》する心中を読んだのか、

「本当にお願いしますよ。私、しばらくは隠館さんのこと、忘れられそうにありません

し」

と、今日子さんは言った。営業トークとしてはやや行き過ぎたそんな言葉に、僕は思わずどきっとしたけれど、彼女は何食わぬ顔で自分のおへその辺りを指さして、

「なにしろ、油性ペンで書いちゃったみたいですから」

と続けたのだった。

ああ、そういう意味か……。

僕はがっくり拍子抜けした気分になったが、数日とは言え、僕のことを『信用できる』と書いた今日子さんの筆跡が、今日子さんのおなかに残るという事実は、なんだかどこか、厳格に定められたルールにこっそり逆らっているように背徳的で、別の意味でどきどきするものだった。そのどきどきは、

「はい、必ずそうさせていただきます。忘れません。そのときは絶対今日子さんに連絡させていただきますので、よろしくお願いします」

と、僕に礼儀の範疇《はんちゅう》を越えて、そう言わせるには十分だった——それを受けて今日子さんはにっこりと満面の笑みを浮かべて、「ええ、忘れないでくださいね」と長いスカートの裾《つま》を摘んで、上品にお辞儀する。

「こちらこそ、何卒《なにとぞ》ご贔屓に、よろしくお願いします。できればどうか、目の覚めるような難事件を」

（初めまして、今日子さん——忘却）

第二話　紹介します、今日子さん

1

「お前の百万円は預かった。返して欲しければ一億円用意しろ」

もしもあなたがこんな電話を受けたなら、そのときはきっと脅迫電話ではなく悪戯電話だと思うだろう。言うまでもなく、そんな理不尽な取引が成立するわけがない。当然ながら一億円とは百万円の百倍の金銭価値を持っていて、これはこの先、どんなインフレが起ころうとどんなデフレが起ころうと、絶対に引っ繰り返ることはない。お金に対する考えかたは人それぞれであって、一円を笑う者もいれば一円に泣く者もいるだろうし、百万円を大金と思う者もいれば、その程度端金《はしたがね》だと思う者もいるだろう――だが、たとえどんな頓狂《とんきょう》で、奇想天外な考え方を取るとしても、一億円よりも百万円のほうに価値を見出す人間なんていないはずだ。意表を突くにも程がある。いったい、どこの誰が百万円を取り戻すために、一億円を支払おうと言うのだろう？

しかし『彼女』は、かかってきたその電話を悪戯電話と切って捨てず、どころか額面通りに、言いなりになって言い値の一億円を支払おうとしたのだった。一億円もの額を右から左に動かせる人間が実在するということが、そもそも僕にとっては驚きだったが、子供が誘拐されたというならまだしも、そんな割に合わない取引に応じる人物がいるだなんて、信じられなかった——幸いなことに、そんなちぐはぐな支払いが行われる前に事態は収拾され、ことなきを得たのだが、もしもそんなやりとりが成立していたらと考えると、あの『百万取引』は、まことに戦慄《せんりつ》を禁じ得ない事件だった。滑稽《こっけい》でさえあった奇妙な脅迫電話の裏に潜んだ悪意や、事件の裏に潜んでいた真相の皮肉さは、今思い出しても本当にぞっとする種類のものだ。

不謹慎なことを言わせてもらえれば、まったく、かかわった事件のことをすっかり忘れて、永遠に思い出すことのない今日子さんが、こういうときばかりは羨ましい。

2

紺藤《こんどう》さんから連絡があったのは、実を言うと、ちょうどそろそろ、こちらからも会ってもらおうと考えていたタイミングだった。と言うのも、僕は前回、予定通りに更級研究所をクビになり、次の職探しが難航しているまっただ中だったからだ——不幸中の幸いと言うべきか、不祥事の口止め料も含んでいると思われる、勤務した期間の短さにおよそ似つかわしくない額の退職金をいただけたので、当面の生活に困るということはなかったけれど、それでも僕の場合、あまりうかうかしてはいられない。いつかまた、おそらくは近いうちに何らかの事件に巻き込まれた際、つまり僕が探偵に助けを求めざるをえない立場に置かれたとき、財布が空っぽでは話にならないのだ——探偵の中には、『報酬なんていらない、私は魅力的な謎さえ解ければそれでいいのだ』と言ってのける豪の者もいるのだけれど、往々にしてそういう豪の者は、人格的に非常に大きな問題を抱えている場合が多く、接触する上で消耗を余儀なくされる。僕のように平穏な日々だけを望む小市民からしてみれば、わかりやすくお金でやりとりができるビジネスライクなビジネスマン、己が推理力を商売道具と割り切った経営者としての探偵が、依頼する相手として望ましい。

なので、余裕のある間に次の就職先を見つけようと、近々紺藤さんに相談しようと思っていた——一流出版社である作創社《さくそうしゃ》に長年勤めている敏腕の編集者だけあって、紺藤さんは顔が広い。これまでも何度か、勤め先を紹介してもらったことがある。元はと言えば紺藤さんは、僕が作創社に、アルバイトとして勤めていた頃の上司である——そのときからの付き合いだ。例によってと言うか、いつものようにいつものごとく、編集部内でちょっとした事件、では済まされない事件が起こり、そしていつものようにいつものごとく、僕が容疑者と目された際、会社と対立する形でたった一人、僕を弁護してくれたのが紺藤さんだった。

「もっとも疑わしいという理由で隠館くんを疑うのであれば、同様に、もっとも疑わしくないという理由で俺を疑うべきだ。隠館くんに言いたいことがあるのなら、まず上司である俺を通してもらおう」

みんなが証拠もなく僕を疑う中、紺藤さんは証拠もなく僕を信じてくれた——もちろん、たった一人味方が増えただけで、この身にかけられた疑いが払拭されるはずもなかったけれど、紺藤さんがそうやって時間を稼いでくれている間に、僕は探偵を呼ぶことができた。結局、その後僕は、作創社を辞めることになったけれど、あのとき疑惑を晴らすことができたのは探偵のお陰でもあるが、その前に僕を庇ってくれた紺藤さんのお陰でもある。

なのに紺藤さんは、僕が退職を余儀なくされたことについて強く責任を感じているようで、以来色々と気にかけてくれている——事件に巻き込まれやすい体質から、決して友達の多い僕ではないけれど、恐れ多くも紺藤さんとは年齢や立場を越えた、対等な付き合いが続いている。そんな紺藤さんの男気に応えるためにも、僕は早く地に足の着いた、安定した生活を身につけなければならないのだが……、実際はご存知の通りの体《てい》たらくである。

恥を晒すようだったので、まだ話してはいなかったのだけれど、僕が更級研究所をク

ビになったことを、ひょっとすると紺藤さんはどこかから伝え聞いたのかもしれない
――だからあちらから声をかけて来てくれたのか。

ただ、電話口から感じる紺藤さんの口調は、気晴らしに飲みに行こうという風でもなかった――会う約束をしたのは昼間の喫茶店だったし、そこで久し振りに対面した彼は、少し疲弊《ひへい》しているようにも見えた。編集者という仕事が激務だとは知っているが、にもかかわらずいつでも精力的というのが、僕の紺藤さんに対するイメージだったのだが。

「急に呼び出して悪かったな、厄介。今日は、お前との友情にすがるしかない情けない俺を笑ってもらいに来た」

そんな風に紺藤さんは切り出した。やや芝居がかった物言いはいつもの通りだったので、僕はとりあえず安心したけれど、それでもその内容はただ事ではなかった。覚えている限り、紺藤さんが僕に頼るなんてことは、これまで一度もなかったのだ。どころか、今回だって、僕はついさっきまで、就職先を世話してもらおうなんて考えていたのである。これではまるでさかさまだ。心配になると同時に、僕にはそれが嬉しかった。

「やれやれ、紺藤さん、あんたは本当にできた人だな。これまで僕をさんざん助けてくれただけでなく、こうしてちゃんと、恩返しの機会まで作ってくれると言うんだから。なんでも言って欲しい、できる限りのことはするよ」

「ありがとう。そう言ってくれただけで満足して、俺はもう帰ってもいいくらいなんだが、しかし、そうもいかない。本当に困っているんだ。わけがわからないと言っていい。だから厄介、お前の知恵を貸して欲しいんだ」

「知恵を？　僕ごときの知恵でよければいくらでも貸すけれど、しかしそんなものが何かの役に立つのかな」

「経験と言ってもいい。お前は普通じゃないと言うか、奇妙な事件を、数多く経験してきているだろう？」

「うん。それが数少ない自慢だ。何の自慢にもならないけれど」

「いや、今日ばかりは大いに自慢してくれて構わない。是非、お前の冒険譚をひけらかしてくれ。と言うのも、俺が今直面している事件……と言っていいのかどうかわからないが、悩まされている出来事も、それらに負けず劣らずの奇怪さを備えているからだ。類例があるのなら、一も二もなく聞かせてもらいたい」

　ふむ、と僕は頷いた。紺藤さんの力になりたいと心の底から思うものの、現実問題としてそんなことが可能なのかどうか、僕の力の及ぶところなのかどうかが気がかりだったけれど、そういうことならば、僕にもできることがありそうだ。

「俺が今、漫画雑誌の編集部に所属していることは、前に話したっけ？」

「ああ、聞いたとも。あんたのしてくれた話を忘れたりはしない」

しかし、『所属している』というのはいささか謙虚な言いかたであり、正しくは『取りまとめている』だ——紺藤さんの現在の肩書きは、日本有数の発行部数を誇る漫画雑誌の編集長である。漫画をあまり読まない僕でも、三十代の若さでその立場になるのが、どれだけすごいことなのか、わからないはずもない。

「だけど紺藤さん、もしも漫画家の原稿が締め切り通りにあがらないなんて悩み事だったら、僕は力にはなれないぜ。生憎、僕もあまり時計と生活を共にしているほうじゃあ、なくってね。夏休みの宿題はいつも、追いたてられていたものさ——あれだけは冤罪じゃなかったな」

「そういう悩み事もないとは言わないが、それは俺達の職掌《しよくしよう》の範囲内だ。厄介、里井《さとい》有次《ありつぐ》という漫画家を知っているか？」

「里井有次。名前くらいは聞いたことがあるかな」

と言ったものの、確証はなかった。それを察したのだろう、紺藤さんは、説明してくれる。

「ウチの雑誌の看板作家の一人だよ。いわゆる売れっ子作家だ——ウチの雑誌の、と言ったものの、コミックスが単巻百万部出る作家なんて、今時、業界全体で見ても、ほんの数人だけどな」

「そうなのかい？　『百万部突破』なんてコピー、よく聞くけれど」

「そりゃあ『百万部未突破』なんてコピーを、わざわざつけたりはしないからな。よく聞くと言うことは、それだけ売り文句として際《きわ》立っているということだ」

「ふうん。なるほど。珍しいからこそよく見かける――真理だね。じゃあ、作品のタイトルを聞けば、わかるかもしれないな」

と言ったものの、紺藤さんが教えてくれた里井先生の作品のタイトルにも、僕はぴんと来なかった。とことん世間を知らない僕である――面接を通らないのもむべなるかな、だ。

「業界の宝とも言うべき先生だとだけ、わかってもらえればいい。先生と言っても、まだ二十代前半で、お前よりも年下だが」

「はあ……その若さで業界の宝とまで言われるとは、大したものだ。いわゆる天才って奴か」

「漫画家はみんな天才だよ」

当たり前のことのように自然に、紺藤さんは言った。

「何せ、子供の頃からの夢を叶《かな》えちまった人達だからな。妥協して、仕方なく漫画家になったって人は一人もいない……なりたいと思った自分に、本当になっている。俺だって、作創社にエントリーシートを出すときでさえ、決して編集者になりたいと思っていたわけじゃないからなあ」

「確かに……そういう職業は意外と珍しいかもしれない」

一概に言えたものではないのだろうが、『小学生のなりたい職業ベスト10』に、本当になってしまうというのは、考えてみればとんでもない確率だ。どころか、僕にいたっては、なりたくもない職業でさえ、長続きしない有様である。

「もっとも、挫折を知らないという意味では、変わり者揃《ぞろ》いではある——夢を叶えてから挫折するんじゃ、あまりに報われないからな。その辺を世間の常識とアジャストするのが、俺達編集者の仕事だ。今回、お前に相談したいのも、つまるところ、その業務の一環だが……ことは、里井先生が盗難被害に遭ったところから始まる」

「盗難？　盗難被害だって？」

「わざわざこんなことを言うことを、お前との友情に対する侮辱《ぶじょく》と受け取って欲しくはないんだが……、厄介、これからお前に相談することは、口外法度《はっと》で頼む。なにせ漫画家というのは人気商売だから、スキャンダルは避けたいんだ」

「もちろんわかっている。そうだな、人気漫画家が泥棒の被害に遭っただなんて、とびっきりのニューストピックになっちゃうものな」

世間はそういうものだとは言え、作家が作品以外の面で世間を騒がせてしまうのは、望むところではないだろう。

「それで、何が盗まれたんだい？　完成原稿とか、アイディア帳とか……」

これまで経験してきた、というより渦中の人物とされてしまった数々の事件と照らし合わせながら、僕は探りを入れるが、

「いや、盗まれたのはお金だ」

と言った——それはやや、拍子抜けの答だった。ここでがっかりするのはそれこそ野次馬根性に基づき、過度にスキャンダラスな事件を期待していたかのようで、激しく猛省すべきだったが、盗まれたのがお金というのであれば、奇怪と言うほどでもない、世間にままある事件だ。僕がオーソリティとしてコメントを出すまでもない。

「まだ、つい先日の話なんだが……、里井先生は百万円の盗難被害に遭った」

「百万円。ふうん」

もちろん結構な額だが、しかし先に百万部という数字を聞いていたので、どうも感覚が狂って、驚き損ね、普通に頷いてしまった。フォローするように、僕は質問を継ぐ。

「百万円相当、ってことじゃなく、ぴったり百万円そのものなのかい？　どちらにしても自宅に置いておくような金額ではないと思うけれど」

「被害に遭ったのは自宅ではなく、仕事場だよ。仕事場の冷蔵庫に隠していた百万円の束が、盗まれたそうだ」

「冷蔵庫……またよりにもよって、一番見つかりやすそうなところに隠したものだね」

空き巣が一番最初に金品を探す場所が冷蔵庫だと言うことくらい、今や常識だと思っ

ていたけれど……なるほど、確かに漫画家は、あまり世間ずれしていないようである。まだしもタンス預金といって、本当にタンスの中に隠したほうが見つかりにくいだろう。自業自得とは言わないまでも、百万円もの大金の扱いかたとして、あまりに雑過ぎる。

「そうだな。その点は、俺のほうからもうみっちりと説教したんだけれど……、ただ、他に盗まれたものもないみたいだし、これだけならば厄介、お前を煩《わずら》わすまでもなかったんだ」

「とすると、話には続きがあるんだね」

「続きと言うより、ここからが本題だ。正直、里井先生にとっては百万円なんて、所得における誤差の範囲内だからな。それが盗まれたというだけなら、警察に届けるまでもなかっただろう。現場検証で時間を取られて、仕事場がしばらく使えなくなるほうが、損失額が大きくなるくらいだ」

「……漫画家って言うのは、そんなに儲《もう》かるのかい」

「儲かるどころじゃないな。当たれば」

「外せば？」

「儲からないどころじゃない。それはともかく、里井先生が、盗難被害に遭ったことに気付く前に、一本の電話がかかってきた——携帯電話に直接、だ。電話の内容はこうだった。『お前の百万円は預かった。返して欲しければ一億円用意しろ』」

3

一瞬、聞き違いかと思った。あるいは、これまでの話で、僕が迂闊にも何か重要な情報を聞き落としてしまったのかと思った。

「失礼、紺藤さん。もう一度言ってもらっていいかい？　僕には『お前の百万円は預かった。返して欲しければ一億円用意しろ』と聞こえたんだけれど」

「繰り返すまでもない、なぜなら事実、そう言ったんだから。あろうことか電話の主は、自分が盗んだ百万円と引き替えに、里井先生に一億円を要求してきたということさ。つまりこれは、盗難事件ではなく、誘拐脅迫事件だったと言える——どうだ、奇妙だろう？」

奇妙である。奇妙過ぎて何を言っているのか、にわかにはわからないくらいだ。なにぶん、額が大き過ぎるのでぴんと来ないところもあるけれど、比率をそのままに僕の身で置き換えれば、百円玉と一万円札を交換しようと要求されているようなものじゃないか。そんな取引が、どうして成立しよう？

「そうなると、百万円を盗まれたことより、そんな意味不明な脅迫電話をかけてくるような奴に、仕事場に侵入された形跡があるということのほうが、気持ち悪く思えてくるね。もちろん、窃盗犯と脅迫犯が、同一人物だと仮定しての話だけれど……」

相談を受けた立場の者として、一応もっともらしく、可能性を探るようなことも言ってみる。推理の真似事だ。百万円の盗難を知った人物が、そんな悪趣味な悪戯をしかけてきたという線も、ないではないだろう——だが、里井先生自身が電話がかかってくるまで盗難に気付いていなかったというのであれば、やや薄い線ではある。

「仕事場が使えなくなるのが痛いのはわかるけれど、紺藤さん、やっぱり警察に連絡したほうがいいんじゃないのかな。ストーカーの仕業ってこともあるだろうし……なんだったら、僕が信用できる警察関係者を紹介してもいい」

疑われ通しの経歴上、かの組織内部に何かと知り合いの多い僕である。その大半は僕を容疑者として取り扱った人達なので、仲がいいとは言い難いけれど……しかし、話を聞いてくれる人も、いないではない。

「いや、申し出には感謝するが、厄介、それはできないんだ。というのも、その脅迫電話は、こう続いたからだ。『これから言う口座に一億円振り込め。振り込みを確認したら、預かった百万円は郵送で返却する』——そして『警察に連絡した場合は、百万円は二度とお前の下《もと》には戻らないと思え』」

「…………？　いや、それも誘拐犯の常套句じゃああるけれど……まさか、だから警察には頼れないって言うのかい？」
「そうだ。冴えているじゃないか、厄介」
「からかうのはよしてくれよ、紺藤さん。それじゃあまるで、犯人からの卑劣、という
より、滑稽な脅迫に応じようとしているみたいだぜ。まさか百万円を取り戻すために、
一億円を支払うなんて言い出すつもりじゃないだろうな」
「俺が言ってるんじゃない、里井先生が言ってるんだ。そのまさかを」
渋い顔をして紺藤さんは言った。その言いかたからして、紺藤さんも決してその取引
に納得しているわけではなさそうだ。
「もちろん俺は止めたんだが、頑なでね。絶対に払う、一億円が二億円でも払う、何が
何でも奪われた百万円を取り戻すと言って、里井先生は聞かない。脅迫電話があったの
が夕方過ぎで、もう銀行が閉まっていたことが幸いした。そうでなければ、里井先生は
そのまま銀行に振り込みに駆け込む勢いだったよ」
「はあ……振り込め詐欺《さぎ》の被害者みたいだね……」
呆れ返りそうな話だが、冗談ではないらしい。そこまで行くと、『漫画家の世間知ら
ず』で済む話ではない——奇妙というより奇行である。
「今日が土曜日だから、週明けまで振り込みは行われない。でも、月曜日になれば、も
う俺でも先生を止められない——誰が止めようと、里井先生は指定された口座に、一億

円を振り込むだろう」

「その口座というのは、たぶん架空口座なんだろうな……これが俗な質問に聞こえてしまえば僕の不徳の致すところだが、紺藤さん、一億円というのも、売れっ子の漫画家にしてみれば、小さな額なのかい？」

「百万部作家にとっては決して動かせない額じゃあない……里井先生の場合、メディアミックスも盛大だしな。少なからぬ金額を預金した口座を、あっちこっちの銀行に持っているよ。けれど、だからと言って一億円を小さな額と思う人間は、さすがにこの世にはいないだろう。つまり盗まれたのは、里井先生にとってそれだけの額を支払ってでも、取り戻したい百万円なんだ。たぶん、なんらかの事情があるに違いない……」

事情。一億円よりも百万円を優先しなければならない事情……これがたとえば宝石や絵画なら、まだわかりやすい。そういった財産には、希少価値というものがある。持ち主にとっては、つけられている値段以上の値打ちがある場合だって考えられよう。市場価値が、必ずしも所有者にとっての価値とイコールではないこともある——百万円の指輪に、一億円を払う人もいるだろう。場合によってはその指輪は、二億円以上で転売できるものなのかもしれない。親の形見だったり、恋人からの贈り物だったり、そういうセンシティブなケースも想定可能だ。

だが、百万円の札束は、縦にしようと横にしようと、あくまでも百万円の札束だろう……どんな価値観を持つどこの文化圏の誰がどう考えても、一億円の束の、百分の一であり、百分の一でしかない。これは経済の問題ではなく、算数の問題である。

「ご本人はなんとおっしゃってるんだ？　つまり、里井先生自身は」

「むろん訊いたが、むにゃむにゃと口を濁《にご》して教えてくれない。一応、理由らしきものも言うには言うんだが、ころころ変転するし、まったく納得できるものじゃない。だからと言ってあまり追い詰めて、自分で稼いだお金をどういう風に使おうと勝手だと言われれば、強く聞き出すわけにもいかなくなる。被害者を糾弾《きゅうだん》する形になって、泣かれても敵わない」

「な、泣く？」

子供じゃあるまいし、と思ったが、紺藤さんの表情は真剣だった——挫折せずに夢を叶えた天才が、どこか幼さから脱しきれないというのもまた真理だろうから、これは大袈裟に言っているのではないのかもしれない。

「だからこの窮地から脱するためにお前に訊きたいんだ、厄介。百万円のために一億円を支払うというのは、どういうパターンが考えられる？　お前がこれまで渦中に置かれたトラブルで、そういう類の事件はなかったか？」

大恩ある紺藤さんに、せっかく頼ってもらっているというのに、しかしながら、僕はここでは恩知らずにも期待外れの返事をするしかなかった——即ち、そんな経験はついぞしたことはない、と答えるしか。僕もこれまで数々の容疑をかけられてきたけれど、百万円を『誘拐』した挙句に一億円を要求しただろうなんて、無茶苦茶な濡れ衣を着せられたことはない。

「そうか……まあ、里井先生の個人的な事情なんだろうから、そりゃあそうだよな。里井先生にしかわからないことか。天才の頭の中は覗けない。済まなかったな、厄介。変なことを訊いてしまって」

「どうか謝らないでくれ、紺藤さん。心苦しいばかりだよ。……でも、それを言うなら里井先生以外にも、事情を知っている人間は、少なくとも一人、いるんじゃないかい？」

「？　それは誰のことだよ、厄介。俺には見当もつかないが」

「だから――誘拐犯、脅迫犯だよ。明らかに犯人は、その事情を知った上で、里井先生の仕事場から百万円を盗み出して、そして一億円を、正当な対価として要求しているじゃないか」

逆に言えばその方面から、犯人を絞ることもできそうだが……、しかしながら里井先生がそれを望んでいる風でもなさそうだ。あくまでも里井先生が望んでいるのは、盗まれた百万円が、手元に戻ってくることである。一億円どころか二億円払ってもいいと言っているのだからすさまじい。

「いや、里井先生がそれでいいと言うのなら、一億円や二億円くらい、編集部の予算から捻出しても構わないさ。こんなことで里井先生の仕事が滞るほうが編集部の、そして漫画業界の損失だ──必要経費として、十分に計上できる」

一億円の必要経費とは何とも豪気だ。天才はそこまで優遇されるものなのかと、正当性のない嫉妬にかられる。まあ犯人が領収証を用意してくれるはずもないし、こんな取引を必要経費に組み込むのは実際的には難しかろうが、しかし紺藤さんが言うと真実味を帯びる──色んな『ありえない』を実現してきた敏腕である。

「しかし紺藤さん、それはあくまでも、盗まれた百万円が無事に戻ってくるという保証あってのことだろう」

「ああ。一億円は支払いました、だけど百万円は戻りませんでした。これが今、想定される、一番可能性の高い未来だよ」

「そうだね……まるで二重詐欺の被害だ。約束通り、百万円を郵送する理由なんて、犯人にはないわけだし。そんな律儀な奴が、そもそも犯罪を犯すとは思えない──どころか、最悪の場合、次なる要求を突きつけてくるかもしれない。更に一億円寄越《よこ》せ、とか。延々、搾《しぼ》り取られることになるかもしれない──」

「無論、自分で仕事をして稼いだお金をどう使おうと、そりゃあ確かに里井先生の自由なんだが、読者である子供達のお小遣いが犯罪者に流れ続けるというのは、編集者としてあまり歓迎したい事態じゃあない」

「紺藤さん」

「どうした、厄介。その顔は、何か閃《ひらめ》いたという顔だぞ。ひょっとして、何か思い出したのか？　百万円と一億円とを引き替えにするような事件を」

「いや、どう記憶を引っ繰り返しても、そんな不可思議な事件を体験したことはない

――だけど、思い出したんじゃなく、思いついたことがある。ひょっとすると、僕は光栄にもあんたの力になれるかもしれない」

「こうして話を聞いてくれているだけでも、既に十分力になってくれているが、厄介、お前は八方手がつきた哀れなこの俺に、これ以上何をしてくれるって言うんだ？」

「あんたが哀れだったら、僕なんて問答無用で介錯されているよ。それはさておき、あくまでも卑劣な脅迫犯は、『警察には連絡するな』と言っただけなんだよね？　だったら紺藤さん、僕に――」

と、僕は言う。

「――探偵を呼ばせてくれ」

4

正直に言うと、紺藤さんから相談を受けた、聞く者に困惑を強要するこの事件に関して、僕は今日子さんを呼びたくはなかった。事件の奇妙さゆえではなく、他ならぬ紺藤さんが直接の依頼者となるという点が、今日子さんを呼びたくない第一の理由である――同性の僕からみても、紺藤さんはダンディで品がよく、その洗練された振る舞いにはいちいち憧れてしまうし、その上彼は、非の打ち所のない人格者である。僕のような何もない奴にしてみれば目を逸らしたくなるほどまぶしく見える、外見も中身も、絵に描《か》いたような『いい男』だ。今回の件だって、お金の話じゃあなく、その漫画家先生のことを心から心配しての相談だと伝わってくる。これについては僕のことを忌憚《きたん》なく小さな奴だと思ってくれて構わないけれど、そんな格好いい独身男性を、今日子さんに紹介したくないという気持ちは、どうしたって否定できなかった。

が、考えてみればこれは杞憂《きゆう》、気の回し過ぎというものだった――なぜならどんな格好いい独身男性と出会おうと、今日子さんは寝て起きたら、その魅力的な相手のことを忘れてしまうのだ。仕事であろうとなかろうと、その日の記憶は、引き継がれることなく次の日には、綺麗さっぱり消えてしまう。

今日子さんには、今日しかない。

素敵な出会いも、運命的な縁も、あるいは奇跡めいた偶然も、総じて明日にはなかったことになる――今まで何度となく『出会って』いる僕のことをまったく覚えていないのと同様に、たとえどんな好印象を持とうと、紺藤さんのことを、今日子さんは明日には忘れてしまうのだ。そして二度と思い出すことはない。

ならばみっともない嫉妬をしている場合じゃない。

銀行が開く月曜日までに解決しなければならない、それにスキャンダルを避けるためにできる限り秘密裏に解決したいというふたつの事情を鑑《かんが》みるに、僕は並みいる名探偵から、今日子さんを指名しないわけにはいかなかった——最速の探偵。

そして忘却探偵・掟上今日子を。

そんなわけで翌日曜日の午後、僕は漫画家・里井有次の仕事場にお邪魔することになった——もちろん、紺藤さんも同席している。漫画家の先生に会うのはこれが初めての機会だったが、なんと驚いたことに、里井先生は女性だった。少年漫画を描くに際して、女性が男性名をペンネームとすることはよくあることらしい——作者が女性だというだけで斜めに見る読者も、少なからずいるということか。

「少女漫画を描く男性作家はもっと斜めに見られることになるよ。世間的には男性作家で通しているから、この件も、くれぐれも口外しないでくれ。その探偵さんにも——言うまでもないのか」

「うん。忘却探偵だから」

言いながら僕は、里井先生に挨拶する。男性だと思っていた意外さも手伝って、僕には彼女が、実際以上に小柄な、可愛らしい女性に見えた——女性というより、女の子だ。無地のTシャツにだぼっとしたコットンスカートは、仕事着なのか部屋着なのかわかりにくい。二十代になったばかりとのことだったが、十代の学生と言っても通りそうである。とても億という額を動かせるようには見えない。

しかし彼女のほうこそ、僕がこの事態に際して頼れる男には見えないのだろう、挨拶を返してはくれず、ただ胡散臭げに僕を睨《にら》んでいる。僕にとっては慣れた視線だと言いたいところだが、慣れられる視線ではない。その視線から逃げるように、僕は、

「き、綺麗な仕事場ですね。失礼ながら、漫画家さんの仕事場って、もっと散らかっているイメージがありました」

などと、お愛想《あいそ》を言う。

しかし実際、お愛想抜きでも綺麗な部屋だった——マンションの一室を仕事場にしている里井先生だったが、漫画家の仕事場というより、高性能のパソコンがずらりと並んだ、IT企業のオフィスといった様相だった。

かつては漫画家とは、初期投資の少ない、紙とインクさえあれば取り組める、第一歩を踏み出しやすい職だと言われていたが、制作にこれだけの設備が必要となると、今は決してそうでもないらしい——どころか外せば、結構な借金を背負うことになりかねない。紺藤さんが言っていた通り、『儲からないどころじゃない』だろう。

さん達は？」

「里井先生はデジタル入稿だからな。俺もそれで楽をさせてもらっている。今日はアシ

紺藤さんからの質問に里井先生は、「休んでもらっています。今は、原稿どころじゃありませんから」と小さな声で短く答えた。

原稿どころじゃないと言われたら、編集長の紺藤さんはたまったものじゃあないだろうが、さすがの貫禄《かんろく》で、「そうかい。じゃあ、早く解決しないとな」と言うだけだった。編集者と漫画家の関係というのも各々によってまちまちなのだろうが、紺藤さんと里井先生のやりとりは、鷹揚《おうよう》な父親と思春期の娘のようだった。

思春期の娘はうるさそうに言う。

「だから……明日朝一で銀行に行きますって。紺藤さんには、そのとき一緒についてきて欲しいってお願いしただけなのに……それなのに、こんなおおごとに」

「大丈夫だって。この隠館くんは、元々作創社で働いていた、俺がもっとも信を置いている男の一人だ。情報が漏れる心配はない」

「はあ……でも、名探偵だなんて、漫画じゃないんですから」

漫画家にそう言われてしまえば名探偵も形無しだが、そんな話をしているあたりで、今日子さんは現れた——住所が少しわかりづらいかと思ったけれど、お見事、約束通りの時間である。

シルエットの綺麗なモノトーンのワンピース、腰に細いベルトを巻いている。その上に羽織るストールの色は赤い。肌をほとんど露出しないそのファッションの理由は、先日知ったところだ――今日も素肌のどこかに、この仕事場の地図や、待ち合わせの時間でも書いているのだろうか？

年齢に不似合いなその総白髪に、紺藤さんも里井先生も面食らったようだった――それはいつものことだが、おや、でも紺藤さんには昨日の時点で、既に今日子さんの髪のことについては告げていたはずだったけれど？　まあ、聞くのと見るのとでは、やはり印象も違うか。

「初めまして。置手紙探偵事務所所長、掟上今日子です」

言って今日子さんは深々とその頭を下げた。深過ぎてなんだか前屈運動みたいだ。

「あ……はい。作創社の紺藤文房《ふみふさ》です。このたびはお世話になります」

慌てて立ち上がり、紺藤さんは名刺を取り出した――なんだろう、らしからぬと言うか、普段ならば洗練された紺藤さんの隙のない振る舞いが、やや乱れているように感じた。たとえ今日子さんの白髪に驚いたとしても、そんな奇異な第一印象に引っ張られる人でもないはずなのだが。

「里井有次です。よろしくお願いします」

名刺こそ持っていないようだが、それでも控えめにそう目礼する里井先生のほうが、まだしも落ち着いて見えるくらいだった——もっとも里井先生は里井先生で、なんだかんだ言いながらも探偵という、日常生活ではあまり接触することのない人種への興味が前面に出ている風でもある。僕と対したときとは、明らかに態度が違う——奇妙な事件の渦中にあっても、この辺の好奇心は、さすが漫画家と言ったところか。

　今日子さんは二人との挨拶を終えて、それから僕を見た——なぜそんな風に見られているのか、一瞬、捉えかねたけれど、すぐに察した。今日子さんは、僕からの自己紹介を待っているのだ——そう、今日子さんにしてみれば、紺藤さんや里井先生同様、僕だって初対面の相手なのである。何度会おうと、初対面。

「ぼ、僕は、今朝電話した隠館厄介です。今日子さんには、今まで何度かお世話になっていまして……」

「はあ、そうでしたか」

　と、気のない返事の今日子さん。『何度かお世話になっている』という情報が、何も響いていない——確かに、そう言われても、今日子さんとしては愛想笑いくらいしか返すものはないだろう。身に覚えがない咎《とが》で非難されることの多い僕だが、身に覚えがない恩で謝意を示されても、当事者としては当惑するしかないのだ。

「ではお時間も限られているとのことですし、早速仕事に入らせていただきます。詳しいお話を聞かせてください」

更級研究所以来となる僕との再会には、当然ながら特に何の感慨も示さず、てきぱきと探偵活動に入る今日子さんだった——寂しいと思うものの、これは仕方のないことなのだと自分に言い聞かせる。

まあ、今回は僕が犯人だと疑われている状況下じゃないゆえに、比較的落ち着いた気持ちで今日子さんと同席できるというだけで、満足しておくべきなのだろう。満ち足りるには、あまりにもささやかな幸せだが……僕の器の小ささが知れる。

「あの……」

と、全員が着席したところで、おずおずと里井先生が言った。

「紺藤さんが勝手に話を進めてしまったんですけど、……えっと、探偵さん。私は別に、犯人を捕まえてほしいわけじゃないんです。ただ……、盗まれたものを、取り戻したいだけで……」

売れっ子作家と言えばわがままで横暴であるという偏見もないではなかったし、そんなわけのわからない脅迫に応じようとしているところから、里井先生の人格に不安を抱いていたけれど、今日子さんに対するその丁寧な物言いは、僕などよりよっぽど社会性があると言えた。どうやら僕が先程から半ば無視されていたのは、主に僕の人徳によるものらしい。

「大丈夫です。依頼人の意に背《そむ》くようなことはしません。盗まれたものを取り戻したいとおっしゃるのでしたら、それは今日中に取り戻します」

もちろん、今日子さんは穏やかながらも自信たっぷりのその台詞に、こう付け足すことを忘れなかった。

「そして明日には忘れます」

5

事件の内容は類例がないくらいに奇妙でも、ストーリー自体はそう込み入ってもいないので、話はすぐに終わった。紺藤さんが僕にしたのと同じ話を繰り返す間、今日子さんは口を挟まず、ふんふんと相槌《あいづち》を打って聞いていた——里井先生が更に詳細を説明してくれるんじゃないかと僕は期待していたけれど、彼女は憮然として、紺藤さんが話している間、黙りこくっているばかりだった。早くこの時間が終わってくれと言わんばかりだった——そんな無言の圧力は、今日子さんには通じないのだが。

よくも悪くもマイペースな人なのである。

「なるほど、おおむね把握しました」

百万円と引き替えに一億円を寄越せという法外な要求があったことに、さして驚くでもなく、聞き終えて、今日子さんは微笑んだ——事前に電話である程度、僕が事情を告げていたとは言え、その振る舞いはどうにも不可解である。

「里井さん」

と、そこで今日子さんは、沈黙を保っている里井先生に話しかけた。里井先生は警戒するように身構えながら、「なんでしょう」と受ける。

「仕事の依頼を隠舘さんから受けて、あなたのコミックスを既刊十二巻、読ませていただきました。とても面白かったです。まさしく巻措《お》くあたわずで、アルブレッドが亡くなるシーンは涙なくしてページをめくれませんでした。そんな感動的な戦いの裏で、歴史の謎が紐解かれていく様は、読んでいて背筋が伸びる思いをしました」

「あ……は、はい。そうですか。どうも……探偵さんにそう言ってもらえると、光栄です……」

気まずげに応じる里井先生。どれだけガードを固めようと、対読者ということになると、あまりつっけんどんな態度を取り続けられなかったのだろう。もちろん、それを狙って読んできたのだとは思うけれど、しかし、今日しかない今日子さんが所長を務める置手紙探偵事務所は、当日予約のみを受け付けているので、僕が今回の件を依頼したのはつい今朝がたのことだ——それからさして時間があったわけでもないのに十二冊ものコミックスを読み終えて来たとは、すさまじい職業意識だ。僕など、昨日から関わっていながら、まだ里井先生の作品に触れてさえいないと言うのに……。

「今の少年漫画って、あんなに設定や伏線が複雑なものなんですね。読解が難しくって。そこが魅力でしたが、まったくお見逃《みそ》れしました。こんなことを言うと失礼かもしれませんが、あんな入り組んだお話、考えていてよくこんがらがりませんね」

「そ、そりゃあ作者ですから……私が間違ったら話になりません」

照れくさそうにはにかむ里井先生。今日子さんにとっての『少年漫画』とは、いったいいつの時代のどういうものなのだろうと僕が考えているうちに、彼女はにこにこしながら、「私だったら、すぐに忘れちゃいそうですけれど、アイディア帳や設定集みたいなものがあるんですか？」と訊く。

「い、一応、ありますけれど……お見せするわけにはいきませんよ」

身を乗り出す今日子さんに、先回りするように里井先生は言った——まあ、これは社交辞令にしても、今日子さんが踏み込み過ぎただろう。折角《せっかく》ゆるみかけた里井先生のガードを固めてしまったかもしれない。今日子さんとしては、里井先生がどうして、百万円のために一億円を支払おうとしているのかを摑《つか》まなければならないゆえ、打ち解けるためのとっかかりを探ったのだろうが……。

「あはは。そんな図々しいこと、頼みませんよ——ところで、この場に他に編集部のかたがいらっしゃらないということは、里井先生の担当は、紺藤さんがされているのですか？」

「はい。そうです。デビュー以来、ずっと私が。そろそろ若い者に引き継がせないといけないとも思っているんですが……大事な作家さんなので、任せる部下も選ばないとなりませんので」

僕は特に不自然には感じていなかったが、確かに、編集長が作家を直に担当しているというのは、作創社においては例外的なケースなのかもしれない。売れっ子だからと言って贔屓していたら、他の作家さんに示しもつかないだろう。仕事場に来た当初、僕を見る今日子さんの様子が（初めましてにしても）いつもと違って見えたのは、僕を里井先生の担当編集者だと思っていたからなのかもしれない……もっとも、それが今回の事件に関係あるとも思えないが。

「なるほどなるほど。では……」

と、世間話（？）を終えて、今日子さんは切り出した。

「ここで話を整理させてください。私は約束致しました通り、事件の解決に全力を尽くすつもりでおりますが、この場合、何をもって事件の解決とすればよろしいでしょうか？」

どうして今更そんなわかりきったことを言い出すのだろう、という気もしたけれど、言われてみればそこがまだあやふやだった。と言うより、その点が紺藤さんと里井先生では食い違っている——今日子さんとしては、そこをはっきりさせないと、本腰を入れられないのだ。

里井先生は、彼女だけが知っている事情によって、その百万円を、たとえ二億円払ってでも取り戻したいと思っている――紺藤さんは、できればその事情を知りたいと思っているのではないだろうか？　それに、大事な担当作家を脅迫する憎むべき犯人に、法の裁きを望んでいるかもしれない。

「探偵さん。お金を払って盗まれた百万円が返ってくるというのだったら、私はそれで構いません。犯人が誰かなんて、どうでもいいです」

案の定、そんなことを里井先生は言う。

「確かに、警察の鑑識能力に頼らないのであれば、犯人を特定するのは難しいかもしれませんね。人が多く出入りする都合上でしょうか、一通り見させていただきましたが、この仕事場のセキュリティは高いとは言えないようですし」

紺藤さんの話を聞きながら、今日子さんはそんなことを確認していたらしい――いや、その言いかたからすると、マンションの外部・周辺も既に確認済みなのだろう。抜け目がないと言うか、生き馬の目を抜くような、恐るべき職能である。

「ただし、一億円を支払ったところで、百万円が戻ってくるとは限りません。つけあがった犯人が、更なる要求をしてくるかも――紺藤さんは、そのことを危惧しているようですが、いかがですか、里井さん」

「……そのときはそのときです、探偵さん。変に犯人を刺激して、百万円を使われてしまうことのほうが、私はよっぽど怖い。……今だって怖いです。警察に届けるなって言われてるのに、探偵なら呼んでいいなんて、そんなのやっぱり屁理屈ですよ」

「かもしれませんね。ところで、一応訊いておきますけれど、その脅迫電話の声に、聞き覚えはありましたか？」

静かながら、勝手に探偵を呼んだことを責めるようなことを言われ、提案した僕と紺藤さんは気まずかったが、今日子さんは動じもせずに話を変えた。そのふてぶてしい態度に毒気を抜かれたように、里井先生も、

「いいえ。初めて聞く声でした。番号も非通知でしたし……犯人の心当たりはありません」

と、質問に答えた。

「電話のあった正確な時刻を教えていただいてもいいですか？」

「えっと、金曜日の夕方過ぎ……」

「すみません、できれば電話の履歴そのものを。人間の記憶はあてになりませんので」

「…………」

自分の記憶力を疑われたと思ったのか、里井先生は気分を害したようだけれど、しかし実際に記憶が一日ごとにリセットされるという忘却探偵相手に記憶力について反論す

るわけにもいかなかったのか、ぶすっとして携帯電話を取り出し、今日子さんに手渡した——携帯電話は最新型のスマートフォンで、知識の更新されない今日子さんにそれが操作できるかどうか僕は少し心配になったけれど、そこはさすがの適応力で、彼女はタッチパネルを操作する。まあこれは、今時のスマートフォンの操作性の高さを示すエピソードかもしれないけれど——パスワードはかかっていないようで、すぐに今日子さんは着信履歴に辿り着く。着信履歴の内容はほとんど『紺藤さん』だったけれど、一件、『非通知』があって、それは一昨日金曜日の、18時15分だった。

それを見て今日子さんは、何か確信を得たように、微笑する。

「……な、何がおかしいんですか？」

「失礼。失笑でした」

そう言って今日子さんは携帯電話を返却する。そして「では、依頼内容は『盗まれた百万円を取り戻す』で構いませんね？　そのための必要経費は、一億円以内、できるだけ少なくと言うことで」と言う。

「十億円かかっても構いません」

とんでもないことを里井先生は言った——さすがに紺藤さんが声を荒らげて「馬鹿なことを言うんじゃない！」と叱りつけた。里井先生は身をすくめるものの、反抗的に紺藤さんを睨み返す——まったく、つくづく親子のようである。振る舞いは子供っぽくとも、里井先生も二十歳を過ぎている以上、娘という年齢でもないだろうが……。

紺藤さんは今日子さんに向き直る。

「支払いは編集部のほうでさせていただきます。解決できるのであれば、いくら経費がかかっても構いません……と言いたいところですが、作創社もいち企業ですので、できる限り現実的な額でお願いします」

「ご心配なく。一億円と言ったのは、あくまで私に任せてもらったほうが被害額は少なくなると言いたかっただけで、実際にはそんなにかかるとは思いません。ただし、必要経費と、探偵である私への報酬はまた別になります……ので、場所を変えて、そちらの話し合いをさせてもらってもよろしいでしょうか？」

「？」

紺藤さんが首を傾《かし》げる。僕も同じ気持ちだった。経費と代金が別になるのは、それはそうだろうが、しかしわざわざ場所を変える必要があるだろうか？　と思ったが、支払いを作創社が持つと言った以上、あまりその辺りの交渉を、里井先生に聞かせるべきではないと、今日子さんは判断したのかもしれない。

まあ、自分で稼いだお金ならば、どう使おうと究極的には里井先生の勝手だとしても、自分のために会社のお金が使われるとなれば、気持ちの上で里井先生にとっては大きな負担になりかねない。大きな視点で見れば、会社のお金だって自分の作品を販売することで生まれた利益だと開き直れるほど、まだすれてもいまい。

「わかりました、掟上さん。そういうことなら……行こうか、厄介」

紺藤さんにそう促され、僕も席を立つ。と言うか、なんとなく流れで同席してしまっているけれど、僕はそもそも部外者なので、今回は容疑者でさえないので、今日子さんを紹介した時点で帰って問題なかったのだが……、実際、ここで辞去するのが本当ではないのだろうか？　だが、自分が巻き込まれた事件でもないのに今日子さんと会うなんて機会は滅多にないものなので、ついつい、長居してしまう――紺藤さんの誘いにも甘えてしまう。ひょっとすると紺藤さんは、そんな僕の気持ちに気付いて、ここであえて誘ってくれたのかもしれない。

「ちょ……ちょっと待ってください、探偵さん」

と、そこで里井先生が、てきぱきと仕事場を後にしようとする今日子さんを引き留めた。彼女にしてみれば、ことを荒立てる疫病神《やくびょうがみ》であろう今日子さんを引き留めて、自分からいったい、何を言おうというのだろう？

「き……訊かないんですか？　私がどうして、百万円を取り戻すために、途方もない金額を支払おうとしているのかを」

「え？　ああ、それは訊きません」

今日子さんは足を止めて、素《そ》っ気《け》なくそう答えた。そりゃあ、一日が一生であり、一刻一秒が貴重な財産である今日子さんにしてみれば、どうせ教えてくれないであろう徒労となる質問をして、時間を浪費する無駄を犯したりはすまい――僕はそう思ったのだが、今日子さんがその質問を里井先生に投げかけなかった理由は、まったく別のものだった。

「だって、その理由はもう明々白々にわかってますから。ええ、誰がなんと言おうと、私も、その百万円には一億円以上の値打ちがあると思います。だから、悪いようにはしませんので、この探偵さんにお任せください」

6

とりあえず里井先生も、百万円を取り戻すために一億円を払う取引を、途方もないと理解しているとはっきりしたことには、僕も紺藤さんもほっとしたけれど――今日子さんがむしろ逆のことを言い出したことには、仰天せざるを得なかった。

だが、その場で発言の意図を追及するわけにもいかず、それから僕達は、里井先生を残して、彼女の仕事場から、作創社の本社ビルの会議室へと河岸《かし》を変えた。日曜日なので、会社の中はがらがらだった――企業のオフィスが謎解きに向いているかどうかはともかく、人払いをする必要がないので、密談には向いていよう。

「紺藤さんはよくあんな風に、里井さんをお叱りになるんですか？」

席についていきなり、今日子さんはそんなことを言った——紺藤さんはやや面食らったようだが、「いや、みっともないところを見せてお恥ずかしい」と、弁解する。

「デビューに立ち会ったという自負が抜けなくて……まったくいけません。本当はあんなヒット作家を、いつまでも新人扱いすべきじゃあないんですが」

「ひょっとしてですけれど、紺藤さんは里井さんが冷蔵庫に現金を隠していたことも、厳しく怒ってさしあげたんじゃありませんか？」

「？　はあ、まあ……そりゃあ、不用心ですから……、担当じゃなくとも、そこは叱ったでしょうね。でも、どうしてそんな風に考えたんです？」

「いえ、ちょっとした確認です」

今日子さんはここでは多くを語らず、ただ出されたコーヒーを飲んだ——具体的な推理を話すのは、お金の話がまとまってからと言うことだろうか？　それももっともだと納得したようで、紺藤さんは、「では、掟上さん」と、単刀直入に言った。

「ご報酬の件なのですが……、もちろん、こんな奇怪な事件についてのご相談なのですから、隠館くんから聞いた相場には、いくらか上乗せさせていただこうと思っています。ただ、先ほども申しました通り、常識的な金額からあまりに逸脱されてしまうと……」

「え？　ああ、いえ、お金の話は、あの場から離れるための口実でしたので、通常料金をいただければ結構です。正直に申しますと、むしろ逆に、こんなシンプルでわかりやすい事件で、果たしてお金をいただいてしまっていいのかどうか、私は今、自分の良心と戦っているくらいでして」

今日子さんが紺藤さんを遮ってそんなことを言ったので、僕は呆気《あっけ》にとられた――冗談じゃない。もしもこの奇怪な事件が『シンプルでわかりやすい』と言うのであれば、僕がこれまで今日子さんに支払ってきた数々の事件の依頼料を、耳を揃えて返してもらいたい。

「それは記憶にないので絶対に返しません」

きっぱりと断られた。どこかとろんとした見た目からは予想もつかないほど、意外とお金にはきっちりしている今日子さんである。しかし、その今日子さんをして、『お金をいただいてしまっていいのかどうか』とまで言わしめるとは……この事件の真相は、一体どういうものなのだろう？

「な、ならば作創社が通常料金を支払うと言うことで……、それでは、急《せ》かすようで申し訳ありませんが、どうやって里井先生の百万円を取り戻すつもりなのか、聞かせてもらってよろしいですか？」

紺藤さんは、確かに急かし気味に、そう言った――僕はその前に、どうして今日子さんが『あの場から離れるため』の口実を設けたのかを訊きたかったけれど。里井先生に同席されては、まずい理由でもあったのだろうか？

「はい、惜しみなく。里井さんは犯人なんて突き止めなくていいとおっしゃってましたけれど、仮に一億円を振り込んでも百万円が返ってくる保証がない以上、やはり犯人を特定するのが、百万円を取り戻すための一番の近道でしょうね」

「それはそうでしょうが……、でも、警察に届けない限り犯人を突き止めるのは難しいと、掟上さんご自身が仰ってらしたじゃありませんか。それとも、あれも何かの方便だったのですか？」

「あの時点で、犯人を突き止めるのが難しいかもしれないと思っていたのは本当ですが……でもまあ、今となっては方便ですね。それについての推理を里井さんに聞かせたくなくて、場所を変えたと言うのもありますし」

訊くまでもなく、今日子さんが僕の疑問に答えてくれた——あるいは僕が訊きたげにしているのを察したのかもしれない。さすが名探偵、人心の機微を読むにも長けている——と感銘を受けたが、しかし今日子さんが続けた言葉は、まったく気遣いのないそれだった。

「百万円を盗んだ犯人は、それに脅迫電話をかけてきた犯人は、おそらく里井さんに雇われているアシスタントの中の誰かだと思います。キャリアの長い人から順番に調べてみてください。金曜日の18時15分の、携帯電話の発信履歴……、仮に履歴を消していても、わざわざその時間のアリバイを作ってはいないでしょう」

「……アシスタントを疑うんですか？　順番に調べてみてください、というのは、順番に疑ってみてくださいという意味に聞こえますが」

前置きなく、唐突に述べられた今日子さんの『里井さんには聞かせたくない推理』に、やや怪訝そうに、紺藤さんが反論する。明らかに気分を害したようだ。

「そんな推理なら、してもらうまでもありませんが……身内を疑うだなんて。なにかあったとき、すぐに近くにいる人間を怪しむだなんて、そんなの、隠館くんを疑う連中と同じじゃないですか」

「へえ？」

と、今日子さんは意外そうに僕を見る——そうか、『今日の今日子さん』は、僕が冤罪をかけられやすい人間だということを、まだ知らないのだ。

「いやしくも、これでも探偵業を営んでいる者です。そんな浅い推理で、人様に疑いをかけたりはしませんよ——アシスタントのかたに疑いをかけたのには、納得いただけるだけの理由があります」

「この件に関して私を納得させることは、不可能だと考えますが」

紺藤さんは矛を収めない。まあ、里井先生のアシスタントということは、大抵は紺藤さんの仲介によって勤めている人達だろうから、そんな風に言うのも当然だった。僕もこれに関しては、今日子さんの味方はできない——確かに、外部から侵入した明らかな痕跡がない以上、職場の人間を疑うのは推理として自然な流れなのかもしれないけれど、確たる証拠が出るまでは、そんなことを言うのは控えるべきだろう。

「だいたい、アシスタントの誰かが犯人だったなら、脅迫電話の声でわかりそうなものじゃないですか」

「ええ、それもヒントのひとつなのですが……百パーセントそうだとは、私も言いませんよ。でも、盗まれた百万円を無事に取り戻すためにも、できれば、決定的な証拠が出てしまう前に、ことを穏便に片付けたいと思っているんですけれど……」

と、紺藤さんの剣幕に対し、なだめるように言う今日子さん。依頼人を怒らせるのはまずいと考えたのだろう、更に付け加える。

「そのために里井さんに外れてもらったんですし。とにかく、話を聞いてもらえませんか？　それで得心できなければ、この身をいかようにもしてください」

本当にアシスタントが犯人なのだとすれば、確かにそれは里井先生には聞かせられない推理である——証拠が出る前に、表沙汰《おもてざた》になる前に片を付ければ、里井先生には犯人をぼかしたまま、百万円を返すことができるかもしれない。犯人には、当局に突き出さない代わりに、百万円を返せという取引をもちかければ……これは、十分に成立する取引だろう。

「……聞くだけ聞きましょう」

紺藤さんがそう言ったのは、友人であり紹介者でもある僕の顔を立てるためなのか、それとも今日子さんの自信に、思うところがあったからなのか。

「もちろん、ただ犯人を指摘するだけでなく、どうして里井先生が、百万円のために一億円をふいにしようとしているのかも、説明してくれるんでしょうね」

「ええ。と言うより、その二点は密接に関係しておりまして……」

そして謎解きが開始された。僕や紺藤さんにしてみれば奇妙奇天烈《きてれつ》極まる事件の、今日子さんに言わせればシンプルでわかりやすい事件の、謎解きが。

7

「事件のあらましを電話で聞いた際には、当然ながら私も当惑しました。百万円と一億円を交換しようという里井さんの動機が、まったくわからなかったからです。なので、どのような動機があれば、百万円のために一億円を支払う気になるかを、考えました。里井さんの作品を読みながら考えました」

滔々《とうとう》と語られるから気付きにくいが、その状況をイメージしてみると、探偵は漫画を読みながら事件の推理をしていたという話である——どんな安楽椅子探偵だ。もちろん、使える時間の限られている今日子さんだから、ながら推理も致しかたないのだが。

「百万円はどう数えても百万円——どうしたって一億円にはならない。と考えがちですが、しかしその百万円が、もしも『特別』な百万円ならば、そうでもないかもしれません。むしろ、高価なパソコンなどには手がつけられず、ただ百万円だけが盗まれている以上、その百万円の束に特別な意味があると考えるべきでしょう。二巻を読んでいるときに私が思いついた可能性は、それが犯罪がらみの札束なんじゃないかというものでした。たとえば、かつて銀行強盗に遭って盗まれた大金の一部、とか……つまり、その百万円が流通すれば、芋蔓式《いもづるしき》に過去に犯した犯罪が露見する、といったパターンです」

「さ、里井先生が銀行強盗団の一人だったというんですか!?」

血相を変えて腰を上げかけた紺藤さんを、「たとえばの話ですよ、たとえばの」と、今日子さんはいなす。

「もちろん、これはいくらなんでも荒唐無稽《こうとうむけい》です——すぐにこんな考えは捨てました。そんな危険な証拠を、さすがに仕事場の冷蔵庫に隠すはずもありませんし、もしもそうだったとするなら、紺藤さんに相談したりはしないでしょう」

「あまり悪趣味なたとえ話はやめていただきたいものですね、掟上さん。現時点で私は、里井先生の担当編集者として、いや一人の男として、かなりの忍耐力を発揮しているということをお忘れなく」

「大丈夫です、記憶力には自信があります——一日以内なら。それに、このたとえ話は、荒唐無稽でありつつも、ふたつの示唆に富んでいて、どうしても提出せざるを得ないものでした。……ところで参考までに、お二人はどう考えました？　百万円が一億円と等価となるには、他にどんな可能性があると思います？　まさか何の仮説も立てていないということはないでしょう」

「……思い出の百万円、と、先生本人は言っていました。漫画家となって、最初に振込まれた印税とか……」

紺藤さんの解答に、「私も三巻を読んでいるときにその可能性を考慮しましたが——それを本当だと思いますか？」と今日子さんは詰め寄った——紺藤さんは首を横に振る。まあ、理由としてぎりぎり成り立っていないでもないけれど、しかしだからと言って、それに一億円は払うまい。

「これが宝石だったら、親の形見や恋人からの贈り物という理由で、手元に置いていたことも含めて納得できそうですが、でも、親の遺産でも恋人からのお小遣いでも、お金それ自体を大切にしようとは思わないでしょうね」

今日子さんはやんわりと言う。それは僕も考えたことだった——今日子さんと思考が一致したことをかすかに嬉しく思ったが、しかしこの程度は誰でも一致するだろう。

「ええ。なので私は、百万円というのは隠語であり、本当に盗まれたのは別の物という線を考えましたが……、『百万円』という名前のペットとか。しかし、それならそうと言いそうなものです。わざわざ隠す理由はない。こんな可能性も考えました。大事なのは百万円そのものではなく、紙幣と紙幣の間に挟まれていた写真だったり、手紙だったり……」

「ふむ。上々の仮説ですけれど、それも、そう言いそうなものですよね。返ってきたらわかることなんですから」

「そう言えば、掟上さんはアイディア帳の有無を、里井先生に確認していましたけれど……、ひょっとして、その百万円の紙幣に、里井先生は作品のアイディアを書き留めていたとか？　もしもそうなら、百万円どころではない値打ちが生じることにはなりますが……」

「たとえそれが紙幣だとわかっていなくとも、一万円札をメモ帳に使う人はいないでしょう。金銭価値をさっぴいて考えたところで、書き込めるスペースなんてまったくありませんし。……隠館さんは、どう考えます？」

今日子さんにそんな風に水を向けられ、僕は一応、温めていたアイディアを二人に述べることにした。ここまでの道中で僕なりに考えた、この事件への『推理』である。

「『特別』な百万円というなら、通し番号が『特別』というケースが考えられるんじゃないでしょうか？　通し番号がぞろ目の紙幣は、プレミアがつくというのを聞いたことがあります。もしも里井先生が、そういった紙幣のコレクターだったとすれば……」

「厄介、それは俺も真っ先に考えたよ。確かに、通し番号がぞろ目だったり、連番になっている紙幣は、コレクターの間では価値が高くなる。でも、せいぜいが数倍程度だ。百倍ものプレミアがつくなんてことはない——仮に百枚の一万円札がすべてぞろ目だったとしても、一千万円にも達しない」

そ、そうなのか。

「それに、里井先生がコレクターだなんて話は聞いたこともない」

ぐうの音も出なかった。推理が外れていたことより、僕が温めていたアイディアを、紺藤さんは真っ先に考え、そして却下していたことのほうがショックだった。この場合は思考が一致しても、嬉しいと言うよりはむしろ恥ずかしい。当然、今日子さんもとっくに（何巻を読んでいるときかはともかく）却下していたアイディアなのだろうと思ったけれど、「でも、いい線いってますよ、隠館さん」との過褒《かほう》をいただいた。

「通し番号というのは、実にいい線です」

「え？　そ、そうなんですか」

「荒唐無稽なたとえ話に含まれていた示唆というのは、実はその点でして——もしも盗まれた百万円が銀行強盗で奪われた札束の一部だった場合、使われるとどうしてそれが露見するのかと言えば、『紙幣には通し番号が振られているから』ですよね。お金は確かに等価値ですが、しかしどれひとつとして、同じ紙幣なんてない……紙幣は一枚ずつ、違うものです」

言われてみれば当然のことを、今日子さんは言う。漠然と百万円と言っても、同じ百万円なんてない……どんな百万円でも一束一束特別なんだという話ならば、確かに示唆に富んでいるようにも聞こえるが、しかしだからと言って、それがどうしたとも言える。人間は一人一人が特別なオンリーワンだと言われても、それがどうしたと言いたくなるのと同じだ。それこそぞろ目や連番でもない限り、誰も通し番号なんかに注目すまい。

「ええ、ですからふたつの示唆と申し上げました。ひとつ目が通し番号の件だとして、もうひとつは、紺藤さん、あなたの件です」

「……私が、何か？」

何を言われるのか、警戒するように身構える紺藤さんだったが、今日子さんは対照的ににこやかに言う。

「ですから……もしも犯罪がらみの百万円が盗まれたのなら、それを紺藤さんに相談したりはしないだろうと、私は言いましたけれど、でも、じゃあ、そうじゃないからと言って、紺藤さんに相談しなければならないわけでは、ありませんよね？　理不尽な脅迫電話に応じる理由を話したくないのなら、里井さんはそもそも、紺藤さんに相談しなければよかったじゃないですか。そうしていれば、私みたいな探偵が出しゃばってくることもなかったのに。警察に届けるなと言われたのに探偵に届けるのが反則だって言うのなら、編集者に相談するのも同じくらい微妙でしょうに」

「……でも、今日子さん、それについては今日子さんが仕事場にいらっしゃる前に、里井先生がちらりと仰ってましたよ？　月曜日に銀行に行くときに、ついてきてもらおうとしたって……」

一億円を振り込むとなれば、ATMじゃあ不可能な手続きだ――かと言って窓口で、根掘り葉掘り事情を訊かれるのもうまくはない。なにせ構造的には、振り込め詐欺の被害に遭っているようなものだ……うんざりするであろうそのやりとりを思うと、頼れる編集者にすがりたくなっても不思議ではない。

「ええ、そんなところだろうと思っていました。あまり世間ずれしているかたには見えませんでしたし。まあ、裏を返せば、元々里井さんは、紺藤さんには事情を、そこまで頑なに隠すつもりはなかったんだと思います。ただ……、不用心にも冷蔵庫に大金を隠していた件で紺藤さんから強く叱りつけられたことで、その先を言い出しにくくなってしまったんでしょうね」

もっと怒られるかもしれないと思ったから、と今日子さんは言った——と思ったけれど、黙ってしまっただなんて、そんな子供みたいなことがあるだろうか、と思ったけれど、しかし里井先生の印象、それに里井先生と紺藤さんの関係を想起すると、ありそうな話でもある。『怒られたくない』というのは天才のほうが、むしろ凡人よりも強く有する感情かもしれない。

「それはともかく、今の話、ちょっとおかしいと思いませんか？」

「え？　どこがですか？　おかしいというなら、僕は最初から全部、こんなおかしな話はないと思っていますけれど……」

「ATMじゃ無理な金額で、だからといって窓口でやりとりするのが後ろめたい振り込みなら、インターネットバンキングで振り込めばいいじゃないですか」

僕から正解を引き出すのは無理だと判断したのか、今日子さんはまったく勿体振らずに答を言った——インターネットバンキング。そうだ。言われてみれば、その通りじゃないか——一刻も早く振り込みたかったと言うのなら、二十四時間三百六十五日、休みなく稼働しているネットバンクで振り込めばよかった。誰とも対面せずに済むし、振り込みの限度額も、総じてATMよりは遥かに高い——里井先生は複数の銀行に資産を分散して口座を持っているとのことだったから、合計一億円、指定の口座に振り込むのにさしたる難はなかろう。手続き上、振り込み日自体は同じく月曜日になるだろうが、里井先生としてはそうしていれば窓口でわずらわされることなく、つまり紺藤さんに相談せずに済んだはずだ。

　僕はインターネット上でお金をやりとりすることに不安があるので、ネット銀行を使ったことはほとんどないけれど……、しかし、原稿制作をデジタルで行っている今時の若者である里井先生が、そんなオールドセンスだとは思いにくい。使っていた携帯電話も、最新型のスマートフォンだったし……、あれで簡単に手続きできたのでは？

「掟上さん、ネットバンクを使わなかったことが、何か重要なのですか？　お話が一向に、里井先生のアシスタントを疑う理由に繋がって来ませんが」

「もうすぐ繋がりますので、どうぞご心配なく。ただし重要なのは、ネットバンクを『使わなかった』理由ではなく、ネットバンクを『使えなかった』理由です——どうして使えなかったんだと思います？」

　先刻のものと違って、この設問には、答はおよそひとつしかないだろう。ネットバンクを、使いたくとも使えないケース、と言えば……。

「パ、パ、パ、パスワードを忘れた場合、ですよね……あ」

　言ってから気付いた。パスワード。パスワードだって？　忘れてはならないパスワード。だけど忘れることもある。それは今日子さんでなくとも、だ。ならば忘れたときのためにメモしておく？　普通はそうだろう。だが、実際のところ、パスワードをメモするというのは、セキュリティ上、諸刃の剣である。忘れたときの備えにはなるが、メモした紙のほうをなくすかもしれないし、メモした紙を人に見られるかもしれない。暗号化してメモしても、今度はその暗号を忘れるかもしれない。狐疑逡巡《こぎしゅんじゅん》の罠にはまれば、きりがない。しかし、ならば、つまり……まさか。

「まさか里井先生は……、紙幣の通し番号をパスワードに設定していたんですか？」

8

「傘《かさ》をすぐになくしてしまう人が立てる対策として、何万円もする傘を買うというものがあるそうですけれど……、発想としてはそれと同じですね。鍵をなくさないために鍵自体を高価にしてしまうというのは――もっともそれだって、鍵自体が盗まれることの危険と、背中合わせですけれど」

「し、しかし……」

今日子さんに何か言おうとして、しかし何も言えず、紺藤さんは言葉に詰まる。僕はそんな風に語れるほど里井先生を知らないけれど、あるいは紺藤さんは、彼女のセンスなら、それをやりかねないと、思い当たる節があるのかもしれない。少なくとも、変わった通し番号の紙幣のコレクターであるという説よりは、現実味を帯びているのかも。

紙幣の通し番号というのは盲点だし、アルファベットと数字のランダムな並びと見るなら、非常に特定しづらいパスワードだ——まぐれ当たりはまずないと言っていい。実際、それならば、その紙幣の価値は、数倍や、あるいは数十倍でも済むまい……百万部作家の里井先生の貯金額が、どう低く見積もっても、百万円以下ということはないだろうし、そして一億円以下ということもないだろう。十億円というのも、払えるから口にした金額なのではなかろうか。そんなパスワードを取り戻すためになら……いや？　待てよ。その場合、わざわざ大金を払ってまでパスワードを取り戻す必要なんてあるか？　確かにネットでのやりとりはできなくなるが、しかし銀行に直接連絡して、口座を凍結してもらえばいいだけではないのか？

「ネットバンクに関して言えばそうでしょうね。ワンタイムパスワードの使用を強く推奨されて、しゃんしゃんと終わる話です。でも、それはあくまで、百分の一に過ぎません——もしも、最大で百個のパスワードが、盗まれたのだとしたら？」

ネットバンク以外のパスワード？　携帯電話にはパスワードはかけていなかったようだけれど……、たとえば、パソコンを起動させる際のパスワード？　デジタル入稿の作家にとって、パソコンを使えなくなるのは致命的だろう。あるいは、プライベートな面では、ゲームアプリのパスワードとか……ゲームのアカウントだって、やりこんでいれば馬鹿にはなるまい。クレジットカードや、ネット通販のパスワードは、言うまでもなく……それに。

「……それに、クラウドのアカウント」

紺藤さんが頭を抱えるようにしつつ、言った。

「里井先生が作品のアイディア帳を、そこに保存してあるんだとすれば――何をおいても、パスワードを取り戻そうとするだろうな。それこそ、十億円支払ってでも」

「失礼ながら、と言うか……私が言うのもなんですけれど、里井さんはあまり記憶力がいいほうではないようですね。私の名前を、最後まで『探偵さん』なんて呼んでいましたし……、携帯電話にパスワードをかけていなかった理由も、忘れたときに困るからなんじゃないかと想像しました。アイディア帳について話を振ったときの過剰反応が、推理の決め手です。その辺、あまり触れられたくなさそうだなって」

あのやりとりは、てっきりガードを下げさせるための社交辞令だと思っていたけれど、どうもあの時点から早くも今日子さんは色々と、探っていたようだ。いや、それを言うなら、今日しかない今日子さんにクラウドやネットバンクに関する予備知識があったとは思えないので、その辺りもあらかじめ予習してきたと見える――かなり早い時点で、今日子さんは仮説を立てていたようだ――漫画を読みながら。ならば真相を、シンプルでわかりやすいと、そう言うはずだ。

「自宅にならともかく、職場に百万円もの大金を置いておく理由も謎でした。でも、職場に置いておく必然性があったとするなら、その百万円は、現実的にはそのうちの一部は、仕事に使うんじゃないかと推察しました」

確かに、厳密に言うと、通し番号は色違いなら同じ並びもあるし、実際には百枚の紙幣の通し番号が百通り、すべてが何かのパスワードということはなく、そのうちの半分以下、四分の一程度がクリティカルだったのであって、残る紙幣はフェイク、カムフラージュだったのだとは思う。そのくらいの枚数なら、頭のアルファベットをそれぞれに紐つけて覚えておけば、多少記憶力が悪かろうと、複数のパスワードがこんがらがることもないだろう。

「掟上さんがアシスタントを疑う理由は……、それも、キャリアの長いアシスタントから疑う理由は、じゃあ、里井先生が仕事中、冷蔵庫に隠していたその紙幣を確認してからクラウドにアクセスしている姿を見ている可能性が高いから……ですか？　つまり、紙幣の隠し場所を知っているだけでなく、紙幣が『特別』である理由を知っているのは、同じ仕事場で働いている人物であるはずだと――」

「それもありますけれど」

と、今日子さんは澄まして言う。

「私は犯人が、里井さんが百万円のために一億円払うと確信しているという印象を受けました。……完成原稿ではなく、作品になる以前のアイディアに、価値をそこまで見出すことができるのは——アイディアの価値を本当の意味で理解できるのは、一緒に仕事をしている仲間だけなんじゃないかなって思いまして」

「…………」

紺藤さんは、それを聞いて黙ってしまった。今日子さんの推理の根拠を、どんな風に思ったのかはわからない——『仕事の価値をわかりあえる仲間だからこそ疑う』という考えかたは、結局のところ、無闇に身内を疑うのと紙一重ではあるだろうが、しかしそれを言うなら、作家の作家性を重んじる紺藤さんの立場とも、今日子さんの推理は紙一重だった。ただ、紺藤さんは編集者であり、今日子さんは探偵だったというだけで。

「で、でも……今日子さん。今日子さんも里井先生に、私も盗まれた百万円には一億円以上の価値があると思うって、自信たっぷりに同意してませんでしたか？　今日子さんは里井先生と一緒に仕事をしていたわけでもないのに……」

苦し紛れに、僕は言った。大恩ある紺藤さんが、ただやりこめられたみたいな画面になることに耐えきれなくて、同じく大恩ある今日子さんに因縁をつけたようなものだが……しかしこんな愚かな質問はなかったし、実際、今日子さんは笑顔で即答した。

「そりゃあ、だって。私は創作者ではありませんけれど——記憶の価値と、それが失われる恐怖は、誰よりも知っていますから。確実なことは言えませんけれど、たぶん、毎日のように痛感しています」

9

その後のことを、いくつか、お慰み程度に——と言っても、蛇足としてつけ足すようなあれこれは、今回の場合はほとんどないのだが……、それでも、気にかかったことをいくつか、今後の参考までに。

里井先生の仕事場の冷蔵庫から百万円を盗み、その後彼女の携帯に脅迫電話をかけた人物は、およそ今日子さんの推理通りに、アシスタントの一人だった——紺藤さんが独自に調査して、あのあとわずか数時間で突き止めた。この解決は、どちらかと言うと紺藤さんの有能さが際だった形でもあるが……、チーフを務めたこともある、ベテランのアシスタントだったと言う。チーフを『務めたこともある』と、表現が過去形なあたりに、しがらみや鬱屈《うっくつ》がありそうにも見えるが、しかし結局、細かい動機の解明はなされなかった。

穏便に済ませる、あるいは。

悪いようにはしない——という奴だ。

もっとも、今日子さんとて万能の探偵ではないので、推理を外している部分もあった。脅迫電話の声色で、里井先生が相手を特定できなかったという点を、今日子さんは里井先生の記憶力の悪さが原因と考えていたようだけれど——ともすれば、相手の声も覚えないという里井先生の、悪い意味でのぞんざいさ、天才ゆえの周囲への配慮の足りなさが犯行の動機に繋がったんじゃないかと推測していたそうだけれど、その推理はまったくの空振りだった。

と言うより、そこは里井先生が証言を偽っていて、実のところ、脅迫電話を受けた時点で、彼女にはある程度犯人の目星はついていたとのことだ。側聞、又聞きになるのであまりあやふやなことは言えないけれど、彼女は犯人を庇っていた部分さえあるそうだ。犯人との間に、そもそもそんなことをされる心当たりがあったのか、身に覚えがあったのか……、証拠がなかったのなら、あまり不確かなことは言えなかったのだろうし、そこはクリエーターの業《ごう》とでも言うのか、それはそれでやっぱり天才ゆえのぞんざいさなのか、里井先生にとって重要だったのは、犯人が誰かよりも、クラウドのパスワードを取り戻せるかどうかだったのだろう。依頼人は嘘をつく——今日子さんの言う通りだ。もっとも、今回の場合、里井先生は厳密には依頼人ではないのだが。

ちなみにインターネット系のパスワードでは恒例の『秘密の質問』には、里井先生は適当にランダムな文字列を打ち込んでいたそうだ——パスワードを保存せず、毎度入力する設定にし、かつパスワードを忘れたときのための備えをしないというのもまた一種のセキュリティのつもりだったのだろうが、今回の件が身内の犯行だったなら、そちらの判断は正しかったと言っておくべきか。

　犯人は静かに里井先生の仕事場を去り、今後作創社では仕事ができなくはなるだろうが、裁きはその程度で——そんな玉虫色の決着と引き替えに、果たして、里井先生の百万円は返ってきた。犯人は『単なる憂さ晴らしで、百万円も一億円も返すつもりだった』と言っているそうだが、どうだろう、さすがに疑わしい——証拠もなく人を疑うのはよくないけれど。

「でも、不思議ですね。確かに、紙幣の通し番号をパスワードに設定するっていうのは、こんな結果になってしまうと浅はかだと言えますけれど、冷蔵庫にお金を隠すよりは、まだ考えられています。それを言ったからって、そこまで叱られはしないと思うんですが……、最初の段階で、紺藤さんに正直にそう告白していてくれれば、こんなややこしいことにはならなかったのに」

　あとの始末を紺藤さんに任せて、今日子さんと二人で作創社を出てから、僕はそんな風につぶやいた——答を期待しての問いかけではなかったのだが、今日子さんは、

「たぶん里井さんは紺藤さんのことが好きなんでしょうね。紺藤さんの前ではああ言いましたけれど、叱られたくなかったというよりは、単に恥ずかしかったのでしょう。馬鹿な奴だと失望されたくなかったというのもあるかもしれません」

と、特に傍注《ぼうちゅう》もなく、そう言った。しかし当然ながら、僕は驚きを禁じ得ない。

「そ、それはどういう推理ですか、今日子さん？」

「推理というほどの何かではありません、ただの勘です——女の勘です。そう言って悪ければ、印象ですかね。こういうことに関しては、私は外したことがありません」

「……………」

「まあ、紺藤さんは素敵なかたですし。仮に犯人が女性だったなら、その辺りも動機に絡んでいるのかも……なんてね」

僕は紺藤さんと里井先生の関係を、父子のようだと思ったけれど、しかし今日子さんの印象のほうが、正しいかもしれない。少なくとも、年齢的には——紺藤さんは独身だし。いや、今日子さんが言ったのはあくまでも里井先生からの視点であり、紺藤さんからの感情には触れていなかったが。何にしても、探偵としての勘ではなく女性としての勘だという点に、妙な説得力こそあるものの、そのまま鵜呑《うの》みにするのは危険だ。外したことがないというのも、あくまで自己評価であり、外したとしても忘れているだけという線が強い……思い返してみれば、里井先生のスマートフォンの着信履歴が、非通知の犯人からのもの以外、ほとんど紺藤さんからだったという辺りから、そんな仮説を組み立てられなくもないけれど——それは頻繁に仕事をしていれば当たり前という気もするし、穿《うが》ち過ぎのようにも思える。あのとき今日子さんが失笑していたのはあくまでも、スマートフォンにパスワードをかけていない里井さんに、推理の裏付けを得たからのはずだ。だが……。

　だが、語り部としてあるまじきことに、僕は真相解明において重要とも思われるこの話題を、これ以上掘り下げたくなかった――今日子さんが紺藤さんを『素敵なかた』と表現したのが、果たしてどこまで本気なのかはわからないけれど、とにかく今日子さんと、紺藤さんについて話したくなくなったのだ。

　なので、この話はこれでおしまい――と言いたいところだったが、代わりに触れておかなければならないことが、まだひとつある。紺藤さんからその後の顚末《てんまつ》を聞いた際のことだ。曖昧《あいまい》ながらも始末はついて、里井先生は休載を挟むこともなく、漫画を描き続けているとのこと――それはよかったのだが、紺藤さんは最後に、

「なあ厄介。掟上さんは昔、海外で過ごしていたことはないか？　俺が作創社の海外支部で働いていたときに会った、ある人物に似ているんだが……」

　と訊いてきた。今日子さんと初めて会ったとき、紺藤さんがあんなに驚いていた風なのは、決して彼女の総白髪に驚いていたわけではなく、旧知の人間にそっくりだったからだと言うのだ。動揺しながらも、僕が今日子さんと知り合ったのは二年前であり、それ以前のことは知らないと答えると、

「そうか。いや、きっと気のせいだろう。他人の空似って奴だ。あの人が今、日本で探偵業を営んでいる理由なんてないし……、それに性格が全然違った。あんな、いい意味

でも悪い意味でも、ふてぶてしい感じの人じゃなかったよ。余計なことを言った、どうか忘れてくれ」

紺藤さんはそう切り上げて、その話はそれで終わった――しかし、そう言われても、まさか忘れられるはずもない。

僕からすれば、今日子さんは出会ったときからずっと一貫して、探偵業を営んでいる、困ったときに僕を助けてくれる、置手紙探偵事務所所長の掟上今日子さんなのだが――しかし記憶を失う以前の、記憶を失い続ける以前の今日子さんが、いつかどこかに存在していた。紺藤さんがかつて会ったという『誰か』がたとえ他人の空似だったとしても、今日子さんではない今日子さん、『昨日の今日子さん』が、いつかどこかに存在していたことだけは、絶対なのだ。

そんな当然のことをこの日、僕は初めて意識した。

今日子さんには失われた設定がある――それは海外にあるのかもしれないし、まったく別の場所にあるのかもしれない。確かなのは、どんな鍵を使おうとも、どんな対価を払おうとも、その設定は永遠に取り戻せないし、何があろうと今日子さんの下へは返ってこないということだった。その過去に思いを馳《は》せたことで、改めて思う。今日子さんには掛け値なく――本当に今日しかないのだと。

（紹介します、今日子さん——忘却）

第三話

お暇ですか、今日子さん

1

探偵とは多かれ少なかれ、おしなべて好奇心に動かされているものだ。これは何も、推理小説に登場するような名探偵に限ってのことではない――浮気調査や身辺調査を専門に請《う》け負《お》う、いわゆる現実的な探偵にしたところで、伏せられ、秘されている情報を『知りたい』と思う気持ちが、職業意識の原点にあることは確かである。これまで数々の事件に同席し、どころか電気椅子にさえ座らされそうになり、ゆえに数多《あまた》の探偵を、あらゆる種類の探偵をあらゆる角度から見てきたこの隠館厄介が言うのだから、間違いない――しかし、あえてこの自説を検証するために、鵜《う》の目鷹《たか》の目でなんとか例外を探すならば、置手紙探偵事務所所長・掟上今日子こそが、例外の筆頭としてあげられるかもしれない。

もちろん今日子さんも一人の生きた人間であり、興味も趣味もあるだろう――物事を知りたいと思う気持ちを、不思議を解明したいと思う気持ちを、まったく持たずに探偵をやっているとは考えにくい。そういう気持ちは人の本能みたいなものだ。だがしかし、彼女がたとえば好奇心を発揮し、物事の真相、事件の裏側、隠された真実に気付いたとしても——夜、床について眠ってしまえば、翌日にはそれを忘れているのだ。

探偵としての職業倫理、守秘義務を完全に守れるという意味では、誰よりも探偵に向いている今日子さんだけれど——それはあくまで外から見たらそうだということで、今日子さん自身は、そんな自分をどんな風に思うのだろう？

新しい知識を仕入れたり、これまで知らなかったことを知ったりするのは、誰しも快感のはずだけれど、どうせ明日には忘れてしまうというのであれば、そこに空しさを感じずにはいられないのではないだろうか？　穴を掘って埋めるようなもの——もっと言えば、地獄で石を積んでいるようなものだ。

前回の『百万取引』においては、事件解決のために漫画家・里井有次先生の作品を一気読みしたり、クラウドの知識を仕入れたりした今日子さんだが、彼女は既にそれをすっかり忘れている——そんな状態で、どうやって今日子さんは、探偵を続けるモチベーションを保っているのかが、僕には謎めいて感じられる。

今日子さんは果たして、どういう思いで探偵業を営んでいるのだろうか——そもそもそこに思いはあるのか、気持ちはあるのか。もしそんなものはないのだとしたら、今日子さんには好奇心どころか、何かを好きになるという気持ちさえないのかもしれない。

そう推理することが、僕はとても切ない。

2

是非とも里井先生の件で世話になったお礼をさせてくれと、紺藤さんから強めに食事の誘いを受けたとき、愚かな巨漢が過度な期待をしていなかったと言えば嘘になる——と言うのも、あれからまだ僕は、次なる就職先を見つけられていなかったからだ。貧《ひん》すれば鈍《どん》するとはこのことで、退職金を切り崩す、無職生活が続いている。

紺藤さんから里井先生のことで相談を受け、なんとなくうやむやになってしまったけれど、僕はそもそもあのときあの人には、就職先の世話をお願いできないかと思っていたのだ。結局あのあとも、事態の収拾を図らねばならなくなった紺藤さんの邪魔をしてはならないと、こちらからの頼みごとは遠慮したままだったのだけれど、さすがはできる男である、今度こそ僕が何も言わずとも察してくれたのだろうと、つまり『お礼』というのはもちろん、僕の次の就職先のことだろうと、勝手に思い込んで、一人ではとても入れない、スマートカジュアルというドレスコードのある高級レストランへと向かったのだった。

しかし個室に案内されてみると様相は違って、紺藤さんはおもむろに、「厄介。須永《すなが》昼兵衛《ひるべえ》という小説家を知っているか」と訊いてきた。前回、不勉強にして紺藤さんの担当作家であるところの里井有次先生を存じ上げなかった僕だけれど、いや、さすがの物知らずも須永昼兵衛を知らないということはない。

「やれやれ、馬鹿にしてもらっちゃあ困るね、紺藤さん。須永先生と言えば、日本で普通に活字に触れていれば、避けて通ることのほうが難しい名前じゃあないか。巨匠中の巨匠、日本ミステリー界の重鎮《じゅうちん》じゃあないか。僕も読んでいるし、僕の親だって、ひょっとするとおじいちゃんだって読んでいるかもしれない小説家だよ。書店のミステリーコーナーに行って、ランダムに本を十冊摑めば、そのうち半分は須永昼兵衛の作品だろう」

「ふふふ。それはさすがに大袈裟だが、本質を外してはいない比喩だ」

紺藤さんは嬉しそうに頷く。もちろん紺藤さんの勤める作創社からも須永先生の本は出ているからこその、その反応なのだろうが——そう言えば紺藤さんは、漫画雑誌の編集長となる前は小説セクションにもいたはずだから、ひょっとすると須永先生と面識があるのかもしれない。

「って……まさか、紺藤さん、今度は須永先生のところに脅迫電話があった、なんて話じゃあないだろうね？　そりゃあ話が違うってもんだ。お礼をしてくれるということで、此度《こたび》僕は招集に応じたはずだったけれど？」

僕はそんな風に軽口を叩く――もっとも、紺藤さんから頼みごとがあるのならば、一も二もなく当然引き受けるつもりだが。そもそも、前回の脅迫電話の件にしたって、解決したのは今日子さんであり、僕はただ仲介しただけである――紺藤さんは適切な料金を今日子さんに既に支払っているはずなので（今日しかない今日子さんへの依頼料は、即払いが基本だ）、僕への謝礼なんて、紺藤さんはそもそも、強《し》いてする必要がないのだ。だいたい、貸し借りで言うなら、僕の借りのほうがよっぽど多い。たぶん、一生かかっても返せない。

「いやいや、安心してくれ、厄介。いくら魑魅魍魎《ちみもうりよう》渦巻く出版界と言っても、あんな奇怪な事件は滅多にあるもんじゃあない――先生方も編集者も、おおむね退屈な日常を、トラブルなく過ごしているよ。みんながお前じゃあないんだから」

「おおっと、これは言われてしまったね。反論のすべもありゃあしないよ。だけど、それじゃあ、その須永先生がどうしたって言うんだい？」

まさか須永先生が書生を募集しているとか、そういう話だろうか。その辺りは比喩ではなく、僕のおじいちゃんの代から活躍している老境の作家さんだ、身の回りの世話をする若者が必要なのかも……、などと、身勝手で都合のいい予想をした僕だったが、しかしそんな僕の浅はかな思惑を見透かしたかのように、

「須永先生は至って壮健で、下手をすれば若手の小説家よりもよっぽど精力的に仕事を

なさっておられるくらいなんだが」

と言う。

それはそれはなんともご同慶《どうけい》の至りだが、しかしだとすれば、呼び出された用件がますますわからない——そんな僕の当惑を、どこか紺藤さんは楽しんでいるようでもあった。

「俺の同期の小中《こなか》という男が、現在担当を務めているんだが、須永先生はこのあいだも、長編ミステリー小説を一冊、書き上げたとのことだ」

「実に結構なことじゃあないか。お祝いを申し上げるよ」

「そうなんだ。なんというか、小説家っていうのは、引退しやすい職業だからな。何せ一人でやってる仕事だから、組織や人間関係に縛られず、『売れたらやめる』のアガリやめが可能な数少ない肩書きだ。それだけに出版社としては、須永先生のような生涯現役という作家はありがたい——が、しかし、それも程度問題でね。須永先生はお年を召しても、遊び心に溢《あふ》れるかたなんだ」

「遊び心」

「好奇心と言ってもいいんだが——書き上がった小説を、すぐには出版社に渡してくれないんだ。そこで担当編集者を試すようなことをする」

「試す……、おや、なんだか穏やかじゃない響きだね」

「いやいや、遊びの範疇だよ。遊び心の産物。ゲームと言ってもいいかな——俺も一度、そのゲームに挑んだことがある。直接の担当をした経験はないんだが、先輩編集者に付き合わされてね。原稿の代わりに、宝の地図みたいなものを渡されて、『君達もミステリー作家の担当編集者なら、儂《わし》がどこかに隠した原稿を見事見つけてみせろ』なんて言われるのさ」

「はー。変わった人だね」

せっかく書き上がった原稿なんだから、早く本にするためにもすっと渡してあげればいいのにと思わなくもないが、まあ、その言い振りはミステリー作家らしいと言えなくもない。宝探し——ミステリーマニアには定番のゲームである。

「変わったでは済まない場合もある。ヒントを与えられているにもかかわらず担当編集者が原稿を見つけられなかった場合は、他の出版社にその原稿が流れてしまうケースもあったからな」

「そ、それは洒落《しゃれ》にならないな」

「今ではさすがにそんなことは行われなくなったが、景気のよかった頃には複数の出版社による争奪戦みたいなイベントもあったらしいぞ。遊園地や野球場を借り切って……」

「豪勢な話だ。時代を感じずにはいられないよ」

「俺が知っているので一番壮絶だったのは、海外のカジノホールを借り切ってのイベントだ。各出版社の担当編集者が、ホール内のあちこちに隠された、計五百枚くらいの原稿用紙を一枚ずつ競って集めて、取り合うんだ——一枚でも足りないと本にならないから、出版社同士が原稿用紙をチップ代わりに賭けて、ルーレットやカードで勝負するんだ」

他人事として聞くなら楽しそうでもあるが、しかし、確かに情報封鎖が難しい現代でやったら、大問題になりそうなイベントだ——自分の原稿を取り合って出版社が右往左往するのを見て楽しんでいたのだと見れば相当悪趣味にも見えるけれど、しかしそんな須永先生のことを語る紺藤さんの表情を見る限り、『しょうがないなあ、困った人だなあ』と、編集者に愛されるタイプの作家さんなのかもしれない。悪戯好きの好々爺《こうこうや》と言ったイメージか。ことあるごとに怪しまれ、嫌われるタイプの僕のようなタイプの無職さんからすると羨ましい限りだが、しかしそれが人徳の差だと言われれば、それまでだ。

「じゃあ、今回書き上がったという小説でも、そんな傍迷惑な宝探しが行われると言うわけだ」

「ああ。さすがに往年の派手さはないが、須永先生の別荘で行われる手はずになっている——小中が、頭を抱えているよ」

別荘というだけで十分に豪勢にも思えたけれど、まあ、いずれ僕とは違う世界の出来事である——どうも僕の就職先が決まりそうな気配はなく、かと言って、小中さんという同期のかたはともかく、紺藤さんが困っているという話ではなさそうなので、僕はや、自分からは切り離して、須永先生の話を聞きつつあった。

だが、唐突に話は繋がった——須永先生の新作と、僕へのお礼が、紺藤さんによって繋げられた。

「で、だ。その原稿探しのゲームには、助っ人を呼ぶことが認められているんだよ。そこで厄介。お前、掟上さんと二人で、須永先生の別荘へ行ってみないか」

「え？」

急に今日子さんが話題に出てきて、驚いた。

なんだ、そういう話だったのか？

原稿探しを今日子さんに依頼しようと？

「いやいや、それは無理だよ、紺藤さん。何を言い出すのかと思ったら、いくら紺藤さんの頼みでも無理だ。確かに今日子さんは探偵だから——名探偵だから、宝探しや失せ物探しは専門だけれど、でも、プロゆえに、ね。そういう素人が考案するようなゲームには、参加してはくれないに決まっているよ」

「ほほう、厄介、お前もなかなか言うじゃないか。ミステリー小説界を半世紀近くに亘って支えてきた須永先生をつかまえて、素人とは」

言われてみれば、これは糾弾されてもおかしくないレベルの失言だったが、紺藤さんの機嫌はむしろよさそうだった——僕のこんな反応が、予想通りと言わんばかりだ。しかしその真意がわからない僕としては、紺藤さんの手のひらの上で踊らされるしかない。

「も、もちろん須永先生は素人じゃあないだろうさ——原稿の隠し場所も、簡単だとは思わない」

「どころか、相当難しいぞ。謎やトリックを考えることについては、ミステリー作家は探偵よりもよっぽど、プロフェッショナルだ」

「ああ、そうだろうとも。だけど、問題なのはゲームって点だよ。探偵にもいろんなタイプがいるから、謎が解ければゲームだろうがクイズだろうがなんでもいいって人も相当数いる——だけど今日子さんは職業探偵で、ビジネスと割り切って謎解きをしている人なんだよ。どれだけ魅力的な謎を前にしようと、遊びで推理をしたりはしないし、ただで仕事はしてくれない——値上げすることはあっても値下げすることはない。ゲームの謎を解いてくれなんて言うと、侮辱になってしまうかもしれない。依頼することと自体が失礼にあたりうる」

いや、僕も別に、今日子さんの探偵としてのポリシーを聞いたことがあるわけじゃあない——けれど、何度となく事件を共にしていれば、それくらいは予想がつく。プロは自分の技術を安売りしない。

「須永先生が原稿を簡単に手渡さず、編集者に対してそんな一風変わった儀式をもうけるのも、あるいはそれと同じ理由かもしれないけれど……まあ、何にしても今日子さんがそんな仕事を引き受けてくれるとは思えない」

「仕事ならそうだろう。だが、仕事じゃなかったらどうだ？」

「ん？　なんだって？　仕事じゃなかったらどうだと言われても……今日はやけにわけがわからないことばかり言うね、紺藤さん。だったら、なおさら来てくれないに決まっているじゃないか。あの人が、見た目や振る舞いからは想像もできないくらい、お金にきっちりしていることは、紺藤さんも痛感しただろう？」

「お前も鈍い奴だな、厄介。確かに、須永先生の原稿探しなんて、何度も言うけれど、ただの遊びだよ。大御所作家の道楽だ——さっき、見つけられないと他社に原稿が流れてしまうかもしれないなんて言ったけれど、そんなことは滅多にないレアケースだ。編集者が見つけるまで、須永先生はヒントを出し続けてくれるし、どうしても見つけられなくっても、あとから『実はこういうものがあるんだが』なんて言って、別の原稿を用意してくれたりしているもんだ。プロの探偵に参加してもらったら、むしろ興ざめになるくらいだよ」

「だったら……」

「だから厄介」

紺藤さんは言った。

「俺はお前に、掟上さんをデートに誘えと言っているんだよ」

3

「行きます行きます、絶対に行きます！　万難を排して向かいます！　その日の置手紙探偵事務所は臨時休業です！　いいですか、絶対に他の人を誘わないでくださいよ！」

……想像だにしない力強いOKを得られた。

いや、まだ場面転換はしていない。

紺藤さんからの強い要請により、僕はその場で今日子さんに電話をかけさせられたのだった――立場や年齢を越えた対等な友人同士とは言っても、こういうときは、昔の上司部下関係がはっきりと出る。

僕は探偵を呼んだ。

置手紙探偵事務所に電話をかけた。

既に夜半と言っていい時間帯だったので、電話に出た当初、いつも通り僕のことを忘れていた今日子さんはあからさまに『本日の営業は終了しました』モードだったし、こちらからの話がそういう余興じみたゲームだと察すると、やはり『丁重にお断りします』モードに入りそうになったけれど、紺藤さんの指示通り、そのタイミングで須永昼兵衛の名前を出すと、みるみる反応が一変した。

これまで一度も聞いたことがないようなはしゃいだ声で、今日子さんは食いついてきたのだ。

「はい。一週間後の日曜日ですね。もう腕に書いてしまいました。だから取り消せませんよ。忘れても、これで毎朝思い出せます。ああ、毎朝、こんな素敵なスケジュールを確認できるだなんて、最高！　……えっと、隠館厄介さんでしたよね？　当日はよろしくお願いします」

事前予約を受けつけないはずの今日子さんの、一週間先のアポイントが取れてしまった——夢心地と言うか、ふわふわと現実感がないと言うか、こんなことがあっていいのかと、僕は信じられない思いだった。

「それでは隠館さん、おやすみなさい、おやすみなさい！」

「は、はい……おやすみなさい、今日子さん」

レストランの中で長電話するわけにもいかず、わけがわからないまま、通話は終わった——いや、もちろん、断られるよりはずっと嬉しいけれど、今日子さんをデートに誘うというのは、こんな簡単なことだったのか？

紺藤さんからの強い押し、それに『どうせ断られても、今日子さんは明日にはそれを忘れているんだから』という投げやりな気持ちで、思い切ってみたけれど……。

「ど、どういうことなんだよ、紺藤さん。あんたには最初から、こうなることがわかっていたみたいだけれど……」

「大体わかるだろう。掟上さんは、須永先生の大ファンなんだよ。須永先生の『原稿探し』自体はコアな読者なら知っていることだし、まだ出版される前の原稿に関われる機会を、彼女ほどのファンならば逃すわけがない」

「そ、そうなのかい……」

ちょっと拍子抜けする答だった。まあ、今日子さんにしてみれば、僕は自称上得意の正体の知れない男だろうから、まさか誘ったのが僕だったから応じてくれたなんてはずもなかったが……なるほど、紺藤さんの『お礼』というのはそういう意味だったんだと、僕は今更ながら理解した。

「しかし紺藤さん、よく今日子さんが須永先生の熱狂的な読者だなんて知っていたね。そんなの、探偵業界には一家言ある僕でさえ知らなかったよ」

「ん？　ああ、それは、まあ、出版社の人間にはいろんな情報網があるからさ……」

なぜかここで紺藤さんは言葉を濁した。話しにくい筋から聞いた情報なのかもしれない——そう思うと、あまり突っ込まないほうがよさそうである。どこから情報を仕入れたかなんて、どうでもいい話だ。

前回の里井先生の件でも明らかなように、少なくとも数年以上の記憶を失っている今日子さんにとって『好きな作家』というのはどうしても、一昔前の世代の作家になりがちだから、須永先生が未だ現役の作家であり続けてくれていることが、この場合の僕の僥倖《ぎょうこう》だった。

いや、すべては紺藤さんのお膳立てだが。

「なあに、これで掟上さんが原稿を見つけてくれたら、作創社としても助かるわけだしな。掟上さんには遊んでもらうが、俺にとっては半分仕事みたいなもんだ。俺の通常業務だよ」

確かに、逆に言うと、遊びという形で今日子さんを巻き込むことによって、作創社は仕事代を払わずに済むのだから、紺藤さんは会社員として非常に有能な人材と言える——友人としても、得難き人材だ。

「お前が掟上さんに対し、やましい気持ちを抱いていることなんて、見え見えだったしな」

「や、やましい気持ちだなんて。おいおい、勘繰りはやめてくれよ、紺藤さん。邪推もいいところだぜ。今回だって、あくまでも普段今日子さんにお世話になっている感謝の気持ちとして、紺藤さんの口車に乗ってお誘いしただけなんだから」

「勘繰りかな？　あのあと、里井先生ともそういう話で盛り上がったものだが」

そうなのか……付き合いの長い紺藤さんに言われるならともかく、里井先生にまで？　今日子さんの前での僕は、そこまで挙動不審なのだろうか……だとすると、今後、考えなければ。事件現場に今日子さんを呼ぶことによって僕への疑惑が増しているかもしれないじゃないか。里井先生の、クリエーターとしての観察眼が鋭いのだと思いたい。

「いやいや、紺藤さん。お察しの通り、僕は今日子さんを少なからず憎からず思ってはいるけれど、でもあの人は僕にはあまりに高嶺《たかね》の花過ぎて……とても手が届かないよ」

中高生の頃ならまだ違う考えかたもあっただろうが、しかし僕ももう二十五歳である。無職でこそあるが、いい大人なのだ。憧れという気持ちだけで衝動的に動くには、いささか歳を取り過ぎた。どうしても足し算引き算、計算が先に立ってしまう。釣り合うかどうか、気持ちを秤《はかり》にかけて、そして答を出せてしまうのだ。

「どうかな。釣り合いはむしろ取れているようにも思うけれど。事件に巻き込まれやすいお前と、事件を解決する掟上さんなんだから」

「依頼人と探偵としてなら、これ以上なくお似合いなんだろうね。そこはお説の通りだし、そして僕はその関係で満足しているんだよ——ただ、今回の気遣いは、嬉しく受け取っておこう。ありがとう、紺藤さん。でも、こんなことはどうかこれっきりにしておくれよ」

クールを装ってそんな風に答えたものの、しかし内心では、僕もまた、今日子さんに負けず劣らず、はしゃいだ気持ちになっていた。デートと言うには半分仕事で、色気に欠けたものだし、なんだか今日子さんを騙《だま》しているようで心苦しくもあるけれど……ただ、しかし。

しかしこれもまた僕の業と言うべきなのか、たわいないゲームであり、あくまでも好々爺の遊び心から生じたイベントでしかなかったはずのこの件は、その後、思わぬ方向へと転がっていくことになる……そんなことも知らずに、僕は浮かれた一週間を、眠れぬ夜を過ごすのだった。

4

思えば今日子さんに限らず、僕は数々の名探偵と浅からぬ付き合いがあるけれど、彼ら彼女らの私生活がどういうものなのかという点については、これまであまり思いを馳せてこなかった——そりゃあそうだ、盲点と言うのか、どちらかと言えばどちらかと言うまでもなく、探偵とは、他者の私生活を覗き、他者の私生活に踏み込む側の人間であって、探偵のプライベートがクローズアップされるなんてことは、小説上でも滅多にない。

事件を解決する一種の装置である彼ら彼女らが、普段どのように生活しているかなんて、気にしたこともなかったというのが正直なところだ――まあ、僕の場合、彼ら彼女らを呼ぶときには、あらぬ容疑をかけられていて、まったくそれどころではないというのもあるけれど。

しかし、いくら有能で、引く手数多の名探偵とは言え、僕じゃあるまいし、毎日のようにトラブルに追われているわけでもあるまい――難事件など、そうそう起こるわけもない。暇を持て余す日も、無聊《ぶりょう》をかこつ日も、それなりの頻度であるはずなのだ。いや、たとえ密室殺人に忙殺される日でも、家に帰れば、テレビだって見るだろうし、本だって読むだろう――朝起きてから夜寝るまで、隙間なく探偵である人間なんているわけがない。好きな食べ物もあるだろうし、一緒に暮らす家族もいるかもしれない。

紺藤さんにそそのかされて今日子さんをデートに誘った僕だけれど、考えてみれば、今日子さんに恋人がいないとは限らないのだ――自分のことでいっぱいいっぱいな僕は、今日子さんのことを何も知らない。

……もっとも、それを言うなら今日子さんのほうがよっぽど僕のことを知らないわけで、『知らない男に電話で誘われて、好きな作家の別荘に遊びに行く』彼女は、大人の女性としてやや不用心とも言える――事件を離れてしまうと、名探偵もこういうものなのだろうか。

「あ。こんにちは、あなたが隠館さんですね。初めまして、掟上今日子です。本日はよろしくお願いします」

一週間後、待ち合わせをした駅前で、今日子さんと出会う――『初めまして』と言われる。里井先生の事件以来の対面、今日子さん的には初対面だった。

厚底のスニーカーに、デニムのショートパンツ。半袖のカットソーにオレンジのベストで、肌を健康的に露出している。いつもよりも砕けたファッションに見えるのは、イベントに向けて動きやすさを優先しているからか、それとも今日は探偵事務所所長として来たのではない、プライベートだからだろうか？　腕や脚を隠さない肌の露出からは、後者だと感じさせられるが……。

「はい。こちらこそ、よろしくお願いします。切符はもう取ってありますので、電車に乗ってしまいましょう」

お互いによろしくお願いしますなんて頭を下げていると、紺藤さんに言われたデート感はまたたく間に消えていくけれど、まあ、そっちのほうが僕としては気楽でもあった。今日子さんにデートのつもりがなくとも、それはそれでいいのだ。

「隠館さんも、須永先生の作品をお好きなんですか？」

そんなことを、嬉しそうに訊いてくる今日子さん――この質問に正直に答えると、僕は須永作品の、あまりいい読者であるとは言い難い。名前はもちろん知っているし、愛読していた時期もあるのだけれど、数だけを言えば、おそらく十冊も読んでいないだろう――が、それをファンである今日子さんを目の前にして素直に述べるほどの正直者でもなく、「ええ」と頷く僕だった。

「そうですかー。いやあ、今日はとてもいい日ですね。本当に最高です。須永先生の未発表原稿。見つけたら、読ませてもらったりできるんでしょうか」

「ど、どうでしょうね……、なにせ出版前の原稿ですから、読ませてもらうのは難しいと思いますけれど。な、なんだったらサイン色紙でも買っていきましょうか」

話を合わせてみたが、今日子さんはこれに、「何を言ってるんですか。須永先生がサインを求められることを非常に嫌うことをご存知ないんですか」と、驚いた風に反応する。

「間違ってもそんな失礼なことを言わないよう、気をつけてくださいよ」

すごく怒られた……依頼人という立場でなくなった途端、今日子さんの容赦がない。この人、プライベートではこんな感じなのか……、余計なことを言って馬脚を現さないよう、須永先生についてはロをつぐんでいたほうがよさそうだ。

そうすると特急電車に乗ったあとも、会話がまったくなくなってしまったけれど、今日子さんはそれを気にする様子もなかった。ただ、うきうきしているだけだ――予習のつもりなのか復習のつもりなのか、須永先生の文庫本を、隣の席で読んでいる。タイトルは『兄と弟の通貨算』……、外題《げだい》からは内容をまったく予想させない小説だ。再読なのかもしれないし、そうでないのかもしれない。何にせよ、他の人と一緒にいるときに本を読める人は、ハートが強いと常々思う……が、元々、僕は紺藤さんと違って、洒落た会話が得意というわけでもないので、そんな今日子さんを眺めているだけで十分に満足とも言えた。

だが、須永先生の別荘への旅程を半分くらいまで来たあたりで、事態は急変した――と言っても、列車事故が起こったとか、そんなダイナミックな急変の仕方ではなく、出来事としては、僕の携帯電話に着信があったというだけだ。

紺藤さんからだった。

僕は「失礼」と言って席を立ち、列車内からデッキへと移動し、タッチパネルをスライドしてロックを解除し、受信する。

「厄介。すまん、もう電車に乗ってしまっているか？」

「ああ。何かあったのかい？」

紺藤さんは同期である須永先生の担当編集者・小中さんと一緒に、前日から別荘に前乗りしていて、今日は僕達を最寄り駅まで迎えに来てくれる予定になっていたのだが……ひょっとすると、他に仕事が入ってしまって、時間に遅れるという連絡かもしれない。忙しい人というか、紺藤さんにしてみれば、本来こちらのほうが業務外なのだ、そういうこともあるだろう。だとしても、事前に地図は用意しているので、最悪、その別荘までは僕達だけでも行けるけれど。

だが、そうじゃなかった――それどころじゃなかった。

「大変なことになった。昨夜、須永先生が亡くなったんだ」

5

「いや、誤解しないでくれ。殺人事件ってわけじゃあない……殺されたわけでも、事故でもない。昨夜、寝ているときに心不全を起こされたとのことで、事件性はまったくない、大往生《だいおうじょう》だそうだ」

そう言われてほっとするあたり、僕の考えかたもいい加減トラブルに毒されている……正確な年齢は知らないけれど、須永先生はかなりご高齢なはずなので、そういうことはあるのだろう。ただ、壮健で、新作を書き上げられたばかりと聞いていたから、こんな事態は考えもしなかった。

「ああ。だからその原稿が、遺稿ということになってしまったな……」

気持ちの整理がついていないのだろう、紺藤さんも神妙な様子だ――成人男性として不甲斐ない限りだが、こういうとき、どんな風にお悔やみを申し上げればいいのかわからない。決して熱心な読者ではなかったとは言え、日本の文芸界を支えた偉大な一人の作家が亡くなったことを惜しむ気持ちで、僕は言葉がうまく紡《つむ》げなかった。

「で、厄介。今日の予定なんだが」

「あ、ああ、わかっているとも、紺藤さん。原稿探しのイベントはもちろん中止だよね、それどころじゃないもの。えっと……邪魔になっちゃいけないから、今からでも引き返すよ」

故人と親交があったわけではないのだから、ここで訪ねていくのもおかしな話だろう。今日子さんのショートパンツは言うまでもなく、僕だって実のところ、憧れの才媛とのお出かけということで、負けず劣らず、かなり浮かれた格好をしてしまっている——場にふさわしくないにも程がある。残念だけれど、今日はもう帰るしかないだろう。次の駅で降りて……ああでも、今日子さんになんて言えばいいんだ？

「いや、ちょっと待ってくれ。帰られたら困るんだ。掟上さんの力が必要なんだよ」

「え？　どういうことだい？　さっき、事件性はないって言ってたじゃないか。だったら、探偵の出る幕はないだろう」

まして、僕のような脇役の出る幕はもっとない。そう思ったのだが、

「さっき、俺はこうも言っただろう。今回書き上げられた作品が、須永先生の遺稿にな

ったって——参ったことに、その作品の在処を知っているのは、須永先生だけだったんだ」

と、紺藤さんは言った。

「え……じゃあ」

「そう、先生が手ずから、誰にも協力させずに、別荘のどこかに隠されたものだから……つまり、須永昼兵衛の最後の作品が、現在、完全に所在不明になっている」

「……………」

その意味するところに、僕は息を呑《の》む。

いや、人が一人亡くなった直後だというのに、小説の一作なんてどうでもいいじゃないかという、おそらくは世間の大勢を占めるであろう意見に理解を示さないわけではないが、しかし、それでもあえて僕の考えを言わせてもらえるならば——須永昼兵衛の最後の作品が、このまま世に出ることなく埋もれてしまうなんてことは、絶対にあってはならないことだ。極論、須永先生クラスの作家になれば、遺稿が紛失するなど、遺書が紛失することよりもよっぽどおおごとである。

決して理想的なファンとも言えない僕からしてそう思うのだから、出版人である紺藤さんや、直接の担当の小中さんの現在の心境は、想像を絶する——その原稿を本にしないことは、犯罪的だとさえ考えているかもしれない。

いとというのが正直なところだ」

「ああ、軽くだが。だけど、今のところ、見つからない——俺なんかでは見当もつかないというのが正直なところだ」

紺藤さんは同僚から剃刀《かみそり》と称されるほどに鋭い人ではあるのだが、いかんせん、編集者としてミステリーは専門外だから——しかし、専門の小中さんも一緒になって探して見つからないと言うのであれば、やはりそんな簡単な場所には隠されていないのだろう。

大抵の場合、編集者が原稿を見つけるまで、須永先生がヒントを出し続けてくれるとのことだったが、その須永先生が亡くなってしまった以上、ヒントはもう期待できない。

自力で見つけるしかないのだ。

いや、自力でなくとも——助っ人は認められていて。

「だ、だから今日子さん」

「ああ。だから掟上さんだ。せっかくのデートを台無しにしてお前には済まないと思うが、こうなったら正式に仕事として、掟上さんに依頼したい。この埋め合わせは必ずするし、もちろん、掟上さんには通常通りの料金を支払うから——お前から伝えてくれないか。須永昼兵衛最後の原稿を見つけて欲しいと」

わかった、任せてくれ——と、大言《たいげん》を吐きかけて、僕はぎりぎり、その壮語《そうご》を飲み込んだ。

いや、自信がなかったわけじゃあない。

須永先生の遺稿が、このまま紛失されるかもしれないと伝えれば、彼の熱狂的なファンである今日子さんは、ふたつ返事でその依頼を引き受けてくれることだろう――そして僕が信を置く今日子さんの探偵スキルがあれば、別荘のどこかに隠された原稿というのも見つかると思う。だから、その点に関して言えば、仲介を請け負うことに躊躇《ちゅうちょ》はない――だけど。

「紺藤さん。埋め合わせと言うなら、ひとつ、今このときに、頼まれてくれないか」

「ん？　なんだ。そんな言いかたをしなくとも、俺はお前の頼みなら大抵は聞いてやれるぞ」

「今日一日でいいから」

と、僕は言う。

「須永先生が亡くなったということを、今日子さんに伏せることはできないだろうか」

「つまり、予定通りゲームとして、掟上さんに原稿探しをしてもらうということか？　いや、それはどうだろう……」

当たり前のことだが、僕からの法外な申し出に、紺藤さんは逡巡する。

「倫理的な問題を棚上げにするとしても、それじゃあ遊びだと騙して仕事をさせるようで、心苦しいよ。仕事と称して遊んでもらうのとはわけが違う……それに、だいたいどうして、そんな嘘をつかなくちゃならないんだ？」

「誤解しないでくれ、紺藤さん。今日子さんとのデートを続けたいから、こんなことを言っているつもりはない……」

そういうつもりがまったくないかと言えば、保証はできないけれど——しかし、少なくとも一番強い動機はそれじゃあない。一番強いのは、きっと今も、うきうきとした様子で、須永先生の別荘への到着を楽しみにしている今日子さんを、落胆させたくないという気持ちだ——遠からず知ることになる情報とは言え、大ファンだという小説家の訃報を、今日の今日子さんには聞かせたくない。

高低差が酷過ぎる。

それを優しく今日子さんに伝える自信は、僕にはなかった。

「どちらにしても、原稿を探すという行動そのものには違いはないんだ。今日子さんが、イベントのつもりで原稿を探しても、作創社としては不都合はないはずだろう？」

「だが、そんな嘘をついたことがあとでばれたら、そのほうがショック……」

言い掛けて、紺藤さんは途中で気付いたようだった。そうである——今日子さんには今日しかない。今日、どういう気持ちで、どんなことをしようとも、それは明日になれば忘れてしまう。

だからこそ、と思うのだ。

忘れてしまうと言うのなら――だからこそ、せめて、楽しい一日を過ごして欲しいと。いい思い出として残らなくとも、いい一日を過ごして欲しい。これは押しつけがましい勝手な気持ちなのかもしれないけれど……、しかし、そんな気持ちを抑えきれない。探偵ではない今日子さんというのを、僕はあまり考えていなかったけれど、今日子さんの人生に、一日でも多く探偵ではない時間を作ってあげられたら――余計なお世話も甚《はなは》だしいが、そんな風に思ってしまったのだ。

「……それが正しいことなのかどうかはわからないが、確かに作創社としては、遺稿を見つけることさえできれば、須永先生のこれまでの働きに、報いることはできる。……まあ、報いるとか言っても、結局は須永先生の最後の作品で商売をしようとしている俺達より、お前のほうがよっぽどまともかもしらん。わかった、須永先生の死が掟上さんに伝わらないように、お前達が到着するまでに、俺の責任で取りはからっておくよ」

「ありがとう。恩に着るよ、紺藤さん」

「だが、今日一日だけだぞ。明日になればニュースに載ることは避けられない」

「大丈夫だと思う。今日子さんなら今日中に、その原稿を発見して、イベントに終止符を打ってくれるはずだ」

「すごい自信だな」

苦笑する紺藤さん。確かに、自分のことでもないのに、ここまで強い保証をするのは滑稽だろう——特に今日子さんは、決して万能の探偵でもないのに。まして今回は、今日子さんは探偵として活動するわけではないのである——にもかかわらず。

こういうのは信頼とも違うだろう——ならばなんというのが正しかろう？

「しかし厄介。それでもひとつだけ問題が残る」

「なんだい、紺藤さん」

「あくまで遊びとして原稿探しをしてもらうというのなら、交通費くらいしか出せないぞ。実際は仕事だと言うのに……これは、掟上さんが忘れてしまうからでは片付けるわけにはいかない経理上の問題だ」

「ああ、その点については腹案がある」

僕は言った。その希望を口にしたときの、これまで見たこともなかった、はしゃいだ今日子さんの顔を思い浮かべながら。

「今日子さんが原稿を発見したら、それを一番に読ませてあげてくれ——それが何よりの報酬になるはずだ」

6

到着して、手渡されたのは別荘の見取り図だった。その裏面に、どうやら須永先生の直筆で、四つのヒントが書かれている。

『1・作品の原稿枚数は、およそ120分あれば読めるくらい。』

『2・デリケートな場所に隠してあるので、細心の注意を払って探すこと。』

『3・あるものではなく、ないものを探せ。』

『4・　　　　　』

……ただし、四つ目のヒントは、修正テープで消されていた。取り消しと言うことだろうか？　僕が疑問に思っていると、さすがは今日子さん、さっと見取り図の表のほうから光に透かして、修正テープで消されていた文章を読みとる。

「『鉛筆が必要になるかもしれない。』と書かれていたようです——かもしれない、とは、曖昧なヒントですね。だから消したんでしょうか？　ふーむ……」

今日子さんは考え込むようにしつつ、僕の手に見取り図を渡した。もう内容を記憶したようだ——確かに、そんな度を越して巨大な別荘ではなく、部屋の数も多くはないので、今日子さんの（一日分の）記憶力なら、一度見れば十分な見取り図かもしれない——僕はそういうわけにはいかないので、細かく見直す。

部屋の数は大きく四つ——ダイニング。書斎。AV《オーディオ・ヴィジュアル》室。ベッドルーム。あとはトイレやバスルーム、キッチンなど……しかし、隠しているものが原稿なのだから、水回りは考えなくてもよさそうだ。なにせ濡れたら台無しなんだから……いや、注意書きの『2』を見ると、そうとばかりも言い切れないか？　あえて危険なところに隠しているかもしれない——須永先生と直接の面識がないので、かの作家の『遊び心』がどのくらいのものだったのか、計りきれないのだ。

……紺藤さんとの電話を終えて、デッキから車両内の席に帰ると、僕は今日子さんに、須永先生は急な予定が入って、本日の原稿探しには同席できなくなった、と告げた。それだけでもがっかりするだろうと思ったけれど、しかし思ったほどではなく、むしろ「じゃあ、私達は原稿を、追加のヒントなしで見つけなければならないのですね」と、今日子さんは俄然《がぜん》やる気を出したようだった。

そう言えばサインも欲しがってなかったし、今日子さんは作者よりも作品に重きを置く読者のようだ——となると、僕が勝手に取り決めた、須永先生の未発表原稿をいち早く読める権利という報酬は、非常に適切だったと言える。

その後、駅まで迎えに来てくれた紺藤さんに、車で須永先生の別荘まで送ってもらう——別荘には誰もいなかった。亡くなった須永先生のご遺体は、別荘の管理人や担当者の小中さんによって、病院に運ばれたとのこと——主を失い、空っぽの別荘に、僕達三人はやってきたということだ。むろん、今日子さんが『遊び』として探しやすいように、紺藤さんがそのように取りはからってくれたのだろうが……。

「あまり遅くなると、直接病院に向かったご遺族が、こちらにいらっしゃるかもしれない……だから本当に時間はないぞ、厄介」

と、ひそひそ声で紺藤さんが、僕にそう耳打ちした——タイムリミットは、最速の探偵である今日子さんにはそれほどの妨げにはならないとは思うが……。

「ま、こういうのは考えていても埒《らち》があきませんね。ゲームなのですから、難しい顔をして考え込んでてもつまらないですよ。とりあえず動きましょうか、隠館さん。手分けして、別荘をまずは一通り、見て回りましょう」

今日子さんがそう提案した——楽しそうである。完全に遊び気分だ。その無邪気な笑顔を見て、紺藤さんは「お前の気持ちが、ちょっとわかったよ」と言った。

「掟上さん、事件の渦中にいるときと、全然表情が違うもんな」

「うん……欺瞞《ぎまん》だとも思うんだけど」

ただ、そんな罪悪感を帳消しにしてくれるほど、今日の今日子さんは溌剌《はつらつ》としていた。もしも未発表原稿（実のところ遺稿）を発見してみせたら、最初の読者となる権利をプレゼントすると、先ほど紺藤さんから告げられて、テンションは更にあがったようで……まあ、編集者よりも先に読めるだなんて、愛読者としては望外の喜びだろう。

紺藤さんは、「じゃあ、あとはよろしく。任せたぞ」と僕に言って、鍵を今日子さんに預けて別荘を離れ——明言はしなかったが、当然、病院に向かったのだろう——そんなわけで、ゲームは開始された。

見取り図は一枚しかないので、僕が持ち歩くことになった――今日子さんは一階から、僕は二階から調査する。二階にあるのは、書斎とAV室である。単純を通り越して根拠薄弱かもしれないが、探す物が原稿なのだからと、僕は書斎のほうから探索を始める。

一歩這入ってみて驚いた。

四囲にそびえ立つ荘厳な本棚に、ぎっしり詰まった書物――書斎というイメージではなく、しかし書庫というほど無機質ではない。ゆえに、図書室というのが一番ふさわしいように、僕には思えた。やはり小説を書くのには、これくらいの資料が必要になるのか――と思ったけれど、詰め込まれた大量の書物を検分してみると、辞書や専門書、写真集といった本もあるにはあったが、大半が読み物だった。

どうやら須永先生は、かなりの読書家だったようだ――しかし、この部屋にある本を読み終わるのには、どれくらいの時間がかかるだろう？

「…………」

一生、か……。

そう思って、少し切なくなった。

この部屋に並べられている本は、単なるインデックスではないのだ――須永昼兵衛という一人の作家の、そして一人の人間の、生きた履歴である。相手がどういう本を読んできたかを知ることは、相手がどういう人間かを知ることだと言うけれど——こうなると、僕ごときの若造が、おいそれと触れるのが恐れ多い本棚だった。

もっとも、そういうわけにもいかない。

読んだ本が履歴ならば、書いた本だって履歴である——今日子さんを喜ばせたいという気持ちが僕にとって最優先であることは否定しないけれど、かと言って、須永先生の最後の作品を埋もれさせてはならないという使命感に似た気持ちだって、紺藤さんほどではなくとも、ちゃんとあるのだ。

しかし、これだけの量の本、一冊一冊調べていたら、本棚を見回っているだけで日が暮れてしまう……何か推理のとっかかりとなるようなものがあればいいのだが。と、そこで、本棚のひとつ、作業台のように大きな机のそばに置かれている一台の本棚に並べられている本が、すべて須永先生の著作であることに気付いた。

新書版や文庫版、復刻版や愛蔵版や廉価版など、判型違いの本のダブりも多数あるから、一概には数えられないけれど、しかし個人の著作物だけで本棚がひとつ埋まってしまうというのも圧巻だ——またも僕は、須永先生の生きた人生に感じ入る。

……この中に、製本された状態で新作原稿が混じっているということはないかな？

誰でも思いつくような、そんな浅はかな考えで、僕は、まずその本棚から調べ始める——が、根本的な話、その新作原稿が、『どういう状態』でこの別荘の中に隠されているのかから不明なのだということに、ようやく頭が回った。

長らく活動している──してらっしゃった作家さんだから、なんとなく、手書きの原稿──でなくとも紙の状態での原稿を想定していたけれど、しかし、それはあくまで先入観であり、必ずしもそうとは限らない。というより、そうでない可能性のほうが高いのでは？

実際、書斎の机の上にはノートパソコンがあった。ここは別荘だし、須永先生がこれを使って原稿を書いたわけではないだろうが……それこそこの間の更級研究所のときのように、ＳＤカードに小説のデータを保存して、それをどこかに隠したのかもしれない。ＳＤカードでなくとも、ＵＳＢメモリやＣＤ－ＲＯＭ、あるいは里井先生のときのように、デジタルデータを預けているクラウドのパスワードが、別荘のどこかに記されているというパターンだって考えられる。

うっかりした、紺藤さんにそのあたりを確認しておけばよかった……今からでも電話をすれば、過去、須永先生はどんな状態で原稿を隠していたのか教えてくれるかもしれないけれど、しかしゲームが開始されてしまった以上、今から訊くのは卑怯《ひきよう》という気もする。いよいよとなればそれもやむを得ないが、それくらいの難易度を保っておいたほうが、今日子さんもやり甲斐《がい》をもって宝探しを楽しめるのではないだろうか。

「しかし……」

と、僕は手を伸ばして、なんとなく、一冊の本を取り出す——須永昼兵衛著『名探偵めい子の事件簿』。

須永先生が子供向けに書いたミステリーシリーズの最初の一冊で、僕も小学生のときに読んだことがある——と言うか、僕が主に読んだ須永先生の作品は、この『名探偵めい子』シリーズだ。挿《さ》し絵《え》や改行の多さは、いかにもジュブナイルなのだが、しかしその内容は今から思えば、子供向けとは思えないくらい、風刺の利いた推理小説だった。一方で社会派ミステリーも数多く手がけていた須永先生らしいと言うか……その懐かしさは、子供の頃の写真を見たときの気恥ずかしさにも似ていた。

忘れているものだ。そして、覚えているものだ。なるほど、新しい知識を知り、新しい体験をするというのは快感だが、同様に、忘れている知識や体験を思い出すという行為も快感である——気持ちいい。

……これもまた、失った記憶を思い出すことのできない今日子さんに、うっかりそんな話を振ってしまわないように気をつけなければなるまい。絶対に共有できない感情である。

そう言えば、今日子さんは、ここに並んでいる須永先生の本を、どの程度記憶しているのだろう？　ある時期以降の新刊は、たとえ読んでいても、読んだその記憶は失われるわけだが……。

「隠館さん、何か見つかりましたか？」

と、まさしくそのとき、背後から声がかかった——今日子さんである。さすがは最速の探偵、早くも一階の探索を終えて、二階に上ってきたようだ。上ってきたということは、裏を返せば一階では何も発見できなかったということなのだろうが……、しかし、本の量に圧倒されるばかりで、まだ本格的な探索活動に入ってもいないのろまな僕は、たじたじになるばかりだった。

「え、えっと……」

「わあ！　素晴らしいお部屋ですね、実に須永先生らしい！」

十代の少女のように目をきらきらさせながら（しどろもどろな僕には目もくれず）、ぐるりと書斎を見渡す今日子さん。

「住みたいですね、ここに！」

「じ……地震とかあったら大変ですけどね」

全力で話をあわせてみるも、今日子さんは感動に水を差されたように、『何を野暮《やぼ》なことを言っているんだろう、この図体の大きなかたは』というように僕を見た。

「本に埋もれて死ねるなら本望じゃないですか」

そんなことを言う。テンションが高くなっている今だから聞ける、才媛らしからぬお茶目なジョークかと思ったが、

「あ、本望っていうのは、そういう意味じゃないですよ」

と照れくさそうに釈明した——可愛い。

まあ、実際に本棚が倒れてきて、本に埋もれて死んだら、そんなことは言ってられないだろうが……幸い、須永先生は、静かにベッドルームで息を引き取られたそうだ。

「今のところ、何も見つかっていません」

話を戻して、僕がそう言うと、

「え？　そうなんですか？　意外ですね……」

今日子さんは不思議そうに首を傾げた。

「あるとしたら隠館さんのほうだと思ったんですけれど……」

「？」

この言葉の意味を一瞬判じかねたけれど、解釈するにどうやら今日子さんは、大好きな須永先生の別荘を隅から隅まで見て回りたかったので、自分はわざと、原稿が隠されてなさそうな場所（一階）から調べ始めたということらしい。

まあ、確かに、原稿を見つけてしまったら、その時点でゲームは終了してしまうから……、あえて外れから潰していく、そういう網羅系のプレイスタイルもありと言えばありなのだけれど、仕事モードの今日子さんだったら、絶対にありえない迂回である。今日一日で、今まで知らなかった今日子さんの一面を、ずいぶん見させてもらった。須永先生の遺稿の貴重さを思うと、そんな暢気《のんき》なことは言っていられないが、本当に紺藤さんには感謝しなければならない。

今日子さんとしては、ならば僕が手がかりを発見していないほうが、ゲーム時間が延長されて好都合なのだろう、「では、ご一緒させてもらいますね」と僕の横に並ぶ。

「知らないタイトルがいっぱい。でも、さすがに読んでいる時間はないですか……」

並んだ須永先生の著作を見て、残念そうに言う今日子さん——言いかたに配慮しながら、今日子さんに「僕は、この半分も読めてないんですけれど……今日子さんはどれくらい読んでますか？」と質問した。僕が実際に読めていないのは、半分どころではないけれど。

「えっとですね——おっと」

言い掛けて、今日子さんは口をつぐむ。

「駄目ですよ、危ない危ない。私、ある本以降の新刊は一切覚えてないんですから、それを教えたら、その本の出版年月日から、私がいつから記憶を失っているのか、少なくともどこまでは覚えているのか、あたりがついちゃうじゃないですか。それは企業秘密なんです」

「そ、そうなんですか。変なことを訊いてごめんなさい」

慌てて謝る僕——別に、探りを入れたつもりはなかったのだが。

「あは、構いませんよー、今日はプライベートですし。答えられる範囲で答えますと、私も読んでいるのは半分くらいですかね」

「え？　そうなんですか？」

少し意外だ――熱烈なファンだというから、『ある本』とやらまでは全部読んででもおかしくないと思っていたが。

「私がハマった時点で、もう入手困難な本が結構ありましたからね。そのあたりは時代です。……でも、須永先生が私が覚えているときとお変わりなく、精力的にご活躍されているようで嬉しいです。こんなに新刊を出しているんですもの」

「…………」

須永先生は、もう、『ご活躍』されていない。

天に召されて――安らかに休まれている。

そのことを今日子さんに伏せると決めたのは僕なので、ここで変な反応をして、真実を露見させるわけにはいかず、かと言って、無言を貫くのもそれはそれで不自然なので、「し、しかし……どうして須永先生は、こんなにたくさんの本を書かれたんでしょうね」と、またも野暮も極まることを言う。

「これだけヒット作を連発したら、どこかでもう、書かなくてもいいって、僕だったら思っちゃいそうですけれど」

んじる今日子さんのそんな顔は、プライベートでしか見られまい。

いや、やはり意外と言うべきか——はしゃいだ笑顔以上に、社会人としての体面を重んじる今日子さんのそんな顔は、プライベートでしか見られまい。

「何を言ってるんですか、隠館さん？　作家が小説を書き続けるのは当たり前じゃないですか」

「い、いいえ、あの、だから……一生働かなくても食べていけるだけ稼いだら、執筆のモチベーションがなくなるんじゃないかって……紺藤さんともこの間話したんですけれど、小説家って、引退しやすい職業らしいから……」

咄嗟に言い訳をするも、これでは火に油を注ぐようなものだと後悔した——芸術的側面も帯びる作家活動を、金銭的価値だけで計ろうとする愚か者と断じられるかもしれない。しかし、そこは金銭面に関してはいき過ぎなほどきっちりした価値観を持つ今日子さんである、激高したりはせず、

「まあ、そういう作家さんがいることは事実ですね——書きたいものがなくなって、書く必要もなくなったなら、書くべきではないのかもしれません」

と、そんな風に言った。

「もっとも須永先生も、すべての作品がヒットしていたわけではありませんが」

「そ、そうなんですか」

そういえばさっき、入手困難な本が結構あると言っていたか——期せずして労働の意味、みたいな話になった。自分の浅さ、浅ましさを露呈してしまった形だ。

僕が現在、無職で求職中だから、ついついそんなことを考えてしまったのだが……、そういう意味では（これも下世話な心配だが）、僕と今日子さんはこうして須永先生の遺稿を探しているけれど、莫大《ばくだい》な遺産を相続することになるであろうご遺族は、これから大変だと思われる。

「そう言えば須永先生って、ご結婚はされてたんでしたっけ？」

「……隠館さん、須永先生のこと、何も知らないんですね」

いよいよ呆れたように今日子さんは言った。

そんな目で見られるのは正直心外だったが。

「されてませんよ。須永先生は仕事一筋です。全身これ推理小説家というイメージで、そういうところも尊敬しています」

となると、遺産を相続するのは兄弟か、その係累ということになるのか。いや、今時の平均寿命を思えば、ご両親が健在ということもありうる。

「で、でも、今日子さんが忘れているだけで、最近ご結婚されていたということもあるかもしれませんよ」

年齢を考えると薄そうではあるが、可能性はある——そんなことがあったら、遺産相続で相当揉《も》めそうだが。

「須永先生に限ってそんなことはありえません」

力強く断言する今日子さん。探偵の推理と言うより、それはまるで、アイドルに恋人がいないと信じる十代の少年少女のようだったが……。

「……と。隠館さん、ひょっとして結婚されてます？　だとすると申し訳ないです、感情的になってしまって。結婚生活そのものを否定しようという気はないんですよ？」

「い、いえ。独身です」

「あら、そうでしたか。それは失礼……どちらにしろ失礼でしたね。えへへ。そういうご予定はないんですか？」

「と、特にそういう予定は……」

「でも、お付き合いされているかたは、そろそろ期待しているかもしれませんよ。そうでなくとも休みの日に、私なんかと遠出して、あとで怒られるんじゃありません？」

「お付き合いされてるかたは、いませんので……」

自白に追いつめられていく犯人の気分だった。

と言うか、やっぱり、今日子さんのほうにはこれがデートだという認識はないようである——僕がそういう誘いかたをしたのだから、仕方ないけれど。

「なんだ、隠館さんも仕事一筋なんじゃないですか。素敵ですね」

「きょ、今日子さんこそ、どうなんです？」

仕事一筋も何も、僕は現在無職である。

しかし、無職をごまかすために、質問を返したわけではない――今日子さんの恋人の有無、これは以前から訊きたかったことだ。

もしも今日子さんに意中の人がいるのであれば、紺藤さんがお膳立てしてくれたこのデートそのものが茶番になるが……迂闊にこういうことを訊くとセクハラになりかねないけれど、しかし訊かれたことを訊き返しただけなのだからセーフだろうと、ありもしない勇気を奮った僕だった。

「私も仕事一筋ですよ。生涯、家庭を持つ気はありません」

あっけらかんと今日子さんは答えた。

「だって私、誰かを好きになっても、すぐ忘れちゃうんですもん」

7

「さて、須永先生の原稿ですが、あまり余計なことは考えなくてよいと、ここで再認識しておきましょう――オッカムの剃刀です。デジタル化してＩＣチップに保存すれば、壁の小さな隙間や、あるいは天井裏にでも隠すことは可能ですが、たぶん須永先生はそういうことはされていないと思います。なぜならこれはゲームであり、仕掛け人の須永先生はミステリー作家だからです。答は、わかったときに『そこにあったのか！』と、膝《ひざ》を打つような隠し場所であるべきです。終了の段になってプレイヤーから『そんなところに隠されたら見つかる訳ないよ』と言われてしまえば、ゲームの締めとして興ざめですからね」

いきなり今日子さんが探偵モードに入った——プライベートだからと言って、『見知らぬ僕』と、やや気安い会話をし過ぎたと思って、切り替えたのかもしれない。

僕自身、その切り替えにほっとしたことは否めない。今日子さんの私生活——どころか、内心に踏み込んでしまったようで、それは仕事を遊びだと騙していることよりも、よっぽど罪悪感だった。

この不甲斐なさを報告すれば、紺藤さんはきっと僕を叱るだろう。その程度の覚悟もなく、今日子さんをデートに誘うべきではない、と——だがここでは、今日子さんに話を合わせるしかなかった。

「じゃ、じゃあ、原稿は……文字通りに原稿用紙の形で隠されていると考えていいんですね？　須永先生がどんな風に執筆していたかはわかりませんが……」

「須永先生の執筆スタイルは、原稿用紙に万年筆という昔ながらのスタイルです……」

僕の知らない須永先生情報を、今日子さんは教えてくれた――だがその後、当然チェックしていたらしい、机の上のノートパソコンに目をやる。

「……が、執筆後に原稿をデジタル化することはできるでしょうし、私達『読者』が納得できる形なのであれば、必ずしも紙の状態であるとは限りません。つまり、結局は例のヒントに依るのが解答に至る一番の近道ということですよ」

わざと遠回りをしていた今日子さんは、ふてぶてしくもそんなことを言う――言われて僕は、ポケットに入れていた見取り図を取り出して、四つのヒントをもう一度確認した。

『1・作品の原稿枚数は、およそ120分あれば読めるくらい。』

『2・デリケートな場所に隠してあるので、細心の注意を払って探すこと。』

『3・あるものではなく、ないものを探せ。』

『4・　　　　　　　　　　　　　　　　』

……四つ目の『　』というヒントは取り消されていると考えれば、三つのヒントだが……どうだろう？　私見を述べさせてもらえば、暗号文という感じではないので、あくまでヒント、暗示ととらえるべきだと思うのだが……。

「百二十分、つまり二時間あれば読み終わる量と言われても、二時間でどれくらいのページ数を読めるかなんて、人それぞれですよね。僕だったら、文庫本で百ページくらいでしょうか……」

文字の組みかたにもよるだろうが、文庫本で百ページというのは、原稿用紙に換算すると、約百五十枚くらいかな？　原稿用紙の形だとすると、そこそこの分厚さだ——簡単には隠せない。

「逆に言うと、デジタル化されているなら、枚数の多寡《たか》なんて関係なくなりますよね、今日子さん。つまり、ヒントの1で新作原稿の分量について触れられているということは、やはり紙の状態で隠されている公算が高いのでは……ちなみに今日子さんは、二時間あれば、どれくらい読めますか？」

「二時間もいただければ、大抵の本は読めます」

今日子さんは実際、本棚から一冊、『盗みの黄金律』というタイトルの本を取り出し、ぱらぱらとめくってみせる——確かに、今日の往路の中でも一冊読み終わっていたようだったし、最速の探偵は、読書もスピーディーらしい。

速読——というのは、読書とは違う特殊な技術らしいから、それじゃあないんだろうけれど、やはり本を読む速度は人によって、まちまちということか。

だが、それでも最低限の基準はできよう。

五十枚くらいの短編小説ということはないし、一千枚を超える大長編ということもない——常識的な厚さの小説を、僕達は探せばいいのだ。

「はあ。まあ、そう解釈すべき……でしょうね」

と、今日子さんは同意した——やや、気もそぞろな風だったが、何か異論があったのだろうか？　しかし一応の賛同は得られたし、僕はヒントの2の考察に入る。

「デリケートな場所、というのは、どういう意味でしょうね？　最初はこれ、水回りのことを暗示しているのかと思ったんですけれど」

「ええ、でも、あくまでもこれが作家としての遊び心の発露であることを考えると、お手洗いや台所、お風呂場や洗面台に隠すことは、やや危険過ぎる気もしますね」

「だからこそ、意表を突けるのでは？」

「たとえば、隠館さんが編集者だったとして、ですよ？　トイレのタンクあたりに原稿を保存する作家に、好印象をもてますか？」

「…………」

そこは感覚的な問題なので、なんとも言いにくいが……、ただ、作家である以上、自分の原稿を大切に扱って欲しいとは、確かに思う。原稿探しは、隠す側にとっても『宝』探しであるべきなのだ。ゲームの本来のターゲットが編集者であることを思えば、尚更である。

では、デリケートというのは、どういう意味なのだろう——精神的なニュアンスだと考えるなら、寝室かな？　プライベートスペースの中でも、本来他人が一番這入りにくい、『デリケート』な部屋だと言える。

が、今日子さんが調べて『ない』と断言した以上、一階の部屋……ダイニングと寝室には、ないものと考えていいのかもしれない。たとえあっても、僕では及びもつかない。今日子さんが見つけられなかったものを、僕が見つけられるはずがない……。

「ヒントの3に至っては、ほぼ何も言ってないに等しいですよね。『あるものではなく、ないものを探せ。』だなんて……僕にはこれ、ただの宝探しの大原則に思えますが。まだ、修正テープで消されているヒント4のほうが参考になりそうなくらいです」

「鉛筆が必要……になるかもしれない。ですか。ただ、一階を見る限り、そしてこの書斎にもですけれど、鉛筆なんて一本もなかったんですよ。シャープペンシルばっかりです」

今日子さんは腕組みをする。

ひょっとすると、今日子さんにはもう何らかの仮説があるんじゃないかと期待してもいたのだが、どうやらまだ、そういう段階には至ってないらしい——さすが、希代の推理作家。名探偵だからと言って、すぐに解ける仕掛けは打たないと見える。もちろん、実際の事件と作りもののゲームでは、勝手も違うのだろうが……将棋の棋士が、必ずしもプログラム相手に勝てるとは限らないようなものか。

となると、少し困った。今日子さんが必ず原稿を見つけてくれるという前提で、僕はここまで、言うなら勢いで動いてしまったため、原稿が見つからなかったパターンというものを、まったく想定していなかった。

紺藤さんにあれだけの無理を言ったのだ、その場合は僕が責任をとって、僕の携帯電話に登録されている名探偵の中で、もっとも有能な、事件解決率百パーセントの、まさしく『万能の探偵』を呼ぶしかないか……あまり気は進まないが。

「困りましたねえ」

と、今日子さんは言う。

「この書斎にも、どうやらなさそうですし……ダイニングにも寝室にも、書斎にもAV室にもないとなると、消去法でお手洗いや台所を探すしかなくなるんですけれど」

「え？　いえ今日子さん、まだAV室は探していませんけれど」

「なんですって？」

今日子さんが顔を起こした。

素で驚いている風だ――どうやら今日子さんは、僕が既にAV室を探し終えて、その後この書斎を調査しているのだと、勘違いしていたようだった。

なんという買いかぶりだろう。まあ、自身は一階の二室を調べ終えて二階に上ってきたのだから、当然書斎にいた僕だって、既にひと部屋くらいは調査終了していると見るのは妥当かもしれないが……、残念ながら、僕はそこまで手際がよくない。誰もがスピーディーだと思ったら大間違いだ。

僕はAV室にはまったく手も着けていなかった。

「何をやっているんですか、隠館さん――どうして一番怪しい場所を後回しにしているんです……」

須永先生の別荘を隅々まで楽しもうと、わざと遠回りしながら原稿を探していた今日子さんに、そんな責められるようなことを言われる覚えもないが……、しかし、一番怪しい場所？　AV室が？　どう考えても書斎のほうが、原稿の隠し場所としては怪しい、と言うかふさわしいと思ったのだが……。

「移動しましょう。……四つのヒントだけ並べてみれば、須永先生は明らかにAV室を暗示しているんですよ。それは最初からわかっていたことなんです」

言いながら、今日子さんは僕のリアクションを待たずに書斎を出る――慌てて追いかける。この書斎を十分に見た、とは言い難いのだが……、なんだか今日子さんがさっきから、急いでいるようにも見える。

いや、急いでいるというのとは違うのか。僕から見れば、あれが普段通りの今日子さんでもある――最速の探偵、掟上今日子。

プロフェッショナルとしての職業探偵。

だが、あくまでも今日子さんにとって、今日はプライベートであり、これは遊びのはずなのだが……何か心境の変化でもあったのだろうか？　僕の鈍さにいい加減愛想がつきたと見るのが一番適切な気もするが……それではあまりに悲し過ぎる。

AV室に先に這入った今日子さんに追いついて見ると、最速の探偵はもう、あちこち調べにかかっていた。手伝おうにも手伝いかたがわからないくらい、その動線には無駄がない。むしろ室内に、本人も持て余すような巨体が踏み入れば邪魔になる。僕は部屋の入口のところで棒立ちになって、ただその様子を見守るしかなかった。

いや、今日子さんの邪魔をしてはならないという大義名分がなくっても、僕はこの部屋に這入ることを、きっと一瞬以上、ためらっただろう——それくらい、洗練されたAV室だった。

書斎とは違った意味で圧巻である。最新鋭の再生機器も防音設備も、まるで音楽スタジオだ——別荘にAV室なんて設置していることから察するべきだったが、須永先生は、音楽鑑賞を趣味とされていたのだろうか？　部屋の中心に設置されたソファで音楽を聞けば、さぞかし心地いいことだろう——ハード面はかくのごとしで、そしてソフト面も同様に充実している。

書斎の四囲を囲む本棚に詰め込まれた本が読書の履歴だったなら、この部屋の壁に埋め込まれたラックは、まさしく音楽の歴史だった——レコード、カセットテープ、CD、MDがずらりと整然と並べられている。巨大なオルゴールやジュークボックス、カラオケ機器らしきものまで置かれているのだから、単にAV室というより、音楽博物館のようだった。

須永先生は、コレクターとしての一面も持っていたのだろうか。

こんな場合じゃなかったら、僕のような教養のない男でも是非一曲、らしくもなくクラシックの調べでも聞いてみたいとさえ思ったかもしれない——が、ただ、今に限って言えば、いくら整理整頓されているとは言え、この『物の多さ』は、探し物をする上では障害にしかならない。

しかし、どうして今日子さんは、書斎よりもこの部屋のほうに、重きを置いたのだろう……考え直してみても、やっぱりものが原稿である以上、書斎のほうに隠されていそうという僕の考えが、さほど的外れとは思えないけれど？

「あ……いや、ひょっとして……」

と、僕はそこで思い当たった。

「口述筆記……ですか？」

ワープロが普及して以降はあまり聞かなくなったけれど、昔の小説家の間では、知られた執筆方法である——口で小説の内容を喋って、それを録音し、専門業者に活字化してもらうという。

須永先生は万年筆で執筆されていたとのことだったが、そのキャリアの長さからして、口述筆記という手法を知らないということはなかろう——自分の音声を何らかの記録媒体に録音して、この部屋のどこかに保存してあるということは考えられるか？

「百二十分あれば読めるというのは、僕達読者が読むという意味ではなく、作者が、頭の中にある小説を声に出して読むという意味だったのでは……」

「いえ、それはないでしょう」

と、しかしにべもなく、僕の考えは今日子さんに否定された——今日子さんは絨毯の敷かれた部屋の床に四つん這いになって、振り向きもせず、ラックを検分している。ショートパンツも手伝って、人目もはばからないポーズだ。

「一冊分の小説を口述筆記したら、とても百二十分には収まりませんよ。その時間で読めるのは、せいぜい短編小説一本くらいです」

「……そうですね。じゃあ……でも、たとえばクラウドのＩＤとパスワードを、録音してあるとか、そういうことは考えられませんか？」

「クラウド？　雲がどうかしましたか？」

これには今日子さんは振り向いた。四つん這いのポーズで振り向かれると無闇にセクシーだったが、目を逸らすと逆にやましいみたいだったので、僕は平静を装い、ほら、前回の事件のように——と言いかけたけれど、今日の今日子さんは前回の事件を知らないのだし、知ってはならないのだ。

なので僕はクラウドについてだけ、簡単に説明した。

「それもないでしょう。それだと事実上、原稿の内容は別荘の『外』にあることになります――ゲームとしてアンフェアです。納得できません」

「はあ……でも、納得できる答なんて、本当にあるんでしょうか。ぼやくわけじゃありませんけれど、やっぱりヒントが少な過ぎると思いますよ」

「いえ、多過ぎるくらいです。須永先生ったら、読者ではなく編集者が相手だから手加減されたのでしょうか。ヒントはもっと少ないほうが、この場合は良問でした」

今日子さんはラックに視線を戻し、検索しながら言う。そこを探しているということは、やはり再生機器よりもソフトに注目しているように思うのだが……今日子さんの、今の目論見《もくろみ》はなんなのだろう？　どういう理由か、もう遠回りをするのはやめたようだが……。

「実際、隠館さんもいい線いってました」

その、穏やかながらもずけずけした感じの物言いは、まさしく探偵モードの今日子さんである。個人としての掟上今日子ではなく、置手紙探偵事務所所長・掟上今日子だ。

「非常に惜しかったです。私が協力しなくとも、隠館さんがお一人でも探し続ければ、いつかは見つけられたかもしれませんよ」

「は、はあ……とてもそうは思えませんけれど。そもそもそんな原稿が本当にあるのかどうかも怪しく思えて――」

「はい、ありました」

と。

そこで今日子さんは僕を遮って――ラックから『あるもの』を取り出して、僕に示した。

あるもの。

それはとても意外なものだった。

8

それはカセットテープだった。

ラックに納められていたカセットテープ。

そもそもカセットテープ自体、僕は久し振りに目にするが――レコードとは違って、カセットテープは今でも、現役のソフトのはずなので、決して珍しいものではないのだろう。

確か、厳密にはコンパクトカセットというのだったか――だが、正式名称がなんであれ、それがここで取り出される理由がわからない。

ケースにもカセットテープ本体にもラベルが貼られていない、無印のカセットテープを、どうして今日子さんはここで取り出したのだろう――『ありました』というのを聞いて、てっきり須永先生の原稿を発見したのかと沸き立ってしまったけれど、そういう意味ではなかったのだろうか？　隠し場所に至る伏線を見つけたとか、あるいはまったく関係ないけれど珍しいものを見つけたとか、そういう意味だったのだろうか？

だが、今日子さんは、

「これでゲームクリアです。お疲れさまでした」

と、立ち上がった――にこりと笑むその様は、謎解きを終えた名探偵そのものである。

「ちょ……ちょっと待ってくださいよ、今日子さん。そんなわけのわからないテープを取り出して、ゲームセットを宣告されても、納得できません。とてもお疲れさまとは返せませんよ。ちゃんと説明してください。それに、証明してください」

「この場で証明することは難しいですね」

脇役の台詞を口にした僕に、今日子さんは、意外と謙虚な姿勢を示した。だがもちろん、「説明だけなら簡単にできますけれど」と、主役らしく続ける。

「たとえば……四つ目のヒントが、消されてたじゃないですか」

「そうですね。でも、それがどうかしましたか？　カセットテープと鉛筆、何の関係もないでしょう」

「その文言が修正液ではなく、修正テープで消されていたことが、ひとつのヒントです。修正テープ。構造は、カセットテープと同じですよね」

「え……あ、ああ」

　言われてみればそうだ……が、言われなければ、カセットテープと修正テープを繋げては考えまい。似てはいるが、相似とまでは言えない。ヒントとして弱いことに違いはなかろう。

「修正テープで消されていた『鉛筆が必要になるかもしれない。』というのもヒントになっています。カセットテープって、ほら」

　ケースから取り出して、カセットテープの真ん中に空いた二つの穴を指さす今日子さん。

「テープの位置を微調整するとき、この穴に鉛筆を差し込んで回すんですよね――くるくるって」

「…………」

　説明を受けてもあまりぴんと来ない。かつてそういう風習はあったのかもしれないが、そんなことは鉛筆じゃなくてもがんばれば小指でだってできるだろう――と思うけれど、だからこそそのヒントは修正テープで消されているのだと言われれば、その通りではある。

「では今日子さんは、ヒントの4が、カセットテープを暗示していると読んだから、このＡＶ室が一番怪しいと踏んでいたんですか？」

「まさか。この文章と、修正テープの使用だけからカセットテープを連想するのは、さすがの私でも不可能ですよ。ヒントの4は、推理のコーティングに使っただけです――言うまでもなく、一番のヒントは、ヒントその1ですよ」

「言うまでもなく、と言われても……言ってもらわないとわからないです」

「ほら、ここに書いてあるでしょう？」

今日子さんは、ラベルの貼られていないカセットテープに直接プリントされている『120』の文字を、僕に見せる。その文字は、このテープは音楽を百二十分分《ぶん》録音できるという意味で……。

「え？　まさか、だからですか？　百二十分で読み終わるというヒントがあったから、120分テープを……」

「ええ、そうですよ？」

何食わぬ顔で今日子さんは頷いた。

「さっきまでラックをあちこち検索していたのは、百二十分録音のできるカセットテープが、他にないかチェックしていたんです――が、この棚にあるテープは、45分、60分、90分のものばかりで、120分のカセットテープはその一本だけでした。ちなみに、CDやMDには、そもそも百二十分のものはありません。なので、このカセットテープこそが探していた原稿だと特定できました」

「い、いや」

どうしてしまったのだ、今日子さんは。

僕は不安に駆られた——ついさっき、百二十分で小説一本分の文章を口述するのは不可能だと言ったのは、今日子さんではないか。まさか、それを忘れてしまったのだろうか？　今日子さんの記憶は、ひとたび寝たらリセットされる——逆に言えば、就寝するそのときまでは常人以上の記憶力を誇るはずなのに、ひょっとして、その症状が悪化を？　だとすれば推理や宝探しをしている場合ではない、一刻も早く病院に連れて行かないと——

「きょ、今日子さん——しっかりしてください。口述筆記はありえないと、ご自分でおっしゃっていたじゃないですか」

「ええ、言いました。口述筆記ではありません」

確認するように言った僕に首肯《しゅこう》する今日子さん——よかった、記憶を失ったわけではないらしい。

「どんな早口で喋ったとしても、百二十分で小説一冊分の朗読は不可能です——舌がもつれちゃいます」

「そ、そうですよね」

「だとしても一方で——丁度いいんですよ。カセットテープというソフトは、小説一本分を収めるのに」

「え、ええ?」

今日子さんがついさっきの記憶を失っていないのは喜ばしかったけれど、しかし、それゆえに混乱も増すばかりだった。小説の朗読が保存されているわけでもなく、クラウドのパスワードが保存されているわけでもなく……なのにどうして、そのカセットテープが、須永先生の原稿だと言うのだ?

「そうですね。では先程、クラウドについての新しい知識を教えてくださったお返しに、隠館さんに、私の知る古い知識を教えて差し上げますね。こういうカセットテープって」

今日子さんは言った。

「デジタルデータも保存できるんですよ」

9

「要するに磁気テープですからね。ものによりますが、120分テープなら、約五百キロバイトほどのデジタルデータが保存可能です——五百キロバイトというのは、テキストデータで、丁度長編小説一冊分くらいですね」

そんな風に説明されることで、思い出した――どこで仕入れた知識なのかは定かではないが、なんにしても、思い出すことは快感である。

そうだ。

四半世紀以上前のコンピュータは、カセットテープを読みとらせることでプログラムを走らせていた、とか――今やすっかり、音楽専門のツールとしてとらえられているカセットテープだけれど、そもそもの出自を辿れば、コンパクトディスクやＵＳＢメモリ、あるいはクラウドなどと同じく、データ保存用のメディアなのである。

ヒントその2の、『デリケートな場所』というのは、そういう意味だったのか……音楽を聞く分にはそう神経質にならなくてもいいだろうが、しかしデータ保存用のメディアとして見たとき、カセットテープはいかにも薄弱だ。なにせ磁気テープだから……何度か読み取り続けただけで、そのたび傷んでいく脆《もろ》さがある。

「……ヒントその1は、データを読む、つまり読み込むのに百二十分かかるという暗示だったんですか？」

「音声ではありませんから、読み込むのに百二十分かかるわけではありませんが、見立てとしてはそういうことになるでしょうね」

「じゃ、じゃあ、ヒントその3は、どういう意味だったんです？」

「『ないものを探せ』とは、つまりこのテープを再生できる機器、いわゆるデータレコーダーが、別荘内にはないという意味だと思います。だから先ほど『証明できない』と申し上げたんですけれど……まあ、カセットテープを読み込める、骨董品じみたコンピュータなんてこれ見よがしに置かれていたら、その時点で真相がわかっちゃいますからね」

確かにそうだ。

手書きの作家だというのに、書斎の机にノートパソコンが置かれていたのは、とすると須永先生からの遠回しなメッセージだったのかもしれない……実際僕も、あれを見て、原稿はデータ化されているんじゃないかと着想を得ていたわけだし。

『二時間』ではなく『120分』と表記されていたことが、あるいは最大のヒント——単純なデータならば、コンパクトディスクにも保存できるから、解答をカセットテープと特定するために、その数字が強調されていたのだ。

だが、まさかカセットテープに原稿が保存されているとは、あまりに想定外だった——しかも、確かに納得のできる解答である。答から聞かされてしまえば、ヒントの出し過ぎだという今日子さんの物言いにも、頷かざるを得なかった。あまりに露骨。今日子さんくらいになれば、ヒントその1と、見取り図にあったAV室という表記を見ただけで、十分に解答まで辿り着けよう。

須永先生の高笑いが聞こえてくるようだった——いや、須永先生が高笑いなどする人だったかどうかはわからないけれども、とにかく、的外れに書斎あたりをうろうろしていた僕としては、偉大なる作家にしてやられたという気持ちが強い。自分の不明を恥じる僕をさすがに見かねたのだろう、今日子さんがフォローするように、

「まあ、私の記憶はある時点から更新されていませんから。隠館さんよりも、カセットテープの豆知識を引き出すのに優位だったということはあるでしょう」

と言った――そりゃあそうかもしれないが、しかし今日子さんだって別に、カセットテープがデータ保存メディアとして使われていた時代を、リアルタイムで生きていたわけではあるまいに。

やはりここは、今日子さんの探偵としての資質を誉めるべきだろう――と、思ったのだが、しかし今日子さんとて、やはり万能ではなかった。仕事を終えたと安心したのか、最後の最後で、考えられないようなミスをした――ケースに仕舞い直したカセットテープを僕に差し出して、

「はい、ではお納めください、隠館さん。これがお探しの、須永先生の未発表原稿です――プリントアウトの手間を考えると、さすがに即払いとはいかないでしょうけれど、一番最初に私に読ませてくれる約束は、ちゃんと守ってくださいよ？　もう生産はされていないとは思いますが、出版社のツテを辿れば、データレコーダーの一台くらい見つけられるはずです。仮に見つからなくとも、須永先生の遺品を探せば、そもそもこれを作成するときに使ったものがあるはずですし……」

今日子さんはそう言ったのだ。

「そうですね」

と受け取って——僕は驚愕《きょうがく》する。

「い——遺品？」

「あ」

口元を押さえる今日子さん。

だが、もう遅い。

「き——気付いていたんですか？　今日子さん。須永先生が、亡くなっていること——」

「…………」

今日子さんは気まずそうに目を逸らし、黙ってしまった——だけどその反応は、僕からの問いかけに対して、あまりにヒントの出し過ぎというものだった。

10

後日、作創社のそばの喫茶店で、僕は紺藤さんと会った——プリントアウトされた、須永昼兵衛の最後の原稿を受け取るためである。今日子さんにこの原稿を届けるのが僕の役割なのだが……今日子さんとまた会う口実ができたというのに、僕の反応の悪さを不審に思ったのだろう、紺藤さんは僕を問い詰め、結果、この日まで口を閉ざして黙っていた経緯を、洗いざらい喋らざるを得なかった。

「じゃあ、厄介。掟上さんは最初から、お前の嘘を見抜いていたってことなのか？」

「いや、気付いたのは途中からだったらしい。だから、急に探偵モードに入った……と言うか、迂遠な網羅プレイを取りやめて、ゲームに真面目に取り組み始めたんだ」

今自分が探している原稿が、須永先生の遺作であることを察し、今日子さんの中での、ゲームに対するシリアスレベルが変わったのだ——そうなったら、あっという間だった。プロの仕事を見せられたと言えよう。逆に、僕は素人もいいところだった。

「書斎で須永先生について、今日子さんと話していたとき、気付かないうちに僕が、何度も過去形で須永先生のことを表現していたらしくって……その辺りから察したらしい。須永先生が亡くなられたベッドルームを検分したときに、あるいは何か感じるところがあったのかもしれない。そうでなくとも、ゲーム開始前の僕や紺藤さんの挙動から、そもそも不審には思っていたのかもしれないけれど……」

「そうか……まあ、そんな落ち込むなよ、厄介。お前が悪かったわけじゃない。名探偵を騙すなんて、誰にだって、土台無理って話だったんだろう」

「慰めの言葉は痛み入るけど、しかし紺藤さん、僕が恥じているのはその点じゃないんだよ。稚拙な嘘をついたこと、それ自体じゃない……今日子さんが、須永先生の死に気付いたあとも、僕の嘘に騙された振りをし続けてくれたことが、恥ずかしくってたまらないんだ」

気を遣ったつもりが、遣われていた。

とんだ恥さらしである。

大ファンだった作家の死を察し、さぞかしショックだっただろうに、それをまったく表に出さず、知らない振りをして、ゲームを続けてくれた今日子さん……気を遣うどころか、騙した僕を、怒ってもよかったくらいなのに。

……だけど僕はもうそれを謝ることもできないのだ。

あれから何日も過ぎ、あの日の記憶はリセットされ、僕の欺瞞は今日子さんの中では、今やなかったことになっているのだから——この原稿だって、今日子さんにとっては受け取る理由がよくわからない、謎のサプライズプレゼントになってしまうのである。

今日子さんの記憶は、磁気テープよりも、よっぽどデリケートだった。

いや——デリートと言うべきか。

こんな葛藤すら、彼女の中には存在しえないのだから。

「掟上さんが気を遣ってくれたことを、素直に喜べばいいじゃないか。きっと彼女は、厄介からの気遣いが嬉しかったんだと思うよ。そのお返しを受けたと思えばいい」

「そういう考えかたもあるんだろうけれど……気まずいよ」

こちらが一方的に気まずさを持っているだけなのだが……。

この未発表原稿のプリントアウトも、できれば郵送で済ませてしまいたいくらいだった。

「……しかし、困ったな。厄介がそんな調子じゃあ、ちょっと、頼みづらくなってしまった。今日はやめておくか、またにしよう」

「？　なんだい、紺藤さん。この原稿を届ける他にも、僕に頼みごとがあったのかい？　だったら水臭いことを言わないでくれよ。僕のテンションなんて気にせず、なんでも無限に頼んでほしい。それで気が晴れるってこともあるんだから」

「いや、しかしな、なにせそれも、掟上さん絡みの話だから――この原稿を届けてもらったときに、お前から依頼してもらおうと思ってたんだ」

「依頼？」

「ああ。今度は、掛け値なく名探偵としての仕事だ。先日葬儀も済んだ、須永先生のことなんだが……実は――その死に不審な点が出てきたんだよ」

（お暇ですか、今日子さん――忘却）

第四話

失礼します、今日子さん

1

思い出してみれば、僕はバスの降車ボタンを押したことがない。自分が降りたい停留所が近づいてきても、いつだって、誰かがボタンを押してくれるのを待っている。そうしていると、自分が本当にその停留所で降りたいのか、それとも誰かに背を押されて——ボタンを押されて降りるのか、よくわからなくもなってくる。

積極的に動くことなく、能動的に動くことなく、ただ、誰かが動いてくれるのを待っている——流れに呑まれることを望んでいる。たかが降車ボタンの話じゃないかと笑われるかもしれないけれど、これはひょっとすると、僕の人生を如実に表している、象徴的な出来事かもしれない。およそ一般的行動しか取らない僕みたいな者の降りる停留所で、自分しか降りないなんてことはまずないから、それで困ったことはないのだけれども、しかしもしも、他に誰も降車ボタンを押さなかったならば、僕は降りたい停留所で降りることなく、そのまま次の停留所に向かってしまうんじゃないかと思う。

そんなわけがない、そんな状況になれば、誰だって自らボタンを押すだろう——と、口で言うのは簡単だけれど、しかし、普段できないことを、なぜ緊急事態においてはできると思うのだ？

そもそも、すべてにおいて、僕はそうである。

自らは動かない——じっとしている、反応の人物である。

巻き込まれ型と言って、そりゃあそうだろう、自ら動かないのだから、巻き込まれるしかない。

今回の件だってそうだ——紺藤さんに言われなければ、僕は決して今日子さんを、デートに誘ったりはしなかっただろう。罰があたって今日子さんと気まずく——それも一方的に気まずくなっておきながら、もうしばらく今日子さんには会いたくないとさえ思っておきながら、それでも、また紺藤さんから頼まれた仕事を、こうしてバスに乗ってのうのうと届けに行くのだから、根本的に僕には自分の意志なんて上等な代物はないんじゃないかと思ってしまう。

「いやいや、紺藤さん。それはあんまり今日子さん向きの事件じゃあないと思うぜ——悪いことは言わないから、他の探偵を呼ばせてもらったほうがいいんじゃないかな」

もちろん、一応は一応、僕はそんな風に逃げ道を作ってみようとしたけれど、

「掟上さんに頼みたいんだ」

と、紺藤さんは強硬だった。

「どうしてだい？　そりゃ、里井先生の件じゃあ、今日子さんは八面六臂《はちめんろっぴ》の大活躍を見せたから、紺藤さんの中であの人の評価が高いのはわかるけれど、しかし今日子さんは僕が紹介できる探偵の中で、決してトップクラスというわけじゃあないんだぜ。中堅とまでは言わないけれど、相当に異端の探偵であることは間違いない。もしも須永先生の死に、本当に不審な点があるんだとすれば、もっと適切な探偵が――」

「掟上さんこそ、適切だと俺は思うのさ。……彼女は須永先生のファンだからな」

「…………？」

咄嗟にはその意味を察しかねたが、しかし、強くそう言われてしまうと、そうかもしれないとも思った。須永先生がミステリー作家であるということを思えば、特にそうだ。

これは一種の偏見だが、名探偵というプロフェッショナルから見れば、ミステリー……推理小説というのは、あくまで『作りごと』だ。『実際の探偵業は、実際の事件は、そんな面白おかしいものじゃあない』と、多かれ少なかれ思っていて、どこか軽《かろ》んじているところがある。古典的名作ならばまだしも、現代推理小説を、彼ら彼女らが、斜めから見ているというのはあって――職業探偵ゆえの割り切りとでも言うのか、今日子さんみたいに、素直にミステリー作家、須永先生のファンという探偵は、紺藤さんの言う通り、なかなかいないだろう。

なので説得されてしまったけれど、翌日、こうして実際に今日子さんの探偵事務所に向かっていると、それが果たして本当に今日子さんに依頼する理由になっているのかどうかが、僕にはよくわからなかった。

須永先生のファンであるがゆえに、今日子さんにはこの件を頼むべきではないのではなかろうか——警察官だって、身内が絡む事件の捜査には参加できないというじゃあないか。須永先生の別荘に行っただけで、あれだけはしゃいでいた今日子さんだ。須永先生の死が絡んだ事件に際して、冷静な調査なんてできないかもしれない……それこそプロフェッショナルとして、ありえないと思いたいけれど。

そんなことをうだうだ考えているうちに、誰かが降車ボタンを押してくれた——僕は、封筒に入った須永昼兵衛の未発表原稿、遺稿を胸に抱えて席を立ち、バスを降りた。

2

置手紙探偵事務所は三階建てのビルディングである——一棟丸ごとが、すべて今日子さんの働く自宅兼事務所である。オフィス街の、高層ビルが乱立する中という立地条件なので、なんだかこぢんまりとまとまって見えるけれども、しかし背景を抜いて、個人の探偵事務所として考えたらビルの一棟買いというのは群を抜いて大規模だし、また、堅牢《けんろう》さという意味では、最新鋭セキュリティの集大成とでも言うのか、このオフィス街のどのビルよりも、掟上ビルディングは頑丈で排他的である。

さもありなん。

探偵というのは、他人の秘密、他人の私生活、他人の裏事情にずけずけ踏み込んでいき、ずばずば切り込んでいく職業である——逆恨みされることもあるし、それが逆恨みではないこともあるだろう。常に身の危険と背中合わせの職業なのだ——今日子さんはかつて、『探偵に手を出すのはルール違反』だなんて言っていたけれど、しかし探偵自身が事件の被害者となることは、実際問題、決して珍しいことではない。

そのことを今日子さんも、わかっていないわけじゃあないのだろう——だからこそ、これほどのセキュリティが必要なのだ。

特に、今日子さんの場合は、守秘義務の絶対厳守という売り文句に基づき、担当した案件のことを翌日になれば綺麗さっぱり忘れてしまうので、自分が誰から、どんな風に恨まれている可能性があるのか、まったく警戒できないというリスクがある——彼女の探偵としての売りが、そのままリスクに繋がっているわけで、まこと世の中は一長一短で、うまくできていると言うか、うまくいかないと言うか。

ゆえに、掟上探偵の本拠地である事務所には、必要以上のセキュリティが施されているのだ――いつかの『今日の今日子さん』が、そんな風に考えて、設計したのだと思われるビルディング。日々更新されるセキュリティは、まるでウイルス対策ソフトである――もっとも、こうして知った風に語っているけれど、僕がこうして、掟上ビルディングに足を運んだのは、これがたったの三度目である。

今日子さんに仕事を依頼するとき、大抵の場合は、事件現場から電話で助けを求めることになるから、なかなか事務所そのものには足が向かない――今日子さんのもうひとつの売りが『最速の探偵』である以上、これは、僕でなくともそうかもしれないが。

ともかく、迂闊に敷地内に踏み入って、最初のときのように拘束されてしまっては困るので、僕は慎重にインターホンを押す。

「はい」

と、今日子さんの声がする。置手紙探偵事務所に従業員はいない――受付も今日子さんがやっている。僕は、「電話した隠館です。隠館厄介です」と名乗った。

「わかりました。どうぞ、お這入りください」

今日子さんのそんな声と共に、扉が開く――どうやら同定してもらえたようだ。だが、安心するのはまだ早い。このあと、応接室に辿り着くまでに、国際空港を思わせる数々のチェックが待ち構えているのだ。

もしもこの建物の中で今日子さんが事件の被害に遭うようなことがあれば、そんな難解な密室事件はないだろうなと、現実と小説の区別がつかないようなことを思いながら、僕はビルディングの中に這入る。

3

一時間かかって、僕はようやく名探偵・掟上今日子さんに謁見《えっけん》することができた――つまり、ビルディング二階の応接室に通され、依頼人用のソファに腰を下ろすことを許されたのだ。

併設されているキッチンで、今日子さんがコーヒーを淹れてくれている間、僕は久し振りの応接室をそれとなく観察する――と言っても、変わり映えしないというのが正直で無機質な感想だ。

変わり映えするわけがないと言えば、そうなのだが。

白を基調とした室内には、最低限の家具しかない――とても掃除しやすそうだ。デジタル環境の漫画家、里井先生の仕事場も相当整理整頓されていたけれど、この応接室はともすれば殺風景とさえ言える。まあ、ビル内に部屋がいっぱいあるから、どこかを倉庫として使っていて、依頼人を通す応接室には余計なものを置かないようにしているというだけのことかもしれないけれど……。

「どうぞ。お口にあえば」

と、コーヒーカップをテーブルに置く今日子さん――そして僕の正面に座る。そのにこやかな笑顔は、一度、先日のようにはしゃいだ姿を見ていると、見比べると、なるほど、完全に営業スマイルだったのだとわかる。

親しみよりも壁を感じる笑顔だ。

そんな風に感じるくらいならば、あんなプライベートな笑顔はいっそ知らなければよかったとさえ思ってしまうけれど、これればかりは如何《いかん》ともしがたい――僕は今日子さんと違って、忘れることはできないのだ。

それに、最後はあんなことになってしまったし、そもそも須永先生の命日をそんな風に言うべきではないのだけれど、少なくともあの日、今日子さんとの行きの列車の途中までは、楽しい道中だったことは間違いないのだ――それを忘れたいとは思えない。

……もちろんのことながら、今日子さんのお召し物も、先日のようなはしゃいだ、活動的なそれではなく、落ち着いた仕事モードだ――グリーンのフレアスカートに真っ白なブラウス、首元にスカーフを巻いている。前回の砕けたファッションを見ているので、尚更清楚に見える。

「…………」

出されたコーヒーには、砂糖もミルクも添えられていない――置手紙探偵事務所において、コーヒーとは常に、苦みと酸味に満ちた、目が覚めるようなブラックコーヒーのことを指すのだ。僕が一口飲むと、今日子さんも自分用のカップを手に取った。

「では、隠館さん。お仕事の件ですが……」

「あ、いえ、今日子さん。その前に、これをお納めください」

と、僕は抱えていた封筒を今日子さんに差し出す。

「前回の……仕事の、報酬です。お忘れだとは思いますが、ややイレギュラーな仕事だったので、物品支給と言いますか、えっと……、これが今回の仕事にも絡んでくるんですけれど……」

うまく説明できなくて、それに緊張もあって、僕はしどろもどろになってしまう――まあ、あなたは先日僕とデートしたんですよ、なんて言えるわけがないので、そこを伏せれば、どうしても曖昧にはなる。

「はあ」

今日子さんは気のない返事をする。過去の自分の仕事に対して、興味がなさ過ぎる――探偵として徹底しているとも言えるが。

「須永昼兵衛の未発表原稿です。同時に遺稿でもあります」

ここだけは包み隠さず、僕はそう言った。最初にそれを言わなければ、話が始まらない。それを聞いて今日子さんは、「ぶはっ」と口にしていたコーヒーを吹いた。

……思った以上のリアクションだった。これは、タイミングがよくなかった。優雅にコーヒーカップに口をつけているときに振る話ではなかった。

「し……失礼。少々、お待ちください」

今日子さんは口元を隠しながら席を立ち、オフィス奥の扉の向こうへと姿を消した――五分後、コーヒーで汚してしまった服を着替えて戻ってくる。これは初めて知ったが、どうやらあの扉の向こうは私室になっているようだ。上半身にはフィットするタートルネックの薄いニット、下半身にはデニム地のロングスカート――そう言えば僕は今日子さんが同じ服を着ているところを見たことがない。この人は服を無限に持っているのだろうか？

「お待たせしました。須永先生の遺稿ですか？」

いきなり本題に入る今日子さん。それが照れ隠しかもしれないと思うと、可愛くも思える。

「あの須永昼兵衛先生がお亡くなりになられていたのは、今朝ニュースを見て知っていましたが……、どういった経緯で、私がその原稿を受け取れる運びに？」

俄然興味が出てきたようだ。

と言っても、須永先生の死については、既に世に出ているニュース……今、世間を騒がせるもっともホットなニュースのひとつなので、既に把握していたらしい。そこから説明せずに済むのは、正直、助かる。好きな作家の死に直面するのは、どういう状況であったってショックなものだろうが……距離を置いたニュースとしてそれを知る分には、受け入れやすいだろう。

少なくとも、故人の別荘の中で知るよりは。

「以前受けた仕事の報酬ということですが、私はその内容を聞いていいんですよね？」

「ええ、聞いてください。そうでなければ、話ができませんので――ただ、その前に、お受け取りください」

仕事、とここで更に強調したのは、前の仕事にけじめをつけておきましょうとというより、今日子さんに対してというより、僕自身に対してだったかもしれない。どちらにしろ、あれを遊びだったとか、ましてデートだったとか、ここで言うつもりはなかった。

「はい。……須永先生の遺稿をいただけるだなんて、いい仕事をしましたねえ、昔の私」

営業スマイルを崩し、顔を綻《ほころ》ばせて封筒を受け取る今日子さん――原稿をぎゅっと抱きしめる。なれるものなら原稿になりたかった。とは言え、

「あ、あの、直筆の原稿とかじゃないですよ？　そ、それに、先に読めるというだけで、ちゃんと出版もされると思いますし……」

そう注釈しないわけにはいかなかった。とにかく、今日子さんにぬか喜びをさせたく

ない僕である。

「あら、そうなんですか」

拍子抜けしたのか、やや落胆の色を見せた今日子さんだが、だからと言って抱きしめた原稿を放しはしなかった。

「もっとも、無事に出版されるかどうかは、これからの今日子さんの仕事にかかっていますけれど……」

「了解しました。お任せください」

詳細も聞かずに、今日子さんはそんなことを言う――須永先生の本の出版に関われるということで、モチベーションがあがったらしい。さすがに『仕事中』ということで、先日のようにテンションをあげたりはしなかったが……。

「及ばずながら協力させていただきます――そして明日には忘れます」

今日子さんはそう言った――その言葉は、その通りだろう。

今日子さんは忘れる――僕のことごと、跡形残らず。

4

事件解決のためには正確な情報こそが命である――しかし今日子さんに仕事の依頼を

するにあたって、まずは前回の『遺稿探し事件』について語るとき、その詳細をいくらか改変して伝えざるを得なかったのは、やむを得ないところだった。本当のことを伝えて、気まずい思いをさせることはない——僕だってわざわざ、自分で自分の傷をえぐるつもりはない。

依頼人は嘘をつく。

不本意ながら今日子さんの言う通りだ。

僕はカセットテープに隠されていたという真相はそのままに、須永先生の死を受けて、あくまで『仕事』として、亡くなった須永先生の遺稿探しを請け負い、そして見つけたのだという風に説明した——つまり、最初から最後まで『仕事』であり、一貫して仕事でしかなかったという説明である。聞き終えて、

「ふうん？」

と今日子さんは首を傾げた。

「少し、違和感のある話ですけれど……まあ、終わったことですし……、いいとしますか」

さすがに鋭い。僕が嘘をついていることを、なんとなく察しているようだ——まあ、何かにつけて挙動の不審な僕なので、たとえ本当のことを言っても、それはそれで疑われていたかもしれないが。

「とにかく、須永先生の遺稿を発見した報酬として、私はこうして原稿のプリントアウトを受け取れたということですね——それはよかった。けれど、それが次の依頼に繋がっているということは、それでめでたしめでたし一件落着ではないのですよね？　何がありました？」

須永先生が絡んでいるからか、今日子さんは意欲的に、身を乗り出すようにそう訊いてくる——こうしてみると、『須永先生のファンだから』として、今日子さんに頼みたがった紺藤さんは、やはり正しかったように思われる。

「当初、自然死だと思われていた須永先生なんですけれど、どうやらその死に不審なところが出てきたようなんです。事件性、と言いますか……」

「事件性？　へえ……」

今日子さんの目の色が変わる。事件性という言葉に反応してしまう、これは名探偵の性《さが》だろう——職業意識とも言える。

「お聞きしましょう。つまりそれは……」

「いえ、まだそうと確定したわけじゃなくて、そこも含めて調査して欲しいという話なんですが……、ひょっとすると、須永先生の死は自殺かもしれないと」

「………………」

今日子さんの須永先生に対する熱狂具合を考慮するなら、この言いかたには気をつけなければならないと危惧していたけれど、穏やかに言うことに成功したのか、今日子さんはここでは沈黙を保った。

ので、僕は慎重に続ける。

「と言うのも、須永先生は、普段から睡眠導入剤を服用されていたようなのですが、解剖の結果、その夜は、どうもそれを飲み過ぎていたようで……」

「解剖？」

今日子さんはその美眉をひそめる。

「事件性はないと思われていたのに、解剖……ですか？　通常の検死ではなくて……はあ。よくご遺族が許可されましたね。つまり、最初からご遺族の中に、須永先生の死に不審を抱いたかたがいたのでしょうか――でも、そこは後回しにしておきましょう。先程、須永先生の死因は心不全と仰っていましたが、正しくは睡眠導入剤の飲み過ぎだったと？」

「そうとは言い切れませんが、きっかけになったかもしれない、くらいの曖昧さだそうです。お元気だったとは言え、人間、ある程度年齢を重ねれば、普段から薬を飲むようになるのはむしろ当然ですし……、睡眠導入剤の飲み過ぎと言っても、それが死に直結するほどの量だったとまでは断定できません。お年を召されていましたし、あくまで事件性のない心臓発作と見るべきかもしれません――とは言え、薬を飲み過ぎていたことは確かなようです」

「そこも含めて調査して欲しい、というのは、つまり……、須永先生が自殺かどうかを、私に判断して欲しいという意味ですか？　それは……率直に申し上げて、難しいと思いますが。その場に立ち会ったというならまだしもできることもあったかと思いますけれど、須永先生がお亡くなりになられてから日にちもたっていますし、いち探偵には警察や病院以上のことはできないでしょう」

現実的なレスポンスである――今日子さんらしい。

「ええ、そうだとは思います。ただ、もしも須永先生が自殺したなんてことになると、今どころではない大騒ぎになります……それが事実なら仕方ありませんが」

「自殺でない――という確証が欲しいということですか？」

先回りして、今日子さんは言う。

「自殺ではない裏付け……それにしたって難しいと思いますが。いえむしろ自殺した裏付けを取るより難しいでしょう」

「その辺りは重々承知した上での依頼だと思ってください――それに、作創社が今日子さんに依頼したいのは、警察や病院とは違った角度からのアプローチなんです。その原稿」

僕は今日子さんが抱えたままの、須永昼兵衛の遺稿を指さした。

「おわかりの通り、須永先生はその原稿を書き終えた直後にお亡くなりになっています

——なので、もしも先生の死が突然死ではなく自殺だったとするなら、その原稿の中に、何らかの兆候があるのではないか、と」

「そう考えたかたがいるのですね？　ふむ……で、一番最初に読む権利を得た私に、それを読み解いて欲しい、と……あまり楽しい読書ではなくなりそうですね」

今日子さんは確認するように、

「当然、遺書のようなものはなかったのですね？」

と訊いてくる。僕は頷く。

「ええ……遺言書もなかったようで、だからご遺族は財産分与の件では少し揉めているとのことで……」

おっと、これは余計な情報か？　しかし探偵にとっては余計な情報なんてないようで、

「それゆえに、ご遺族は須永先生の死を掘り下げようとしているというのはあるかもしれませんね」

と、今日子さんは言った。

「ひょっとすると、自殺どころか、殺人を疑っているのかも——誰かが睡眠導入剤を意図的に、先生に多く飲ませた可能性も」

「あ、ありますか？」

「さあ」

　身を乗り出した僕に肩すかしを食らわすように肩をすくめ、今日子さんは、「だとすると、足りませんね」と言った。

「足りない？　ああ……、代金のことですか？　ええ、原稿から自殺の兆候を読み解くなんて一風変わった依頼ですし、そう言われるのももっともです。その辺りは作創社は相談に応じてくれると思いますので、どうか忌憚なく通常料金以上の請求を——」

　まるでいっぱしの代理人気取りの台詞を僕は言ったが、

「そういう意味ではありません」

　と今日子さんは首を振る。

「これまでどんなお付き合いがあったのか忘れていますが、隠館さん、どれだけ私をがめつい探偵だと思っているのですか……違いますよ。そこまで欲どしくはないです。もしも、須永先生にとって、この遺稿が一種の遺書だったとするならば、これだけ読んでも、その死の理由を読み解くことはできないと言っているんです。この作品を書くに至った、他の小説も読まなければいけないでしょう」

「ほ、他の小説って」

　遺稿が遺書。そういう表現をすると、いかにも一時代を築いた小説家っぽくはあるが、一口に他の小説と言っても……僕は先日須永先生の別荘で見た、本棚ひとつを埋め尽くす大量の著作を思い出す。

「隠館さん、須永先生のすべての著作を、取り寄せることはできますか？」

「で、できると思います」

今日子さんの熱意にたじろぎながら、僕は頷く——反射的に安請け合いしてしまったけれど、紺藤さんに言えば、たとえ現在絶版になっている本でも、入手困難な本でも、取り寄せは可能だろう。最悪、図書館や古本屋を頼ればいい。だが、その膨大な冊数を思うと……。

「で、でも……、今日子さん。読んでる本や覚えてる本を除くとしても、相当な量ですよ。とても、一日で読める量ではありません」

「読んでる本も覚えてる本も除きません。絶版で読めなかった本、肌に合わなくて避けていたシリーズはもちろんのこと、忘れた作品も覚えている作品も、横着せずに再読すべきでしょうね。たとえ一日で読めなかろうと、やるからには徹底的に、です」

そう言って今日子さんは、気合いを入れるように、ぱちんと自分の両頰を叩いた。

「徹底的に——徹夜、です」

5

置手紙探偵事務所を出てからすぐに、須永昼兵衛の全著作を取り寄せて欲しいと電話すると、紺藤さんは、

「わかった。明日までに揃うように手配しよう」

とふたつ返事だった。

「うん、大変だとは思うけれど、お願いするよ。今だと手には入りにくい本もあると思うけれど」

「この間の別荘に、おおむね揃っていただろう」

「ああ、そうか。その手があった。郵送してもらうのは手間だろうが……それなら、すぐに手に入るな」

もっとも、今日子さんとしては、返却の義務が生じるその揃えかたには不満があるかもしれない。この際、持っていなかった須永作品を入手しようという目論見が、今日子さんになかったわけではないだろう（今日子さんだって僕の話を聞いたのだから、別荘から持ってくればいいくらいの発想はあったはずだ）。

「すまないな、紺藤さん。手間をかけさせて」

「いやいや、元々無茶を頼んでいるのはこっちだ――厄介、つまり、掟上さんは依頼を引き受けてくれたってことなんだな？」

「そうだよ。少し意外だった……、日をまたぐ依頼は、基本的に受けない人なんだけれ

ど。本当に今日子さんは須永先生のファンなんだなって思わされるよ」

「まあ、何せ掟上さんは須永先生の作品を読んで探偵を志した人だからな」

「え？　そうなのかい？」

「あ……、いやいや、そうかもしれないと思っただけさ。それだけ熱烈なファンなんだから、きっとそうなんだろうって」

「？　……ふうん」

なんだか様子がおかしかったが、しかし僕が何か追及する前に紺藤さんは、「で、その掟上さんは今、どうしているんだ？」と、話を進めた。

「無理をすれば、今日中に須永先生の著作を全部揃えることもできると思うが……」

「できたとしても、夜だろう？　それだと、すぐに眠くなってしまう——一度でも寝てしまったら、それまでに読んだ本の内容を、今日子さんは忘却してしまうんだ。だからできる限り、活動時間を長くするために、今夜はぐっすり眠って、仕事の開始は明日の朝からということになったんだ」

つまり今日子さんは現在、明日からの働きのために、休息に入ったということである。明日の朝までたっぷり充電して、それから仕事に取りかかるというスケジュールなのだ。

「そうか。だが厄介、それでも、須永先生の全著作となると、相当キツい冊数になるとは思うけれど……掟上さんがそんな方法を取るなんてまったくの想定外だったが、果たして可能なのか？」

「うん。僕もそう言った。でも、それについては腹案があると言っていたよ」

「腹案？　なんだ、そりゃ」

「わからない。教えてくれなかった。守秘義務を厳守するため、当日まで秘密だと」

「ふむ……まあ、そこが置手紙探偵事務所の売りだから、依頼人とは言え、当日まで詳細を教えてもらえないのは当然か。だけど、これは素人考えだが、その腹案を聞いておかないと、今日子さんのほうがその腹案を忘れてしまうんじゃないのか？」

「いや、その予定自体は腕に書いていたようだから大丈夫だと思う……腹案というのも、だから身体のどこかに記してから寝たんじゃないのかな？」

「なるほど。忘却探偵と言っても、いろんな抜け道があるものだ」

「ところで、これは今日子さんに訊いておいてくれと言われているんだが、紺藤さん。あんたはどう思ってるんだ？」

「ん？　何をだ？」

「須永先生の死を自殺だと思ってるのかどうか、だよ。いや、つまり今日子さんとしては、仮に須永先生の死が自殺だった場合、それを確定させてしまっていいのかどうか、それが気がかりらしい。ぶっちゃけて言えば、紺藤さんの意に添わない結論が出るかもしれない。それは須永先生にとって不名誉なことになるのでは——と」

「……あくまでも俺個人の考えを言わせてもらえれば、それが真実なら、避けられないと考えている。今のように曖昧になっている状態が、一番よくないだろう」

「…………」

「それに、作家にとって自殺というのは、お前が考えているほど不名誉な最期ではない。もちろん動機やシチュエーションにもよるが……、だから、最後の原稿からその動機が読み解けるなら、理が非でも、掟上さんにお願いしたいんだ」

「わかった。じゃあ、今日子さんには明日、そのように伝えておく」

そう言って通話を終えた——だが、言うほどに僕はわかってもいなかった。作家にとって自殺は不名誉ではない、という紺藤さんの意見は、あまりに極論が過ぎるように思えたからだ。確かに歴史をひもとけば、自殺した作家というのは数多いるけれども、いったいいつの時代の話をしているんだと思わざるを得ない。紺藤さんは編集者だからそんな風に言うのかもしれないが、読者としての立場からすれば、それらはすべて嘆かれるべき悲劇であり、決して憧憬《しょうけい》され、賞賛されるものであってはならない。

須永先生の死の真相がどういうものであれ、自殺を肯定するような価値観があっていいわけないだろう——だが、自殺を否定する材料も今のところなく、だからこそ今日子さんは、須永先生の全著作、そして遺稿の中から、それを見つけなければならないのだった。

6

長編小説八十二冊、短編集十七冊、合計著作数九十九冊——それが、小説家・須永昼兵衛の全仕事だった。厳密にはこの他に対談集やエッセイ集、ファンブックなどなどが若干数あるけれど、それは今回は除外する——映像化・漫画化されたメディアミックスコンテンツも、たとえ脚本段階でかかわっていたとしても、同様に除外。あくまでも、須永先生が書いた『小説』に限定した——にもかかわらず、この数である。

親本だけに限って集めたのに、段ボールひと箱に収まらなかった——ハードカバー作品の割合が多いとは言え、圧巻である。五十年近いキャリアを考えても、これは相当の数だろう——活字離れが叫ばれる昨今、一生で九十九冊以上の本を読む人も、少なくなっているだろうに、これを全部、一睡《いっすい》もせずに読もうだなんて、やはり正気の沙汰とは思えない。

特筆すべきは、その全作品が書き下ろしであるという点だ——雑誌掲載を経ていない。小説はそれ単体で存在すべきという美学を、デビュー時から貫いていたそうだ。まあ、そういうスタンスの小説家自体は決して珍しくはないけれど、しかし四十五年間、九十九冊、そのスタンスを崩さなかったというのはすさまじい。

「プラス一冊、ですね」

と、今日子さんは、置手紙探偵事務所の応接室に運び込まれた大量の本の上に、昨日僕が渡した封筒を重ねる。

そうだ、須永先生の遺稿。最後の一作――九十九冊、プラス一冊。

つまり――百冊か。

偶然なのだろうが、ずいぶんとキリがいい。

「さあ……偶然ではないかもしれませんよ、隠館さん。ひょっとすると須永先生は、小説を百冊書かれたことで、作家の本懐を遂《と》げたと判断し、自ら命を絶ったのかも――」

「あ、ありますか。そんな可能性が」

「ないでしょうね」

あっさり仮説を撤回する今日子さん。

「百冊全部が長編小説だったならまだしも、書き下ろしとは言え、短編集が十七冊もありますし……もしもそんな基準で自殺なさるなら、百冊、掛け値なく出版されたとき――と定めるべきでしょう」

「なるほど……で、ではこういうのはどうですか？　その遺稿、最後の一作を書き終えた直後に自殺されたのだとすれば、長年追い求めていた、真の名作を書き終えたことで、本懐を遂げたと思われたのかも」

　果たして須永先生が『真の名作』とやらを『長年追い求めていた』かどうかは知らないけれど、しかしもしもそうならば、今日子さんが読むのはこの一作だけでよくなると思い、極めて恣意的な仮説を持ち出す僕だったが、「いやあ、それはないと思いますよ」と、今日子さんはこれにも否定的だった——それも、やや冷笑気味の否定である。

「須永先生って、そんな芸術家気質の小説家ではありませんでしたから。多作というより乱作の作家さんです。究極を追い求めていたとは、とてもとても」

　とりようによっては罵詈雑言《ばりぞうごん》とも取れる評価だったが、しかし今日子さんの言いかたは、ファンゆえの愛ある批判という感じだった。

「それに、言うのが遅れましたが、今朝起きて、隠館さんの到着を待っている間に、少しでも時間を有効に使おうと私、この最後の一作を読ませていただきましたが、正直、命と引き換えにするほどの出色の出来映えだとは思えなかったです」

「え？　そうなんですか？」

「もちろん楽しめたんですけれど、究極とか、傑作とかそんな言葉を使うのには違和感を覚えます……私の覚えている限り、楽しめて、次回作も楽しみになる、いつも通りの須永昼兵衛という感じでした」

　そうなのか——それでは色々と前提が崩れてくる。究極かどうかはともかく、その小説を書いたことが、須永先生の死に関係しているような気に僕も、いつの間にかなっていたけれど――関係なかったのだろうか？

「ええ。内容を見る限り、特にこの小説の中に、須永先生が自殺するような要因はなかったように思いますが……ま、しかし、これはあくまで基準としての感想です。昨日の私も言ったと思いますが、この一冊だけを読んでどうのこうの、結論は出せないです。ここに揃う九十九冊の小説を読み終えて、それからこの遺稿を再読すれば、読み味も変わっているかも」

と、今日子さんは、須永先生の全作品を見下ろす。

「まずはざっと、順番通りに並び替えましょうか……できる限り、発表された順番で読みたいですから。それだけでも結構な手間ですが、奥付を見て……」

「あ、それは大丈夫です。紺藤さんが、そこは気を回してくれました。必要なんじゃないかって、こんなリストを」

僕は託されていたペーパーを、ポケットから取り出した――こんなものを一晩で作成してしまうのだから、やはりあの人もただ者ではない。

「はー。これはなんとも。お気遣いいただき、感謝です。その紺藤さんというかたによろしくお伝えください」

二度も会っているのにやけに他人行儀な言いかたをする、と思ったが、そうだ、『今日の今日子さん』にとっては、紺藤文房というできる男は、僕から今、初めて聞いた名前なのである。それでもこんな風に感嘆されてしまうのだから、紺藤さんはさすがだ。

「しかもわかりやすいですね。発売日の上にある数字は、つまり須永先生のキャリアですね？　一年目から四十五年目まで……これ、このまま、将来出版されるであろう須永先生の全集に収録してもいいんじゃないでしょうか。付け足すことがほとんどありませんね。あるとすれば……、だから、この最後の一作ですか」

「書き足しておきましょうか。タイトルはなんというんです？」

「タイトルはまだつけられていませんでした。須永先生は、タイトルは最後の最後に決めるかたなのです。場合によっては出版直前まで未題にしておくそうで……、今回もそのパターンのつもりだったのかもしれませんね」

となるとますます、その最後の一作が完成したから、小説家として満足してこの世を去ったという線はなさそうである――それならせめて、タイトルを決めてから死ぬだろう。

「名付けには強いこだわりがあった……、ということでしょうか」

「単に名付けが苦手だったという説もあります。仮にこの遺稿を私が名付けるならば、『とうもろこしの軸』と言ったところでしょうかね」

「はあ……『とうもろこしの軸』ですか」

須永先生著作リスト

作成・作創社　紺藤文房

1	水底の殺人	1	2/9
2	目薬の説明		10/17
3	天使の通る道	2	1/4
4	黙秘弁論		4/4
5	刺された思い出		7/6
6	男の侘び住まい	3	8/10
7	情報売買	4	2/2
8	犯人の身支度		3/9
9	無罪をいいことに		4/4
10	逆探知		9/2
11	共犯者の目配せ	5	2/1
12	利害得失		5/9
13	目下行方不明		8/1
14	悪魔の後任		11/5
15	求愛の見栄		12/4
16	解法と解読	6	3/13
17	愛児達の駆け引き		6/22
18	腹の上は胸		10/10
19	三面鏡殺人事件	7	1/10
20	殺意の値段		6/30
21	疑獄王		10/2
22	提灯記事		12/13
23	伝聞証拠	8	1/20
24	足首の捻挫		2/1
25	瞳悟空		2/20

51	すったもんだの殺人	18	2/3
52	殺したければ呼び鈴を鳴らそう	19	1/9
53	乾電池で感電死	20	2/16
54	もぬけの殻		6/21
55	雨男雨女	23	6/30
56	女王蜂の悲劇		6/30
57	あっぱれ桐生	24	1/29
58	総領の娘		3/8
59	貴女の密偵	25	1/11
60	染み蠟燭		5/28
61	恋人の中身		9/12
62	名探偵めい子の事件簿	26	2/19
63	林間学校の怪物園		4/19
64	密室の抜き打ちテスト		6/19
65	探偵の夏休み		8/19
66	バタ足倶楽部	27	2/22
67	めい子のいない誕生日		8/19
68	探偵勝負運動会	30	2/19
69	嬉し恥ずかし文化祭		4/19
70	お役所的犯行	31	9/9
71	撲殺条例		11/8
72	衆寡敵せず	32	4/18
73	動いた証拠		8/4
74	一、二、惨死	33	7/1
75	のたくり神		11/9

26	人工密室		5/8
27	とても無鉄砲な	9	3/15
28	奇貨の礫		7/1
29	七回裏の番狂わせ		1/7
30	兄の逐電	10	6/12
31	私の家の座敷牢		10/10
32	盗みの黄金律	11	4/2
33	とりとめのない多重事故	12	4/14
34	翻訳小説		8/27
35	僕達の自由帳	13	2/14
36	少女の不運		4/20
37	身元不明死体		1/31
38	無為徒食	14	9/29
39	子孫に美田を遺さず		10/4
40	暗殺計画阻止		10/16
41	不審の美辞麗句		5/12
42	事故現場	15	6/20
43	待ってましたの殺人		10/18
44	法律変更		11/24
45	きみの手がかり		1/25
46	不発	16	3/10
47	ついばむ遺体		3/15
48	天使が通る人生		2/18
49	有罪無罪リバーシブルレーン	17	4/17
50	まだるっこしい死		10/8

76	リアビューミラー		12/17
77	無届けの犯罪		1/9
78	ことなかれな俺	34	1/13
79	黄緑少年		2/3
80	かしこまりました	35	6/19
81	容疑者のファン層		10/8
82	ポライトネス・キラー	36	1/31
83	引退警部の生みの親		5/26
84	携帯電話探偵	37	3/22
85	携帯電話探偵②		8/22
86	青色を盗め	38	9/10
87	裏切りの赤		12/10
88	青い夕焼け	39	7/13
89	兄と弟の通貨算	40	2/9
90	悪党の分け前		9/14
91	人殺しと呼ばれて		1/27
92	スケールメリット	41	4/3
93	どちら様もどちら様		8/21
94	殺しあぐねる	42	7/5
95	TBTF	43	1/23
96	しかし遠藤		11/2
97	松の葉	44	3/26
98	はきだし窓から出て行け		9/17
99	連投グリーン	45	5/28

なにせ僕は読んでいないので、それがタイトルとしてふさわしいのかどうか評価できない——言われるがままに、表に書き加える。出版月日は空欄にしておかざるを得ないが。

「じゃあ、僕はこれで。連絡先は置いていきますから、全作読み終わって、何かわかったことがありましたら、いつでも連絡をください」

そろそろお暇《いとま》する頃合いだと思って席を立ちかけた僕だったが、しかしそこで今日子さんは、

「え？　そ、それは困りますよ」

と、慌てて僕を引き留めた。

「昨日、私から聞いてないんですか？」

「な……何をです？」

「あ、そっか。守秘義務を守るために、私ったら黙っていたんですね。それは失礼。とにかく隠館さん、一度座ってください。コーヒー、もう一杯いかがですか？」

「じゃ、じゃあ、いただきますけれど……」

なんだろう。まあ、今日子さんの淹れてくれるコーヒーを断る理由はないし（ブラックでなければなおよいのだが）、急いで帰らなきゃいけない理由もないのだが（無職である）、あまり僕が長居すると、今日子さんの貴重な活動時間が時々刻々と奪われていくのではと、心配になってしまう。この後、恐らく徹夜が続くことを思うと、今日子さ

んは一刻も早く読書に取りかからなければならないはずなのだが……。

「実はですね、隠館さんに協力していただきたいことがあるんです」

二人分のコーヒーのおかわりを用意してから、今日子さんは言った。

「え……はあ、まあ、僕にできることであれば」

今日子さんの頼みとなると、内容を聞かずに引き受けてしまう辺り、須永先生の名前が出た時点で仕事を引き受けてしまった今日子さんのことを言えない。

「これから私は、この百冊の本を読み終えるまで一睡もできないわけですが、しかしご覧の通り私も一人の人間ですので、睡魔には勝てないかもしれません。一度でも、一瞬でも寝てしまえば、それまでの読書をすべて忘却してしまいます――この辺りは忘却探偵の悲しさですが」

「ええ……そうですね」

でも、そんなことは前もって承知のはずだ。それをわかった上で今日子さんはこの、決して置手紙探偵事務所向きとは言えない仕事を引き受けたはず――なのだが、そう言えば、腹案があると言っていたっけ？

「ええ、文字通りに腹案です」

と、今日子さんは自分のおなかの辺りを撫《な》でた。

「文字通りという言葉さえ、文字通りですが――朝起きたら、この辺に書いてありました。『眠たくなったら隠館厄介さん（巨人）に起こしてもらう』と」

「え？　ぼ、僕に起こしてもらうって……」

「端的な文面ですが、その意味するところは明らかです。つまり、隠館さんに、私が眠らないよう、付きっきりで見張っていてもらえばいいと、昨日の私は考えたようです――引き受けていただけますか？」

今日子さんが僕のことを巨人だと思っていることが判明して軽くショックだったが、しかしそれ以上に、そんな風に今日子さんに頼ってもらえることが嬉しかった。徹夜する人を眠らないよう見張っているというのは、よく考えてみれば、僕も同様に、付きっきりと言うより付き合って、徹夜しなくてはならないというわかり切った事実まで、このときには頭が回らない。

「もちろん、協力していただいた分の日当はお支払いしますし、言っても、そんなに日数はかからないと思うんです。申し上げたかもしれませんが、既に一度以上読んでいる本も半分くらいあるわけですから……」

「はあ……」

なんと、お給料までいただけるのか。僕は本を読むわけではないし、働いている今日子さんを眺めていればいいだけの仕事なんて、現在無職で就活中の僕にしてみれば、願ってもない就職先である。

「駄目だと仰るのであれば、もちろん無理強《むりじ》いはいたしません。その場合、さっきお話に出た紺藤さんというかたにお願いして……」

「わかりました。協力します。いえ、させてください。僕も須永先生が、もし自殺されたのだとすれば、その理由を知りたいと思います」

この台詞の八割近くは嘘だったけれど、だからと言って、働く今日子さんを見つめてお金がもらえる仕事なんて最高で、そんな望外な仕事を紺藤さんに譲りたくないと、正直な気持ちを言うわけにもいくまい――それに、順風満帆な大御所作家が突然、前触れもなく死を選んだのだとすれば、その理由を知りたいと思う気持ちが、僕の中に二割以上あるというのも本当だった。僕みたいに、疑われ通し、冤罪をかけられ通し、クビになりまくって、路頭に迷う三歩前くらいの奴でも、死にたいと思ったことはないのに……。

もしも今日子さんが須永先生の全著作を読み終えて、やっぱり何も読み解くことができなくて、その死は自然死だったという結論に至れば、それがベストとも言える――いずれにしても、僕もここまで関わった以上、見届けたいとは思う。

「そうですか、引き受けていただけますか、助かりました、嬉しいです。では、申し訳ありませんが、雇用契約となりますので、誓約書を書いていただいても構わないでしょうか？」

「あ、はい。そうですね、守秘義務が、僕にも生じることになりますからね。でも、こんな話になるとは思ってもみませんでしたので、印鑑は持ってませんけど……」

「そんな本格的なものではなく、一筆いただければ結構です。私が私の意志で隠館さんを雇ったのだということさえはっきりしていればいいので……」

さっきコーヒーのお代わりを淹れに立ったとき、ついでにデスクから取っていたのだろう、太いマジックペンを僕に手渡してから、今日子さんは右腕の袖をまくった。

「ここに一筆、誓いの言葉を」

7

私、隠館厄介は置手紙探偵事務所の臨時職員として、該当期間中、掟上今日子所長を起こし続けることを誓います。

8

今日子さんの仕事をずっと見ていられるという仕事はそれだけで素晴らしいものだと、一も二もなく、深い考えも深い読みもなく飛びついてしまった僕だけれど、思えばこれは、一介の脇役として事件に巻き込まれ続けてきた我が身にとっては、思いもよらない大出世でもあった。

奇《く》しくも、今日子さんの右腕に誓約の言葉を書いたことで、それに思い至った——右腕。そう、更級研究所をクビになって以来、久方ぶりに僕が得た仕事は、なんと『名探偵の助手』なのである。

いわゆるひとつのワトソン役だ。

名探偵は、犯罪の神に愛されし者だけの職業なので、それを思うと、ワトソン役は一般人の最上級職である——これは高まらずにはいられない。

もちろん、それはこの事件に限ったことであり、僕など、須永先生の死の真相が明らかになってしまえば、それで雇用契約は終了し、またぞろ一般人、脇役A（いや、Bか、Cか？）に逆戻りなのだが……、まあ、そんな先のことを考えて、今の気分を台無しにすべきではない。

まずは目前のことに集中すべき。

どんな仕事だって、それは一緒だ。

そんなわけで、僕は目の前に座る今日子さんの読書姿を見つめ続けるという仕事に集中することにした——今日子さんのほうは僕には目もくれず、早速、須永昼兵衛のデビュー作から読み始める。

須永昼兵衛作『水底《みなそこ》の殺人』。

今から四十五年前に出版された一冊である——タイトルもデザインも、いかにもその頃の、がちがちの本格派推理小説という感じだ。僕は『名探偵めい子の事件簿』を代表とする、ジュブナイル作家としての須永先生の顔に一番なじんでいるので、その方面の作風をよく知らない……、というより、須永先生はあまりに多作過ぎて、作家性や作風が僕ごときにはよくわからないというのが正直なところだ。

「そうですね。デビューして最初の何年か、軌道に乗るまではこの手の堅めの推理小説を中心に書いてらしたようです。言葉は悪いですが、当時のブームに乗ってデビューしたというのが正しいのではないでしょうか」

言われて、紺藤さんが作ってくれた表を確認する——なるほど、タイトルからすると、そんな作品ばかりだ。

「デビューは三十歳……、でしたっけ。小説家としては早過ぎもせず、遅過ぎもせず、なのでしょうか？」

「ええ。ただし、須永先生ご自身は、三十歳では本格推理を書くには若過ぎると思ってらしたようで、デビュー当時は年齢を伏せていました。そのお考えこそ若い気もしますが、まあ老作家須永昼兵衛にも、デビュー作もあれば、若い頃もあるということですね」

「里井先生が少年漫画を描く上で、男性名で活動されているみたいなものでしょうか」

「里井先生というかたのことは存じ上げませんが、おそらくそうではないかと」

今日子さんはページをめくる手を止めないままに、僕の疑問に答えてくれる。本を読んでいる最中に話しかけるのはどうかと思ったけれど、むしろ話しかけてくれたほうがいいとのことだった。確かに、まだ読み始めたばかりだけれど、夜が更けて、眠くなったときのために、今から僕との会話に慣れておくべきだろう……そのときになってぎこちない会話では、かえって眠気も増すというものだ。

「なるほど。若く見られたくなかったから、こんな時代がかった、変なペンネームを」

「須永昼兵衛は本名ですよ」

と、今日子さん。

「え？　こんな変な——もとい、変わった名前だから、てっきりペンネームだと思っていましたけれど、へえ……」

まあ、僕もあまり人のことを言えるような名前を、親からもらってはいないけれど……。

「今日子さんは須永先生の、どの作品を最初に読まれたんです？」

「ベタですが、『のたくり神《がみ》』です」

その答がベタなのかどうかよくわからない——が、そのタイトルは、確かに僕も知っているものだった。読んではいないけれど、人気俳優主演で連続ドラマ化されていたはずだ――映画化もされていたかもしれない。

「ですね。私も映画を見たのが先です。正直、ミーハーな気持ちで手に取ったことは否めませんが、ハマってしまいまして。その後、網羅するように、須永先生の作品を手当たり次第……」

ふふ、と今日子さんは微笑む。

昔を思い出すように――それは、今日子さんにとって、思い出すことのできる貴重な『昔』なのだ。

「ど、どうして今日子さんは、須永先生の作品を、そんなにお好きなんですか？　職業探偵で推理小説が好きって、結構珍しいと思うんですけれど……実は、だから紺藤さんは、今日子さんに今回のことを依頼したというのもあるんです」

どころか紺藤さんは、今日子さんは須永先生の作品を読んで探偵職を志したとまで言っていた――だとすれば、今日子さんの人生を決定づけた作家ということもできる。

だが、須永先生が偉大なミステリー作家だということは大いに認めた上で言わせてもらえば、決して須永昼兵衛は、そういうタイプの小説家ではないはずだ。良くも悪くも、良い意味でも悪い意味でもエンターテインメントに徹した作家で、人生の意味やら、人の将来やらを左右するような作風ではないというのが世間の評価で、いわゆる賞レースとも無縁だった。賞の名前になることはあっても賞を獲ることはない——そういう作家だ。

「私が須永先生の作品が好きな理由は、明確ですよ。須永先生は、常に命と向き合ってらっしゃるからです」

「命と……？」

「もちろんベースが推理作家ですから、ばんばん人は死ぬんですけれどね。でも、決して命を粗雑に扱わない——そういう作風に、十代の頃の私は惚《ほ》れ込みました」

「はあ……」

熱弁をふるわれても、僕にはそういう感想がまったくなかったので、うまく頷くことができない。読後感は人それぞれだと思うだけだ。僕が愛読した『名探偵めい子』シリーズはジュブナイルだから、そもそも人が死なないというのもあるかもしれないが、どうにもぴんと来ない。そんな僕に構わず今日子さんは、

「ですから、おかしいとも思うんです。あれだけ生命の価値を重んじていらっしゃった須永先生が、たとえどんな理由があろうとも、自殺を選ぶとは、私には思えません」

と言った。

それを聞いて、僕は逆に不安になった——紺藤さんは、須永先生のファンだからという理由で今日子さんに仕事を依頼したけれど、しかし、今日子さんの言い振りを聞いて

いると、ファンだからこそ須永先生の死に関する調査には向いていないんじゃないかという、僕が密かに抱いていた恐れが再燃してくる。

ファンゆえに、須永先生が自殺するなんて信じられないという思い込みに基づいて調査する——なんてことはさすがにないにしても、しかし、こうして百冊の本を読むに当たって、ファンにしかできない、必要以上の深読みをするのではないだろうか？

僕も経験があるけれど、あまりに作品に対する愛が深過ぎると、時たま、とんでもない読みかたをするものだから——そんな風に僕が思ったのを敏感に察したのだろう、今日子さんは、

「たとえば、私の知る限り須永先生は、その作家歴の中で、二度ほど、数年にわたって執筆活動をお休みになったことがあります」

と言った。言われて僕は、リストを参照する——確かに、活動二十年目から二十三年目、二十七年目から三十年目の間には、新刊が一冊も出版されていない。これはどうしたことだろう。

「もちろんその間にも過去の作品の文庫版は出版されていましたし、作品のメディアミックスは行われていましたから、活動を止めていたという印象はないんですけれどね——のちに須永先生がエッセイで語ったところによれば、一度目の断絶期にはお母様が、二度目の断絶期にはお父様がお亡くなりになったそうです」

「喪に服していた——ということでしょうか」

「ええ、そのようです。あるいは、ただショックで、筆が進まなかったのかもしれませんが」

二十年も社会人としてキャリアを積んだ大の大人が、身内の死がショックで仕事が進まないなんてことがあるだろうかと僕は首を傾げた——そりゃあショックだろうが、いくらなんでも三年は引きずり過ぎでは？　もしもそれが『命と真剣に向き合う』ということなのであれば、確かに尋常ではない。

「少なくとも」

と、今日子さんは続けた。

「私が読んだ範囲の本を思い出す限り、須永先生の作品には、自殺した人間は一人も登場していません」

「え……ひ、一人も、ですか？」

「はい。一人も。どんな脇役も、登場していない係累の人物も……まるで、自殺という熟語を書くことを、須永先生は避けているようでした」

「………」

その言葉に、僕は考え込む。

そんなことがあるだろうか？　『名探偵めい子』シリーズだったら、死人が出るのを避けるのと同様、その手の言葉や概念を使うのを避けたがるのはわかるが……、全作品で、例外なく？

「もちろん厳密には例外もあります。自害した歴史上の人物の名前が、会話の流れで出てくることはありました——ただし、その場合も、その人物が自害したことには触れられていませんでした」

「それは、なんていうか……」

ただの偶然——では済まされまい。

小説家によっては、そういう偶然も、ひょっとしたら起こり得るかもしれないけれど、しかし須永先生は、作風は幅広くとも、基本的には推理作家だ——推理作家が『自殺』という言葉を使わずに小説を書くなんて、果たして可能なのか？　ＳＦ作家が『科学』という言葉を使わずに生涯を全うするくらい、それは難しいことなのでは？　自殺と見せかけて殺人、殺人と見せかけて自殺——そんなトリックを、たったの一度も使わずに四十五年も推理小説を書き続けられるものだろうか……。

「あいえ、結論を出すのはまだ早いです。あくまでも、私が読んだ作品の中では、それも私の覚えている限りは、出てきていないというだけです。それを調べるためにも、こうして須永先生の全作品を読もうとしているのです」

「最近の作品だったら電子データ化されているでしょうから、紺藤さんに頼めば、機械的に単語を検索することもできると思いますが……？」

「自害。自死。切腹。投身。リストカット。自殺の表現なんて無数にありますから——そのニュアンスは自分の目で検索するしかありませんよ。それに、私は単語探しのためだけに全著作を読もうとしているのではありません。そちらはむしろ二の次です」

「そ、そうなんですか？」

聞いたときは、須永先生の死が自殺ではない、結構決定的な証拠のようにも思えたけれど——しかしそれならそうと、昨日の段階で教えてくれそうなものだ。

「ええ。だって、私はその事実から『だから須永先生は自殺じゃないのでは』と仮説を立てられますけれど、同じ事実から『おいそれとその言葉を使えないほど、須永先生は自殺に憧れていたのだ』と言うこともできるでしょう——どちらにも読み解くことができます」

そんなことを言い出したらなんだってそうという気もする——ミステリーのパラドックスと言うか、何だって、同時に相反するふたつの説を証明する証拠になりうるのだ。いや、今日子さんがこれから読み解こうとしているのは、だから、そうではない事実なのだろうが……百冊もの本を読んで、それが徒労だったらと思うとぞっとする……、あるいは今日子さんには何らかの確信があるのだろうか？

「ちなみに、私が一番好きな須永先生の作品は、『名探偵めい子の事件簿』に始まる

『名探偵めい子』シリーズでした」

「え⁉」

今日子さんは、話の流れで何となく言っただけなのだろうが、僕は思わず大袈裟に反応してしまった――よりにもよって、僕がほとんど唯一、全作読んでいる須永先生のシリーズを、今日子さんが愛読していただなんて？　遺稿については結構手厳しい評価を下していた今日子さんが一番好きというのだから、まるで同好の士を見つけたかのような嬉しさに包まれた――いや、僕のほうは『めい子』にしたって、そんなにそこまで逸脱して好きというわけじゃあないのだが……。

「はい。逆にどうしても苦手だったのは『求愛《きゅうあい》の見栄』や『兄の逐電』などと言った官能的なシリーズや、グロテスクだった『腹の上は胸』ですね……それも今回を機に読ませていただきますが」

言って今日子さんは、ぱたんと一冊目の本、『水底の殺人』を閉じた。

「あ、休憩ですか？　ちょっと、いくらなんでも喋り過ぎましたかね、僕。すみません」

「いえ、お気になさらず。おかげさまでむしろはかどって、たった今一冊目を読み終わりました」

「も、もうですか⁉」

驚いた――まだ読み始めて一時間も経っていない。気を遣って『おかげさまで』なんて言ってくれているが、実際には僕と会話しながら読むことで、ペース自体は落ちていたはずである。この調子なら、案外百冊なんて、すぐに読了できるのではないだろうか？

「ああ、そんな期待をされては困ります。この『水底の殺人』は、昔、何度となく読んだ本ですから、このたびの再読もトップスピードを維持できました……、未読本や、内容を忘失してしまった本は、さすがにこうはいきません」

覚えてはいても、どうしても印象の薄い本だってありますしね——と、今日子さんは積まれた本の山に目をやる。

「なんでしたら隠館さんは、今のうちにそこのソファで寝てらしても結構ですよ？　長丁場になりますし……眠らないのは私だけで十分なのです」

それは確かに理屈だったが、しかし徹夜覚悟の今日子さんの目の前で寝られるほど、僕は図太くもなかった——今日子さんは二冊目の本を手に取る。

残り九十九冊——名探偵の戦いはまだ始まったばかりなのだ。

9

しかし考えてみれば、これはただの偶然ではあるのだけれど、もしも須永先生の死が自殺だったなら、その方法に睡眠導入剤を選んでいるというのは、なんだか皮肉でもある――更級研究所での出来事を思い出すまでもなく、睡眠薬は今日子さんにとっての天敵みたいなものなのだから。

眠るように亡くなっていった須永先生の死を、不眠で今日子さんが調査するというのは、巡り合わせとしてはいささか出来過ぎでもある――そんな偶然に図々しくも同席することになった我が身には、どうしても場違い感を否めないけれど、せいぜい証人として、見届けさせてもらうとしよう。

とは言え勝負が後半戦なのは確かであり、まだ眠くなっていない今日子さんをじろじろとつぶさに見続けるのも失礼な話である――二冊目に取りかかった今日子さんを視界に入れつつも、僕は軽く、計算してみることにした。実際、百冊の本を読み終わるのにはどれくらいの時間がかかるものなのだろう？

既読の本が約半数あるとは言え、ペースは時間と共に落ちていくだろうことを思うと……、平均で一冊を読むのに二時間かかったとして、二百時間？　いやいや、それだと読み終えるまで、八日間以上かかることになる――さすがに人間、そんなに起きていられるものか。気合いや根性でどうにかなるレベルじゃあない。最悪、死んでしまうレベルの不眠である――僕が知る限り、今日子さんの連続徹夜の記録は、三徹だ。前日の準備も万端だし、今日もそこまでは起きていられると考えていいかもしれない。

ただ、あのときだって相当ふらふらになっていたし、最後のほうは朦朧《もうろう》としていたように思う——一口に徹夜と言っても、大抵の人はそこそこ寝ながら徹夜するものだが、今日子さんにはそれは許されないのだ。果たしてそんな状態で、人は本なんて読めるのか？

最初の一冊『水底の殺人』を読むのにかかった時間は、およそ三十分……既読本を読むこのペースがいつまで維持できるかに、勝負がかかっているかもしれない。しかし眠さがピークに達するであろうラストスパートにこそ、未読の（あるいは忘却した）新刊ラッシュが続くという絶対的構造は、今日子さんにとって不都合過ぎる。

書かれた順番が肝要であり、その順序通りに読むべきだと今日子さんは言うが、効率を考えるなら、遺稿（仮題『とうもろこしの軸』）から逆向きに読んでいったほうがいいのではないだろうか——あるいは、未読本（記憶にない本）だけに絞って読んだほうがよかったのではないだろうか？　いや、そんなこと、僕に言われるまでもなく、他ならぬ今日子さん自身が一番よくわかっていることだ——その上で、全作品を順番通りに読むべきだと思っているのだから、その判断に口を挟むべきではなかろう。

ただ、見守るだけだ。

……あまり意味のない仮定だけれど、僕だったら、百冊の本を網羅しようと言うときは、きっとシリーズごとに読もうとするだろう。そう考えて、リストを見直してみる。

その作家人生において、多くのシリーズを抱えていた須永先生だが……具体的には、いくつくらいのシリーズを書かれていたのかな？　今日子さんに訊いてみようかと思ったけれど、今日子さんが把握しているよりもあとで始められたシリーズもあるだろうから、僕は自分で数えてみることにした。暇潰しというわけではなく、余裕のある時間を利用して、そういう作業をしておくことが、ひょっとすると今日子さんの仕事の一助になるかもしれないからだ。仕事を横から見張っているだけじゃあ、ワトソン役とは言えないし……タイトルからだけじゃあわからないものもあるだろうから、積まれている百冊のあらすじも都度都度参照しつつ。

結果、以下の通り。

①『薬品探偵《やくしなたんてい》』2・3・4・6・8　②『名《な》もなき推理《すいり》』5・7・9・10
③『時効警部補《じこうけいぶほ》』11・12・13・14・16・19　④『求愛』15・17・24・30・31
⑤『解体教授《かいたいきょうじゅ》』18・23・27・28・29　⑥『悪魔団《あくまだん》』20・21・22
⑦『密室専門《みっしつせんもん》』26・32・33　⑧『幻想旅行記《げんそうりょこうき》』34・37・40
⑨『六年六組《ろくねんろっくみ》』35・36・43　⑩『小祝捕物帳《こいわいとりものちょう》』38・39・42・44・46・54・55・58
⑪『熟語探偵《じゅくごたんてい》』41・45・47　⑫『裁判官反峰《さいばんかんそりみね》』49・52・53
⑬『安楽死探偵《あんらくしたんてい》Ｓ《エス》』50・59　⑭『漆根紅《うるしねこん》』56・60・61
⑮『桐生入道《きりゅうにゅうどう》』57・70・71・77　⑯『名探偵めい子』62・63・64・65・67・68・69

⑰『スター博士《はかせ》』72・74・81⑱『時計屋《とけいや》』73・82・96
⑲『引退警部《いんたいけいぶ》』75・76・78・80・83・94⑳『携帯電話探偵《けいたいでんわたんてい》』84・85・92・93・97
㉑『怪盗《かいとう》ブルー』86・87・88・99㉒『概算兄弟《がいさんきょうだい》』89・90・91・95・98

……こうしてグループ分けしてみると、九十九冊のうちほとんどが、シリーズものであることがわかる。

生涯で二十二ものシリーズを抱えていたとは、何ともはや――しかもそれらのシリーズをすべて完結させているというのだから恐れ入る。

この辺りが、須永先生が大衆作家でありながら一流と認められる大きな要因かもしれない。

決してシリーズを中途で放棄することなく、何年かかろうと完結させる――読者が一人でもいる限り、作者には作品を完結させる義務があるというのが、須永先生の作家としての矜持《きょうじ》だったらしい。逆に、どれだけ人気があろうと、シリーズを長大化させることなく、平均で五冊前後で終わらせるというのも、同じ矜持に由来するものなのだろう。シリーズものであろうと、どこからでも読めるように書いているという話だし、老若男女問わず人気があり、生涯一線を走り続けていたのも、頷ける話だ。

……しかし、ミステリー作家としての印象が強い須永先生だけれど、そうではない作品も、こうしてみると意外と書いている。今日子さんが苦手だったという官能的なシリーズや、グロテスク・ナンセンス趣味の強い作品も——ファンタジー風のシリーズや、純文学とも言えるシリーズもあるようだ。

つまり、多作と言うより多彩なのだろう。

とはいえ、かの世界的名探偵、シャーロック・ホームズを生み出したコナン・ドイルは、実のところ自分のことをミステリー作家ではなく、『失われた世界』を代表作とするSFファンタジー作家だと自任していたという例もある。作家をジャンルでくくること自体、実のところ的外れなのかもしれない——総合的に見れば、須永先生が自他ともに認める推理作家だったことに間違いはないのだろうが。

「……ん？　今日子さん、僕はひょっとすると、大変なことに気付いてしまったかもしれませんよ」

「はい？　なんですか？」

今日子さんが本から顔を起こしたのは、僕が『気付いたこと』が気になったと言うより、気負い過ぎた僕の、芝居がかった口調が不審だったからのようで、その視線はやや怪訝そうだ。僕は気を落ち着かせようと咳払いをして、「今、須永先生の作品をシリーズ別に検分していたんですけれど……」と、話を進める。

「ここ数年、須永先生は新シリーズを始められていないようなんです。どころか、続いていたシリーズを次々と終わらせています。これはまるで、ご自身の作家人生を締めようとしているかのような——」

「ああ。それ、今朝のニュースでもどなたかがおっしゃっていましたね。だけどそれは須永先生の素人が言うことですよ」

今日子さんは僕の発見を最後まで聞いてくれず、ページに視線を戻した。須永先生の素人——どんな表現だ。

「その現象は何も珍しいことではありません。過去にも何度か、そういうタイミングがあって、その時々のファンはやきもきしたそうです」

言われてリストを見直してみると、確かに、須永先生があまりに多くの本を書かれているがゆえに目立たないだけで、動いているシリーズがひとつもなくなるタイミングは、どうやら二回ほどあったようだ——今に始まったことではない。

そしてそのタイミングのあとには、当たり前みたいに新シリーズが始まるのだ……。

二度あることは三度ある。

僕の大発見は、どうやらファンの常識だったらしい。

「ということは、例の遺稿は新シリーズ第一作なのですか？」

「いえ、『とうもろこしの軸』は、ノンシリーズでした」

「ノンシリーズ……？　ああ、シリーズ作品に含まれない、一冊で完結している作品という意味ですね？」

数は少ないけれど、須永先生は長いキャリアの中で、そういう小説も書いているのだ——たとえばデビュー作の『水底の殺人』がそうだし、その後、キャリアの八年目に書いた『瞳悟空』がそうだ。他にもちらほら……有名なデビュー作以外は、リストを見るまで、知らなかったタイトルばかりだが。

「そうですね。ファンの間でも、『水底の殺人』を除くノンシリーズは総じて、箸休め的な作品、という見方をされていますね。読者にとっての箸休めではなく、作者にとっての箸休め……、須永先生もたまには読者受けも売上も考えない小説を書いてみたくなるんじゃないかって」

「箸休め……ですか……」

「筆休め、と言うべきかもしれませんが」

「…………」

だとすれば、なんだか壮絶な話だ……言うなら『休憩』でさえ、小説を書こうとは……、そこまでいくともう、何かに取り憑かれているとしか思えない。自殺でこそなくとも、そんな無茶な執筆スタイルが、須永先生の寿命を縮めたのだということはないだろうか？　学生の頃、クラスの秀才は、勉強と勉強の合間に勉強をしていたものだけれど、須永先生の履歴からは、それに似た、それを越える気配さえ感じてしまう。

そして、それと同じような凄みを、僕は目前の今日子さんから感じる——一睡もせずに百冊の本を読もうとする名探偵から、感じずにはいられない。

「……今日子さんは、どうして探偵になろうと思ったんですか？」

僕は訊いてしまった――いや、紺藤さんが、今日子さんは須永先生の作品を読んで名探偵を志したんだと言っていた、ことの真偽を確認したかったというわけではない、本当になんとなく、ただの流れで訊いてしまった。

今日子さんとテータテートだという緊張感に、耐えきれなくなってした、雇われている助手としても、やや踏み込んだ質問だった――フォローするように僕は、「いえ、僕は今、求職中でして……」と、付け加える。

「だから、こうしてお仕事をいただけるのはとてもありがたいんですが……、これから先、何をやって生きていけばいいんだろうと、考えているところでして。どんな仕事をしても、なんだかなじまないんです。一生の仕事ってなんだろうなって、ずっと迷っているんです」

「はあ」

と、今日子さんは気のない返事をする。そりゃあまあ、図体のでかい、巨人と思っているようなアシスタントから、いきなりこんな人生相談を持ちかけられても、なんと答えていいかわからないだろう。特に、『今日の今日子さん』は、僕が巻き込まれ型の脇役だからこそ、就職難の状況にあるということを知らないのだから。

実際、今日子さんは「隠館さんの事情はわかりませんが……」と前置きをしてから、

「私が探偵になった理由は」

と言った。

仮に、彼女が探偵を志した理由に須永先生の作品が絡んでいるとしても、そういった忘却探偵の根本にかかわる部分を、今日会ったばかり（と思っている）僕に教えてくれるわけもないだろうから、てっきり、一日で記憶がリセットされるという己の特性を、最大限に生かせる職業が探偵だったから——と、そんなわかりきっている答が返ってくるのだろうと思っていたけれど、しかし、その予想は覆《くつがえ》された。

「ありません」

10

須永昼兵衛の四十五年にわたる執筆履歴を参照するまでもなく、とかく世の中には、楽な仕事なんてものはない——それでも人は働かなくては食べていけない。否、須永先生の場合、どこかの時点で、働かなくとも食べていけるだけの蓄えはできたのだろうが、彼はそれでも働き続けた——ならば、苦しかろうと、思い通りにならなかろうと、働くことそのものに、意義はあるのかもしれない。

しかし、いろんな職場を経験し、いろんな職場をクビになってきた僕からしてみれば、それは簡単には同意できない話だったし――そして、働く今日子さんが眠らないよう、彼女が読書する姿をずっと見続けるという、この夢のような仕事にしたって、やはり暗部はあった。いや、『やはり』というには、それはこれまで僕が経験したこともないような、労働の労苦だった。

今日子さんが眠らないように見張り続けるということは、僕も眠れないということだと認識するのには、そう時間はかからなかったけれど（一日目の夜には気付いた）、しかしそれどころではない問題を、この『見張り番』ははらんでいた。

その問題は、明らかに今日子さんの読書効率が落ち始めた二日目の夜以降から、満を持して露骨になり始めた――『企業秘密』ゆえに、今日子さんが須永先生の作品をどこまで覚えていてどこから忘れているのか、何を読んでいて何を読んでいないのかは、定かではないけれど、読破数が五十冊を越えたあたりから、今日子さんのページをめくるペースは、明確に低下したのだった。

だが単純にそこから、覚えていない本のエリアに入ったのだと判断できない――と言うか、さすがにそんなわけがない。五十冊目や五十一冊目の本が出版されたのは、今日子さんが生まれる前だ――それを憶えていないというのであれば、須永昼兵衛の名前すら覚えていないだろう。しかしペースはがくりと落ちた――理由ははっきりしていて、その時点で今日子さんには、かなり濃い疲労の色が見え始めていたからである。

「想像していたよりも……疲れますね、読書って。あはは……」

と、そのときの今日子さんにはまだ笑う余裕があったけれども、僕は密かに嫌な予感がしたし――その予感は間もなく的中した。思えば、僕が今日子さんより先に眠くなったらどうしようなんてのは、実に自分本位な考えかただった。他に何をするでもなく、ただ今日子さんを眺めているだけの男が、ずっと集中して本を読み続けている今日子さんより先に限界が来るなんてことが、あるはずがないじゃあないか。

僕という愚か者が直面した問題をいつまでもぼかしていても仕方がないので具体的に言うと、読書マラソン開始からおよそ七十二時間が経過したその頃から――今日子さんから笑顔が消えた。

有《あ》り体《てい》に言うと、機嫌が悪くなった。

一晩徹夜した直後くらいだと、逆にテンションもお互い高くなって、須永先生のこと以外でも話が弾んだりしたのだが（思えばその頃が、この仕事の楽しさのピークだった）、しかし眠気覚ましになると言っていた会話も、三日目以降はほとんどなくなった――「がんばってください」と激励の言葉をかけても、「がんばってますけど。がんばってないように見えました？」と、刺々《とげとげ》しい言葉が返ってくるようになった。

「では精々私なりにがんばらせていただきますよ。隠館さんに強要された通りにね」

……そりゃあ自然、無言にもなる。しかし喋らなくっても、たとえばトイレに席を立っただけでも、「もっと静かに歩いてください、集中できません。邪魔しないでください」などと、因縁をつけられる始末だ。

そう、僕は今日子さんから任された仕事の本質を理解せずに、浅はかにも浮かれていたのである——『徹夜に付き合って欲しい』くらいの意味でとらえていた僕の仕事は、『眠さの限界にある人を、延々起こし続ける』というものだったのだ。今日子さんに限らず、眠くなるにつれて機嫌のよくなる人はいないし、また同様に、眠いときに起こされて、機嫌のよくなる人はいない。

となると、僕の役割は見張り番どころじゃあない。

言うなれば拷問《ごうもん》の執行人である。

これは決して大袈裟な比喩ではなく、巷間《こうかん》知られているように、『眠らせない』というのは、もっとも効果的な拷問のひとつなのだ。

今日子さんが、うとうとしかけたらそれを見計らって声をかけ、時には物音を立て、彼女の入眠を妨害する——最初のほうこそ「ありがとうございます、隠館さん。助かります」と感謝されていたその行いは、中途から、ただただ恨みがましい目で睨まれるそれへと質を変えた。

コーヒーを淹れ、スパイスをたっぷり利かせた刺激の強い料理を用意するのも僕の仕事だった——今日子さんを眠らさないために間《ま》がな隙《すき》がな、僕は悪辣《あくらつ》にも、あの手この手を費やすのだ。折角作った料理をまずそうに食べられるのは、僕にとってはこらえがたい悲劇だった。もちろん、食する側こそ悲劇だろうが……憧れの女性を拷問にかけ続け、嫌がらせをし続け、恨まれ、憎まれ、嫌われ続ける仕事——こんな地獄みたいな仕事を体験したことは、かつてない。どんな冤罪をかけられても、ここまで吐き気は催さない。

もちろんこれは今日子さん自身の望んだことであり、提案であり腹案であり、今日子さんのほうは、仕事を受けた時点でこうなることを覚悟していたのだろうが——僕のほうにこんな覚悟はまったくなかった。そういうつもりで今日子さんの右腕に、あんな誓いを書いたわけじゃないんだ。普段あれだけにこやかで、人当たりのいい今日子さんから、こんな風に嫌われるだなんて——いや、それでも、もしもそれだけだったならば、僕はまだ耐えられたかもしれない。真の問題は、僕が今日子さんを嫌ってしまうことだ。

体力も精神力も極限状態にある今日子さんの言動を、いちいち真に受けるべきではないと頭ではわかっていても、言われた通りの仕事をしているのに、あまりに刺々しい態度を取られ続けると、こちらも心中穏やかではいられない。残念ながら、隠館厄介はそんなに人間のできた好青年ではなかった。

何度も窮地から助けられ、あれほど世話になり、どれだけ感謝しても感謝し足りない今日子さんに対して、そんな反抗的な気持ちになってしまうことが、悲しいほどに辛かった――いや、正直なところ、辛さを感じる余裕もなかった。

ただ、今日子さんの苛々した態度に、僕は苛々していた。

睡眠不足はこうも、人から正気を奪うのか――僕が今日子さんを憎々しく思うだなんて。

結果、置手紙探偵事務所の応接室の空気は、酷く気まずく、とても雰囲気の悪いものへとなっていくのだった――先日、須永先生の別荘で経験した気まずさなど、比べるべくもないムードだった。

あの小旅行では、それまで見たことのない、今日子さんのプライベートな一面を見せてもらえて嬉しかったものだけれど……、その真逆《まぎゃく》とも言うべきこの環境。見たくもない一面を見て、抱きたくもない気持ちを抱く。今日子さんが仕事に追いつめられ、荒れていく様子を、僕は見続けなければならなかったし、あろうことか、そんな彼女を更に追いつめ、荒廃させるのが僕の役割なのだった。一旦休んでくださいと言いたくても、言うわけにはいかない――忘却探偵の今日子さんには、休むことが許されないのだ。休めるのは、事件を解決したその後だけなのである。

これが、脇役ではなくワトソンとして、今日子さんのパートナーとして一緒に仕事をするということならば、残念ながら僕には務まりそうもない——たとえ望まれても、これっきりにしてもらうしかない。元より、僕のような男には不釣合いな仕事だったのだ。

「隠館さん。コーヒー、空になってるんですけど。気が利かないですね」

普段の今日子さんなら、最後の一言はまず言わないであろう台詞だったが、危うく眠りかけていた僕に反論のすべなどあるはずもなく、僕はその催促に、無言でお代わりを用意する。

「隠館さん。ちょっと、つねってもらえますか」

「……え？」

なみなみとついだコーヒーカップを持ってキッチンから帰ってきた僕に、濡らしたハンドタオルで顔を拭きながら、今日子さんは低い声でそんなことを要求してきた——眠気もあって、一瞬、意味がわからない。

「眠さの波が、結構限界まできています。強めにほっぺた、つねってください」

「ほ、ほっぺたって……」

眠気覚ましにつねるのならば腕やら手の甲やらのほうがいいんじゃないかと思ったが、本を読む手を痛めるわけにはいかないのだろう。

「早くしてください。この眠気を乗り切らにゃいと、ここまでの仕事が無駄ににゃります……」

そう言う声は、いかにも、睡眠直前という風だ――『な音』がうまく発音できなくなればいよいよである。躊躇している暇はない、が、しかし、女性の顔をつねるというのは、やはり抵抗が強かった。しかし今日子さんは、

「協力してくれている隠館さんに傲慢無礼《ごうまんぶれい》にゃ態度をとっている自分への罰でもあるのです。お願いします」

と、強く要請してきた――そして責めるように続ける。

「誓約書ににゃんて書いたか、忘れたのですか」

そう言われてしまうと、断れない。土台、大した覚悟もなく、こんなことになるなんて思わず、あんな誓約書を書いた僕が悪いのだ。意を決して、僕は両手でそれぞれ、今日子さんの左右のほっぺたをつねった。

「ふぁい。でふぁ、しぶぁらくそのままでお願いひまふ」

結果今日子さんは『な音』のみならず、多数の音が発音できなくなってしまったが、思いの外これには効果があったようで、僕が今日子さんのほっぺたをつねり始めてから、彼女の読書マラソンは、ややペースを取り戻した。

同じところばかりつねっていたら慣れてしまうだろうから、折につけ位置を変えながら、鼻や眉や瞼、要は今日子さんの顔のパーツを触り続けた――まあ、顔を触られると

いうのはただ不快なものだから、目覚ましとしての効果はあるだろうが、しかし、今日子さんから僕が嫌われるという問題は解決しない。むしろ悪化の一途《いっと》である——けれどしかしこのときの僕は、とにかく一刻も早くこの仕事を終わらせたいという気分で、今日子さんの読書が順調になるのであれば、それでいいという投げやりな気分だった。

だが、こんな目覚ましが効果的だったのも、今日子さんの通算覚醒が百時間を超えるところまでだ。そこからはどう数えても四徹目——僕の知る限り、四徹から先は今日子さんにとっても未知の領域だったし、正直なところ、僕は何度か、寝てしまっている。今日子さんのほっぺたをつねったままで眠ったので、その際は今日子さんの上に倒れ込むような形になり、テーブルに折り重なって、結果二人とも眠気が飛んだのは怪我の功名だったけれど、当然そんな幸運ばかりは続かない。

実際。

見ていられないくらい、五日目の今日子さんは困憊《こんぱい》していた——僕はとうとう、「もうやめましょう、今日子さん」と言わざるをえなかった。

「最初から無理があったんですよ、この仕事は。そんな状態で本を読んでも、内容は頭に入って来ないでしょう……紺藤さんには僕から言っておきますから」

「ほういう……わけには、参りまへん」

ほっぺたをつねられたままの今日子さんの台詞だが、しかしたとえ手を離していても、同じくらい呂律《ろれつ》が回っていないのではないかと思われる。

「一度……受けた、仕事は、最後まで」

やり通します、と今日子さん。

その言葉だけは、百時間以上起きているとは思えないほどに力強かった——が、ページをめくる手は、もうほとんど、動いていない。

僕は積まれた本の山の、残り冊数に目を向ける——僕の意識もいい加減うつろなので、ちゃんと数えることが難しいけれど、残り……十数冊くらいか？　百時間ぶっ通しでここまで読んだのは大したものだが……こんな状態じゃあ、最早あと一冊だって、否、一行だって、読むことはできまい。

わからない。

いったい何が、今日子さんをここまで意地にさせるのだ？　探偵になる理由を『ありません』と言った今日子さんなのに——まるでこれじゃあ、謎を解くことだけに専心する、変人タイプの名探偵じゃないか。今日子さんは、『忘却』と『最速』というキーワードを取り除けば、あくまでも常識タイプだと思っていたのだが……。

「だ、大体、読むだけじゃ駄目なんですよ、今日子さん。読んだ上で、推理しなくちゃいけないんです……もう、頭回ってないでしょう？」

「失礼……ですね。仮説は……ありまふにゃにゃ」

ふにゃにゃ？　どっちだ？　仮説はあると言ったのか、ないと言ったのか？　文脈からするとある風だが、しかしそんな文脈を読み取る能力が、今の僕にあるかどうかは怪しい。

「いいからあにゃたは、黙って言われた通り、私のほっぺをつねっていればいいんでふ……口出ししにゃいでくだふぁい……」

言いながら、今日子さんは立ち上がった——ソファだと眠気を誘うので、ずいぶん前から、床に正座していた今日子さんだった。足のしびれも麻痺《まひ》してしまっているようで、生まれたての子鹿のようにふらふらしながらも、どこかに歩いていこうとする。

「きょ、今日子さん、どちらへ？」

「シャワーを浴びてきます……よく考えたら、もう丸一日以上、身体を洗っていません。私としたことが男性の前で着替えもせずに、ふぁしたにゃい……」

それを言うなら僕だって、ほとんど条件は同じだったが、しかしそういうことは女性のほうが気になるものだろう。熱湯を浴びれば目も覚めるだろうし、止める理由はなかった——休憩は無理でも、リフレッシュが必要である。

「戻ってくるまでに、夕ご飯を用意しておいてください……夕ご飯？　夜食？　朝ご飯？　……まあ、にゃんでもいいです、食べられるものを。キッチンは自由に使ってくださって結構ですから……これ、前に言いましたっけ？　……奥の部屋は、私の寝室ですから、絶対に這入らにゃいでくださいね」

「はあ……了解しました」

僕も頭が回っていないので、ただ頷いてしまったけれど、あとから思えば、今日子さんはこのとき、余計なことを言った——奥の部屋のことなど、触れるべきではなかったのだ。言われなくとも分別のある大人は、勝手に人の事務所を物色したりはしないし、鶴の恩返しの例もある、そんな注意をすることで、逆に注意を引いてしまう。

今日子さんらしからぬ失敗と、それを言うには、しかし五日目の今日子さんはあまりに眠過ぎたのだろう——とは言え、僕にしたって、言われて気にはかかったけれど、それでそこを覗こうというほど物見高い男ではなかったし、また正直、そんな気力もなかった。

ただ言われるがままに、キッチンに移動し、唯々諾々《いいだくだく》と、二人分の食事を作るだけだった——しかし、冷蔵庫にあった食材もそろそろ尽きつつあるので、どこかのタイミングで買い出しに出なければなるまい。

今日子さんを一人残して出掛けるのは危険なので（その間に寝てしまうかもしれない）、その場合は、それぞれ身だしなみを整えて、一緒に買い物にでるしかない……。

というか、僕もこんなコンディションで、いつまでも包丁や火を扱い続ける自信はない……ならば出来合いのお弁当で済ませるほうが……いや、それならいっそ、出前でも？　無理か、このビルディングのセキュリティの高さを思うと、出前を受け取る手間が……そんなことをつらつら思いながら、なんとか僕は、夕飯だか夜食だか朝食だかを作り終えた。

最初の頃は『目が覚めるような、過度にスパイシーな味付け』を心がけていたけれど、もうその必要はなかった——勝手に、そんな滅茶苦茶な味付けになっているはずだ。

と。

ここで意識が、一瞬、途切れる。

違う、一瞬ではなかった——テーブルまでお皿を運び終えたあと、あちこち軋む身体を伸ばすだけのつもりでソファに横たわった僕は、どうやらまたも、寝てしまっていたらしい。

しかも一瞬や二瞬ではない、あろうことか、時計の短針が九十度も進んでいた——飛び起きる。今日子さんと違って僕はたびたび寝てしまっていたとは言え、四徹ののち、たった三時間の睡眠で疲れがとれるわけもなかったが、そのときの焦りと言ったらなかった。

僕が寝ている間に今日子さんが寝てしまったのではここまでの努力が水の泡だ、今日子さんの努力というだけではない、僕が、好ましく思っている女性からあれだけ疎ましがられながら耐え続けた努力も、同時に水泡に帰すのである。これが焦らないわけがない――が、テーブルの向こう側で、今日子さんが寝息をたてているということはなかった。

胸をなで下ろす――が、すぐに、更なる焦りが僕を突き動かした。寝息を立てているもなにも、そもそもテーブルの向こう側には、今日子さんはいなかったのだ。

あれ？　どこに行った？　記憶が咄嗟には繋がらない――どこかに出かけたのだろうか？　いや、テーブルの上の食事には、手も付けられていない――読書が進行している様子でもない。

僕は立ち上がった――むろん、これだけの情報から結論を出してしまうのは危険だっただろう。なにせ僕が寝ている間の出来事だ、色んな可能性が考えられる――だが、この状況では僕は、最悪の可能性しか考えつかなかった。

応接室を出て、僕はビルディング内の三階にある、バスルームに向かった。シャワーを浴びてくると言って、今日子さんが三時間前に向かって、そしてまだ帰ってこない場所だ。

「失礼します！」

ノックもせずに僕は扉を開ける。もしも僕の勘違いだったら大惨事になるが、しかしそもそも、人は普通、三時間もバスルームに居続けたりはしない――もしもこの中に、未だ今日子さんがいるのだとすれば、だから、既に大惨事とも言うべき、普通ではない状況ということである。嫌な予感は的中し――今日子さんは、倒れていた。裸体で、タイルの上に横たわり、シャワーヘッドから放たれる冷水を、避けようもなく全身に浴び続けていた。眠気覚ましにはそちらのほうがいいと思ったのだろうか、彼女は熱湯ではなく冷水を、浴びていた――その肌の色は白を通り越して、青くなっている。

しかし今日子さんに意識はなく。

深く深く――眠っていた。

「今日子さん！」

僕は悲痛に叫んだ――声の限り、探偵を呼んだ。返事はなかった。

（失礼します、今日子さん――忘却）

第五話　さようなら、今日子さん

1

冷水を三時間浴び続けても、人間は平気なのだろうか？　水たまりに横たわるだけでも、場合によっては溺死《できし》しかねないと言うけれど——バスルームの洗い場で横たわる今日子さんを見て、僕が最初にとった行動は、ともかく飛び込んで、シャワーヘッドからの放水を止めることだった。

コックをひねる際、僕も一瞬背中に水を浴びたが、その一瞬だけでも、身も凍るような冷たさだった——こんな温度を、今日子さんは三時間も全身に浴び続けたのか？

「今日子さん！　しっかりしてください！」

再度呼びかけるも、やっぱり返事はない——ぐっしょり濡れた髪の毛は、白と言うより銀色に近く見えた。生気がまったく感じられない。まさかと思い、僕はそっと、今日子さんの喉元に触れてみた——よかった、脈はある。

よく聞けば、寝息も聞こえる。どうやら単純に力尽きて眠ってしまっただけのようだ。やはり四徹は、今日子さんの限界を遥かに超えていたのだろう——熟睡状態だった。

ほっとする——ただ、医療の心得があるわけではない僕には、指先に感じるこの脈が、強いのか弱いのか、不整脈なのかどうかもわからない——わかるのは、迂闊に動かしてはならないということ、それとは矛盾するようだが、ここにこのままにしておいてはならないということだ。

身体を拭いて、温めないと。

「ああ……」

そこでようやく、遅ればせながら、僕は今日子さんが一糸まとわぬ完全な素《す》っ裸《ぱだか》であることに思い至った——慌てて、その眩《まぶ》しさから目をそらす。シャワーを浴びていたのだからそりゃあ裸で当然だけれど、しかし、もしもこの状況で今日子さんが目を覚ましたら、大騒ぎになる。ただでさえとんでもない現状なのに、今日子さんが今起きたら……『昨日』というか、ここ四日分の記憶をごっそり失った今日子さんとして目覚めたら。

今日子さんの認識としては、いきなりバスルームで、見知らぬ男（巨人）と裸で二人きりという状況になる——とんでもない。気の弱い女性ならショック死しかねないシチュエーションだ。

ならばここで無理に今日子さんの意識を戻そうとするより、このまま眠らしたまま、介抱するほうがいいだろう——というか、四徹までして、体力の限界で倒れたのだとすれば、ちょっとやそっとでは起きないはずだ……。

それに、一度、たとえ一瞬でも、眠ってしまった時点で、これまでの読書が——これまでの探偵仕事が台無しになったということに、変わりはないのである。取り返しは、どうやってもつかない。

ならばもう、いっそのことゆっくり寝かせてあげたい——正直、ああも荒れた、刺々しい今日子さんを、僕自身、もう見てられなかった。

土台、一睡もせずに一気に百冊の本を読むなんて目論見に無理があったのだ——そんなに時間はかからないはずという今日子さんの読みが、それも読みだが、甘過ぎた。これからどうするのかはまた考えるとして、今は休息のときなのだ。

とは言え、今日子さんをこのまま裸にはしておけないと、僕はいったん脱衣所に出て、バスタオルと着替えを探す。バスタオルはすぐに見つかったけれど、着替えが見当たらない——そう言えばシャワーを浴びに向かうとき、今日子さんは手ぶらだった。ひょっとして、眠気でその辺、うっかりしていたのか……、今日子さんらしからぬ手抜かりと言うか、本当に限界だったらしい。

だが、だったとしても、ここで脱いだ、丸一日以上着たきり雀《すずめ》だった服や下着はあるはずなのだが……ふと見れば、脱衣所の傍らに設置されたドラム式洗濯機の中に、ねじれたそれらが入っていた。

ああ、そういうこと……。

仮に今日子さんがシャワー中に入眠するなんてことがなくっても、それはそれで大変なことになっていたらしいと思いつつ、僕はとりあえず、今日子さんの身体を、大きめのバスタオルでくるんだ。そもそも冷水に濡れた身体を拭かなくちゃいけなかったし、その際、今日子さんにまったく触れないというのは不可能だった……なのでなんだか今日子さんの寝込みを襲っているようで罪悪感に包まれたが、しかし今は僕の心の弱さと戦っている場合でもない。最優先されるべきは、今日子さんのバイタルだ。

ああ、そうだ。僕がどうだとか、そんなことはどうでもいいのだ――今日子さんの助手たる資格とか、そんな格好つけたことを言っている場合じゃない。

とにかく、今日子さんを助けないと。

バスタブにお湯を張って、そこで今日子さんの身体を温めたほうがいいのだろうかとも思ったが、しかし風呂に入るというのも、それはそれで体力を使うものだと聞く――ベッドでゆっくり眠らせてあげたほうがいいだろう。

バスタオル一枚じゃあ、濡れた身体を拭くのには足りないらしいと、僕はもう一枚、髪の毛を包むためのハンドタオルを取ってくる。医療の心得こそなかったが、以前、無論すぐにクビになるまでの短い間だけれど、介護関係の職業についていたのが、このとき少しだけ役に立った——職場を転々とするどうしようもない奴だと、僕は自分のことを思っていたけれど、それがこんな形で役に立って、なんだか報われたような気がした。

「ん……？」

バスタオルで今日子さんを拭くにあたって、なるべく彼女の身体を見ないように気を配ったが、それでも介抱するのにまったく視界に入れないというわけにもいかず……それに、僕もだいぶん冷静になってきて、冷水で濡れてしまった自分のジャケットを脱ぐくらいの知恵は回ってきたけれど、そこで、気付いた。

一糸まとわぬ今日子さんの裸体には、あちこちに、油性マジックペンで文字が書いてあることに——さすが油性ペン、書いてから五日目以上になるのに未だ健在、三時間のシャワーでも、洗い流されはしなかったらしい。

右腕に書いた僕の誓約書、左腕には今回の仕事の内容……、腹部に書かれた『腹案』、その腹案の真上には、それは以前も見たことのある例の文章、『私は掟上今日子。25歳。置手紙探偵事務所所長。白髪。眼鏡。記憶が一日ごとにリセットされる』との記述があった。

今日子さんがこのように、己の身体に書き物をしていること自体は、僕ももう知っていたけれど……しかし、問題は、彼女の左足の付け根あたりに書いてある文章だった。

『「とうもろこしの軸」の発売予定日は？』

……………？

他の箇所にある文章と比べてみる限り、それも間違いなく今日子さんの筆跡だが、まったく意味のわからない文章だった――いつの間に今日子さんはこんな文章を、自分の足に書いていたのだろう？　『とうもろこしの軸』というのは、今日子さんが名付けた、須永先生の遺稿のタイトルだ……僕に訊かれて、あの場で考えた仮題だったはずだから、今日子さんがこの文章を自らの左足に書いたのは、それ以降のはずだ。

ほっぺたをつねってください、と言われたときのことを思い出す――僕もあのときには、もうかなり眠かったので、ちゃんと考えられていなかったけれど、本を読む邪魔をしちゃあいけないから手や腕をつねるのはまずいのは確かだが、顔をつねるより先に、足をつねるという方法はあったんじゃないか？

しかし実際はそうではなく、今日子さんは文字通りの一足飛ばしでほっぺたをつねってと頼んだ――それは、いざというときのために、自分の足をスペースとして空けておきたかったから？

つまり、この文章……『「とうもろこしの軸」の発売予定日は？』は、原則として事件の最中にはメモを取らないはずの今日子さんが書いた、事件解決へのヒント……？

己の眠気が限界に来ていることを察し、守秘義務を厳守する事務所のスタイルに基づき、直接的な文章は書けないにしても、明日の自分へと向けた今日の自分からの置手紙を……。

だとしたら——壮絶過ぎる。

大袈裟でなく、不眠で命が危ないような状況下にありながら、まともな性格さえ保てないようなコンディションにありながら、それでも事件解決に向けてのベクトルをまったく失うことなく、探偵としてのありかたを全うしようとしていただなんて……。

須永先生の百冊を、まだ読み切れてはいなかったとは言え、途中まで読んで気付いた『何か』があったのだろう——そう言えばシャワーに向かう前、『仮説はある』とかなんとか（正しくは『ありまふにゃにゃ』）、夢うつつの状態ながら、今日子さんはそんなことを呟いていた。

だが、発売予定日……？　遺稿の発売予定日が、いったいなんだと言うのだろう。まったく意味がわからない——今日子さんがわざと、職業倫理に基づいて、自分以外には意味がわからないように書いているのだから、そりゃあそうだろうが……。

発売予定日……、紺藤さんに訊けばわかるだろうか？　いや、今はそれどころじゃない、今は今日子さんをバスルームから運び出すのが先決だ。三時間のシャワーに耐久しえた油性ペンで書かれたメッセージ、多少強くぬぐったところで消えはしないだろうと、僕は今日子さんの身体を、表も裏も、おおむね拭き終えた。

髪の毛はさすがにタオルでは乾かし切れなかったけれど、それでも銀髪から白髪に戻すくらいまでには至った——僕はそこで、今日子さんの身体を下から抱えて持ち上げる。親からもらったこの巨体は、目立つし怖がられるし、いいことなんてなかったけれど、今はただただありがたかった。こういうときに大切な人を助けられるように、僕の身体は大きかったのだと、そんな風に思えた。

もっとも、そうでなくとも簡単に持ち上げられるくらいに、今日子さんの身体は小さくて、軽かった——数々の難事件を解決してきた名探偵とは思えないほど、彼女は僕の腕の中で、弱々しく眠っていた。こんな小柄な人に、僕はこれまで全体重をかけてよりかかってきたんだと、支えることで初めて実感した。

「……………」

思うところも、考えるべきこともたくさんあったが——それをすべて棚上げに、僕は今日子さんをバスルームから運び出す——えーっと？　確か僕は、寝室の場所を聞いていたような……そうだ、応接室の奥に……。

僕は未だ深い眠りの中にある今日子さんを抱えて、その部屋へと向かう——『絶対に這入らないでください』と言われていたことには、ノブをひねってドアを開け、室内に這入ってから気付いた。

とは言え、たとえ先に思い出していても、この緊急事態において、僕がその言いつけを守っていたとは思えないが……それに、こう言ってはなんだけれど、踏み込んだ今日子さんの寝室は、至って普通のベッドルームだった。

目も当てられないほど滅茶苦茶に散らかっているとか、人様に見せられないような奇妙極まるコレクションが並んでいるとか、そんなことはない――綺麗に整理整頓された私室である。

拍子抜けすると言ってもいい……、まあ、キングサイズのベッドに、壁に埋め込まれた大きな液晶テレビ、レコードも聞ける音響設備に最新型のデスクトップパソコン、年代物のクローゼットや毛足の長い絨毯……、などなど、よく見れば、調度類や小物類は行き届いていて、応接室のように殺風景ということもない。そういう意味では普通ではなく、さりげなくも豪奢《ごうしゃ》で、かつセンスのいい部屋であることはひしひし伝わってくるのだが、しかし、ならばこそ逆に、『絶対に這入らないでください』と、ああも強硬に言っていた理由がわからない。

むしろこんな素敵な部屋を見せられたら、なまじ地を這うところまで下がっていた今日子さんの好感度は、相当跳ね上がっていたはずだが――それとも、部屋が片づいているか散らかっているかにかかわらず、今日子さんは他人に自分の部屋へ這入って欲しくないというタイプの性格の人なのだろうか？　女性が親しくもない男性を、そうそう自分の部屋に入れたがらないのは当然だとしても、しかしならばそんな当然のことを、わざわざ僕に言ったのは、なぜなのだろう？

あまりに眠くて、言わずもがなのことを言ってしまっただけなのだろうか……、ともかく、部屋が清潔に保たれているのならば、何の問題もない。僕は今日子さんの小さな身体をベッドに横たえた。それから改めて、バスタオルをほどいて、彼女の身体を拭いておく——拭き残しのないように。

見れば、羽毛の大きな枕に頭を沈めた今日子さんの表情は、バスルームで発見したときよりも、だいぶん穏やかになっているように思えた。血色も心なしよくなって、ただ、安らかに眠っているだけのような——安らかに眠ると言えばそれこそ死んでいるような表現だけれど、この場合は字義通りの意味合いである。

すやすやと、眠っている。

そのことに胸をなで下ろし、僕もようやく安らかな気持ちになれた——久し振りに呼吸をした気分だった。一時はどうなることかと思ったけれど、事態は峠を越えたと言っていいだろう。

いや、言えないか？

今日子さんの生命という意味では大事はなかったけれど、しかし今日子さんの記憶という意味では、大変なことになった——改めてそれを認識し、僕は絶望的な気持ちになる。ここまで、四徹して読んできた須永先生の著作の内容を、これで彼女は全部忘れてしまったのだ。

五日分の仕事が烏有に帰すというのは、それを横から見ていただけの僕にとっても、とんでもない無力感にかられる事実である。リセットなんて、そんな言葉じゃ片付けたくない。まして仕事をしていた当人である今日子さんは——いや、今日子さんは、その無力感を感じることもできないのか。五日分の読書の労苦さえ、忘れてしまうことになるのだから。

……そう考えたら、この人は、なんて脆い。

不安定で、不確かな足場の上に成り立っている探偵なんだろう——と思う。

最速の探偵、忘却探偵。

その上実際有能で、極めて行動的で、すさまじく頭は切れる——だが、たとえば他の、凡百《ぼんぴゃく》の探偵だったなら、いや探偵でなくてもだ、百冊の本を読むくらいのこと、時間をかければ誰だってできる。そこから何か、事件解決のための結論を見いだせるかどうかはともかく……ただ読むだけなら、僕にだってできる。五日じゃ無理でも、二ヵ月もあればできる——しかし、今日子さんにはできない。

今日子さんには、今日しかない。

だがしかし、だからこそ、今日子さんは探偵でなくてはならないのだろう——己の特性を活かせる仕事なんて、彼女にとっては、他にはそうそうあるまい。どうして探偵になったんですか――なんて、ばかげた質問だった。理由なんてあるはずもない――だって、探偵でなければ、掟上今日子は生きていけないのだ。

強くなくとも、優しくなくとも。

今日子さんは探偵でなくてはならない。

僕は、自分が難事件に巻き込まれ、あらぬ疑いをかけられて、そのたび今日子さんに頼ってきたけれど――そのたび自分のことに手一杯で、今日子さんのことが、まったく見えていなかった。

「……と」

見えていなかった、と言いながら、しまった、いつからか、ベッドに横たえた今日子さんを裸にしたまま、普通に見てしまっていた――一息ついている場合じゃあない、身体を拭き終わったのなら、早く服を着せてあげないと。

あのクローゼットに、下着もパジャマもあるだろう――そしてあとは、自然に起きるまで、ゆっくり寝かしてあげればいい。その間に僕は、今日子さんのために、ちゃんとした料理を用意しておいてあげよう――コックのバイトもしたことのある僕が、いよいよ本領を発揮しよう。そしてそのあとは――

「………」

そのあとは……また、今日子さんは、仕事に取りかかるの――だろうか。左腕に書かれたメモを見て、仕事の内容を思い出し、いや認識し、うっかり寝てしまった自分を恥じて、須永先生の全著作を、また一作目から読み直すの――だろうか。腹案と、左腕を見て、僕にもう一度、見張ってくれるように頼んで――そして、また僕と、あんな気まずくもぎすぎすした雰囲気になるんだろうか。僕に刺々しく毒づきながら、苦しそうに本を読むのだろうか。

好きな作家の本を苦しみながら読むのだろうか。

いや、正確には一からとは言い難い――『昨日の今日子さん』が、ぎりぎりで残したバニシングメッセージがある。だけど……それにしたって、あくまでも仮説というだけであって、それを検証するために、百冊読まなければならない経過に変わりはないだろう。

結局、今日子さんは、また百冊読もうとして、八十冊目あたりで力尽きて――倒れて、忘れて、その繰り返しになるだろう。いや、記憶がなくなれど、体力が回復するわけじゃあないんだから、次はいいとこ、読めて十冊か二十冊くらいだろう。

だとすればまったくの徒労だ。

だったら今日子さんは、もうこんな仕事からは手を引いたほうがいい……、でも、一度引き受けた仕事だ、そう簡単には撤退すまい。あんな限界状態でも、今日子さんは読書をやめようとしなかった——倒れる寸前まで探偵であり続けた。まして、あの苦しさを忘れているのならば、僕ごときがどんな説得をしても——待てよ？

待てよ。

僕は再度、今日子さんに目を落とす。裸を見たかったわけではない——全身のあちこちに書かれたその文字に、目をやったのだ。

そうだ。

ある。

ひとつだけ、あった。

無力な僕が——今日子さんのためにできること。

2

やるからには、徹底的にやらなくてはならない——なにせ相手は、希代の探偵である。名探偵である。しかもスプリント勝負ならば世界有数と言っていい、恐るべき才覚を持つ名探偵だ。変に横着《おうちゃく》をすれば、僕なんかの企みは、それこそ最速で看破されてしまう。

名探偵を騙すなら、僕は。

徹底的に——犯人でなければならない。

……皮肉なものだ、今日子さんを始め、あれだけ名探偵に助けられ、無実の罪を晴らしてもらってきた僕が、遂に正面切って名探偵に挑戦しようと言うのだから。

だが、もうやるしかない。

他に方法は思いつかなかった。

器用な人や、立ち回れる人ならば、今日子さんのために、もっとうまい方法を思いつくのかもしれなかったが、僕はそういう人間じゃあなかった。不器用で、居竦んでしまう奴だ——それでも、今日子さんのために何かをしたかった。器用で立ち回れる誰かが今日子さんのために、何かをしてくれるのを待ってはいられなかった。

僕は音を立てないようにこっそりと今日子さんの寝室を出て、キッチンに向かう——もちろん、今日子さんが起きたときのために朝餉《あさげ》を用意しておこうというような、牧歌的な話じゃあない。その案は既に放棄した。キッチンには、必要な道具を取りにいくだけだ。

シンクの向こう側に置かれた、台所用洗剤である。ついでに、そばにあったキッチンペーパーも、ロールごと持って行くことにした。

ひょっとするとより適切で、後始末が簡単な手段があるのかもしれないけれど、僕も決して知識が豊富なほうではないので、これが思いつく限り、一番手間のかからない方法だった——即ち、素肌に書かれた油性マジックの文字を、消すためのもの。

　跡形残さず、綺麗に消すためのもの。

　……書き物をしているときに、うっかり自分の手や指にインクがついてしまった際、水洗いや、普通の石鹸ではなかなか落ちないけれど、こういった台所用洗剤ならば、短時間でインクを落とせる——はずだ。

　寝室に戻る際、当然ながら、ノックはしない——この時点で既にほとんど犯罪者だが、その礼儀正しい音で今日子さんが起きてしまっては、本末転倒である。スリーピングビューティーとは言わないけれど、しかしよっぽど無理をしていたのだろう、幸い、今日子さんは目覚める気配もない。我ながら単純なもので、穏やかなその寝顔を見ていると、つい数時間前までの、今日子さんに対する反発心、幻滅感などが消えていく——この人のために、できる限りのことをしたいと思う。

　ならばその寝顔にどぎまぎしている場合でもない、迅速に仕事に取りかかろう——うかうかしていて、今このときに目を覚まされたら、ある意味、バスルームで目を覚まされていた場合よりも大惨事である。

　僕は寝台の横に座って、まずは今日子さんの右腕を手に取った——正しい順序を言うのであれば、右腕ではなく左腕から取りかかるべきかもしれなかったけれど、しかし、僕がこれからやろうとしていることは、今日子さんの助手としての、明確な裏切り行為である。だったら僕は、僕の自筆の、この誓約書から消さなければならない——もう、僕は今日子さんの右腕たり得ないのだから。

キッチンペーパーに台所用洗剤をプッシュし、その濡れた紙で、僕は今日子さんの右腕を拭く——思ったよりも洗剤の臭いがきつい。台所ではあまり意識しない臭いだが……この臭いで目覚めるということはないだろうが、証拠が残らないように、最後にもう一度、ハンドタオルか何かで、水拭きしておく必要がありそうだ。

いったいこれから僕は通算何回、今日子さんの身体を拭かなければならないのだろうと考えると、先の長さにうんざりしたけれど、完全犯罪とはそういうものなのだろう——今まで、意図的であってもそうでなくとも、僕にさんざん濡れ衣を着せてきた犯人達の苦労を、まさかこんな奇妙な形で知ることになろうとは思わなかった。

幸い、僕の机学問に間違いはなかったようで、今日子さんの右腕に書かれた誓約書はあっさりと消えた——まるで、僕の誓いそのものが、薄っぺらい仮初《かりそ》めだったかのようだ。いや、実際、その通りなのだろう——こんな風にホームズに背信するワトソンの冒険譚なんて、聞いたこともない。

右腕の誓約書が反故《ほご》にされたことで、いまだ半端な部分もあった僕の決意も、ようやく固まった——もう、後戻りのできない領域に踏み込んだことを理解した。更級研究所で、今日子さんが、犯行を隠蔽するために今日子さんの記憶を奪った犯人に対して、怒りを露わにしていた姿を思い出す――しかし今回は、あんな怒りでは済まないだろう。

ならばこそ、抜かりなく――次に僕は、腹部のふたつの書き文字を消しにかかる。

『私は掟上今日子』から始まるメッセージのほうは、消したものかどうか迷ったけれど、しかしそれこそ、更級研究所でこのメッセージを見たときと、書かれている位置が明らかに違うところを見ると、このメッセージは家の中でまで、就寝するときまで書かれているわけじゃあないのだろう。

考えてみれば名刺も持っているし、今日子さんは知る人ぞ知る著名人なので、極論、何の情報もない状態で町中で眠ってしまっても、時間があれば十分に対応して、自己を同定し、この自宅兼事務所に帰ってくることはできるのである。

あくまでも『最速』で自己を知るための手段。

ならば、『今が仕事中でない』ということを強調するためには、このメッセージも、他のメッセージと同様に、消しておくべきだろう。

それでも、『私は掟上今日子』の文字を洗浄するにあたっては、なんだか彼女の存在証明を消しているようで、すさまじい罪悪感があった。同じくらい、『隠館厄介さん（巨人）に起こしてもらう』と書かれている、今日子さんの直筆の文面を消すのも、信頼をあからさまに裏切っているようで、心が悲鳴をあげていた。

あなたが信頼した男は今あなたを裏切っていますよと、今日子さんを揺り起こして、教えてあげたかった――だが、卑劣な僕は、そんな誠実な行動をとらない。

キッチンペーパーで身体を拭くというのは、タオルで拭いているときとは違って、感触がもろに伝わってくる――それで、今日子さんの腹部にほとんど贅肉《ぜいにく》がついていないことを知る。あたかも腹筋を直にさわっているようだ――しかしこれは、今日子さんがこんなモデルみたいなスタイルを維持していると言うよりは、足や腕の肉付きと見比べる限り、ここ数日の無理がたたって痩せたと見るほうが正しそうだ。

腹部の文字を消すにあたっては、これはもうおなかをくすぐっているようなものなので、慎重に慎重を期さないと今日子さんに気付かれてしまうと思ったけれど、幸い、何度か身じろぎした程度だった――ごしごしと、強くこするようにするより、撫でるように優しく拭いたほうが効果的なのは、食器洗いと同じだった。厨房に入っていた経験が、ここで活きてこようとは。

腹部の文字を完全に消し去り、それから休憩を挟むことなく僕は、ベッドを迂回して、左腕に書かれた文章も消しにかかる。

『須永昼兵衛先生にかかわる仕事。重要。明日AM9：00より』――これこそもっとも、忘れてもらわねばならない過去からの伝言だった。

今日子さんはこんな仕事を受けていない。

こんな仕事に取りかかっていない。

くじけても、力尽きてもいない――だから、もう、あんな無茶な仕事をしなくてもいい。読書も徹夜もしなくていい――忘れていい。

明日の今日子さんは。

何事もなく目を覚ます。

……五日分の労働に起因する疲労は否めないだろうが、それを『昨日解決した何らかの事件が、難事件だったのだろう』と思ってくれることを祈る――腹部の文字を消すのに比べると、腕の文字は力加減が容易で、慣れてきたこともあって、そんなに時間もかけずに消すことができた。

それでも、ここまで一時間くらいかかっていた――デジタルデータなら、デリートボタン一発で消せるというのに、この辺はやはりアナログの強さだ。キッチンペーパーも思ったよりもたくさん消費してしまった――これは証拠になるので、持って帰らないと。新しいものをおろして、洗剤も補充しておいたほうがいいか？

と、危ない。

僕こそ忘れるところだった――今日子さんは左足にもメッセージを残していたのだった。自然、下半身からは目を逸らしがちだったので、見落としかねなかった。

『「とうもろこしの軸」の発売予定日は？』

意味不明な、しかしだからこそ正に事件の鍵となるであろう一筆……そういう意味ではもっとも、拭い去ることが罪深いであろうメッセージだ。これを消すことは、今日子さんの四徹を、まるっきり無駄にすることになる——今更何を言っているんだ。ここまでやって、このメッセージだけを残すほうが、よっぽど意味不明じゃないか。だから後戻りなんてできないんだ——これだけ残っていても、今日子さんをいたずらに混乱させるだけだ。

徹底的に、徹底的に——徹頭徹尾。

須永先生がどれほど偉大な作家であろうと、名探偵としての今日子さんの出自にどのように絡んでいようと、そんなことは今、この場においてはどうでもいい——須永先生の死が、自殺であろうとそうでなかろうと、今の僕には、関係がなかった。

たとえどんな罰が当たろうと、そう思う。

と言うか、現状、既に罰が当たっているような気もする——こんなことをしてしまって、僕はもう、今後、今日子さんをまっすぐ見られないだろう。これから先、どんな濡れ衣を着せられ、どんな疑いをかけられようとも、僕は今日子さんに助けを求めることはない。裏切り者の僕は、今日子さんから助けてもらう資格を、永遠に失った。

いいさ、探偵なんていくらでもいる——だけど、今日子さんは一人しかいないのだ。

さようなら、今日子さん。

僕は左足のメッセージも、拭い落とした。

これで今日子さんの身体からインクの痕跡はなくなったけれど、僕の側は、いろんな気持ちをマジックで塗り潰したかのようだった。

3

だが、これで終わりでもない――むしろ、完全犯罪者としての重要事項は、ここから先である。犯行がほぼほぼ終了したここから、それを隠蔽するための作業が始まるのだから。

そう言った意味では、まずやるべきは何はともあれ、今日子さんに服を着せることだった――いったいいつまで彼女を裸のままにしておくのか。

クローゼットを開けて、着るものを探す。下着もパジャマもすぐに見つかった。今日子さんはやはりかなりの衣装持ちらしく、どちらも相当の種類があったので、一瞬、たじろいでしまった。最初はなるべく疑わしくない、自然なコーディネートを考えてみようとしたけれど、しかし、まるで今日子さんを着せ替え人形にしているみたいで、やっている行為の犯罪性が不必要に増すと思い直し、あえて適当に選んだ。土台、今日子さんのセンスを真似られるわけがないし、何も外着というわけじゃないのだ。ただ、パジャマの上下はともかく、下着は上下が食い違っている方が自然だと聞いたことがあったので、そこはそうして置くことにした。そう言えば、女性によって、寝るときにブラジャーをつける人とつけない人がいるらしいが、引き出しの中には寝るとき用のブラジャーが多数あったので、今日子さんは前者だと判断する。

着装は目隠しでもしてするのが紳士的かと思ったが、この場合、ここまでやっておいてそれは今更、どちらかと言えば偽善的だろう——と言うか、介護職についていたときも、女性の着替えを手伝ったことはなかったので、ブラジャーのつけかたなんて、目隠ししたままわかるわけがなかった。

ただ、下着の工程を終えれば、パジャマを着せるのは比較的簡単だった——たぶん、ボタンの右前左前が、男女で逆になるから、結果ボタンを留めやすかったことが関係しているのだと思う。

ようやく服を着せることができて、今日子さんの髪は乾きつつあるのに、僕のほうこそ全身、汗でびっしょりだった。もう、このまま寝てしまいたい——今日子さんと違って、都度都度船をこいでいたとは言え、僕だって四徹して、その疲労はたった三時間の睡眠で、取れるものじゃない。

今だって、ほとんど気力で動いているようなものだ——それでも、ここで倒れるわけにはいかない。この先あと五年くらい、二十代が尽きるまで家で引きこもっていていいから、今だけ頑張れ、隠館厄介。

決して気を緩めてはならないが、しかしとは言え、服を着せ終えたことで、ひとつ、フラッグポイントをクリアしたのは確かだった――仮にここで今日子さんが目を覚まし、計画が台無しになったとしても、最悪の誤解をされる恐れは、とりあえずなくなったということだ。

今日子さんからあらぬ疑いをかけられ、他の探偵を呼ぶことになるなんてスラップスティックコメディを演じるつもりは、僕にはない……僕は今日子さんの身体を拭くのに使ったタオルやキッチンペーパーを、彼女の寝室から持ち出した。タオルは脱衣所の洗濯かごに入れておく、キッチンペーパーは持って帰る――それで、寝室の始末はつくはずだ。

次はキッチンと、応接室の始末。

料理の痕跡を消すことだ――減ってしまった冷蔵庫の食材を追加することはできないけれど、五日間で使用した二人分の食器は、綺麗に洗っておかなければならない。台所用洗剤を、本来の用途に使うわけだ――応接室のテーブルの上に用意した料理は？　皿の上の失敗作は？　……ゴミ箱に捨てるわけにもいかないし、僕が二人分、食べるしかあるまい。酷い味のフルコースだが、これは自業自得である。

その他、僕という第三者……いや、探偵助手がここにいた形跡を、完全に消し去るのだ。

セキュリティの塊であるこのビルディングだが、入る分には難しくても、出る分にはそう難しくはない――逆に言うと、忘れ物をしても取りに戻ってくることはできないので、そこは万全の注意を払わなければならない。

指紋は、よっぽどあからさまに残っているもの（ガラステーブルや、グラスなど）以外は気にしなくていいだろう――と言うか、気にすべきではないだろう。僕がいたのは主に応接室であり、ならば、今日子さん以外の人間の指紋がないほうが不自然である。

ただ、絶対に残していってはならないのは、須永昼兵衛の九十九冊の著作だ――これが残っていれば、他の工作のすべてが台無しである。今日子さんのことだ、残された本からでも、須永先生の訃報の報道を照らし合わせて、芋蔓式に、自分がやっていた仕事に辿り着きかねない……そのあたりの推理力と、探偵としての勘を、絶対に甘く見てはならない。

段ボール箱にして約二箱……まあ、なんとか、一回で持ち出せなくはない量か……ここで役に立つのは、引っ越し業者に勤めていたときの経験か？　いやはや、なんでも役に立つものだ。

おっと、須永先生の遺稿……未発表原稿も忘れないようにしないと。まったく、価値のあるものなのだが、この原稿から始まって、こんなシチュエーションに陥っているのだと思うと、忌々《いまいま》しくさえあった。もっとも、正直な気持ちを言えば……正直で不謹慎していることを――今日子さんのためにできることをしているという充実感の他にも、あの名探偵・掟上今日子と、僕みたいなものが戦えているかのようで、高揚感がまったくないと言えば嘘になる。僕みたいな脇役に、期せずして見せ場が回ってきたようで――いや、これはやっぱり、極限状況にハイになっているだけなのだろう。いったん落ち着こう。

落ち着いたところで、応接室の、木目の床が目に入る――神経質になり過ぎるのはよくないが、応接室の髪の毛くらいは、拾っておいたほうがいいだろうか？　五日間、言うなら僕もここで生活していたのだから……普通ならば髪なんて、そこまで気にしなくてもいいだろうけれど、何せ今日子さんが総白髪だ。落ちている黒髪の本数が、あまりに多いと、やはり不自然だろう。だが、どうすればいい？　一本一本拾っていると時間がかかるが、かと言って掃除機を使えるはずもない――さすがにそんな爆音、今日子さんが起きてしまう。

が、清掃業者で事務仕事をしたときに聞いた方法で、ここは難を逃れた――ガムテープを手に巻いてぺたぺた床を這い回れば回収できる。指紋と同じで、応接室に他者の痕跡がまったくないのは不自然だろうかとも思ったが、逆にそこは、応接室だからこそ、清潔さを保っておくものかもしれないと思って、隅々まで徹底的に行った。

当たり前だが、このやりかただと、僕の髪と同時に今日子さんの白髪まで回収してしまった——当然ながら使用したガムテープも持って帰らざるを得ないのだが、この行為はいささかストーカーじみていて、自己嫌悪に陥る……キッチンペーパーを含め、帰り道の公共のゴミ箱に捨てて行くことを誓いながら、僕はようやく、キッチンと応接室の始末を終えた。

最後に、タオルを脱衣所に持って行く——そこで僕は青ざめた。そこにあった、濡れたジャケットを見て青ざめた。今日子さんを救助するときにシャワーの冷水を浴びて、ジャケットをここで脱いだことをすっかり忘れてしまっていたのだ。危ないところだった、こんなはっきりとした痕跡を残していって、何が完全犯罪だ……モリアーティ教授に失望される。

床に放っておいただけなので、ジャケットはまったく半乾きだったけれど、まあ、着る分には問題ない……そして今僕が着ているのが濡れ衣ではないことを思えば、我慢できる。

念のため、風呂場の中もチェックしてみたが、特にこれといって、片付けておかなければならないようなものはなさそうだ……濡れたジャケットの気持ち悪さも手伝って、いっそ締めにシャワーを浴びて帰りたいくらいだったが、わざわざ自分の痕跡を残すような間抜けをする意味など、どこを探してもなかった。

さて、と……。

これでもう、本当にすることはないのだから、あとは犯罪者としては、一刻も早く掟上ビルディングから脱出すべきなのだが、しかしその前にもう一度、今日子さんにお別れを言っておきたかった。感傷的な気持ちになったからというのもあるけれど、しかし実際的に、この時点で今日子さんがまだ目覚めていないことを確認しておかないと、気が気でないというのもあった。

そっと寝室に這入ってみて、戻ってきて正解だったと、僕は思わぬ幸運に感謝した――と言っても、それは僕の幸運と言うより、今日子さんにとっての幸運だったと言っていい。

今日子さんは、寝返りを打って、大きな枕を抱き枕みたいにして、眠っていた――あまり寝相はいいほうではないようだ。まあ、それは、それだけ深く眠っているということだろうから、どうこう言うものじゃあないのだが（そもそも僕に、今日子さんの寝相についてどうこう言う資格なんてあるものか）、戻ってきてよかったと思ったのは、室温である。

寝室の温度は、季節的にもまだ寒いというほどのものじゃあなかったが、しかし、今日子さんはついさっきまで、冷水を浴び続けていたのである。体温は相当に低下しているはず――掛け布団が意味をなさない寝相も、普段ならば微笑ましくていいだろうが、保温の上では、見逃すわけにはいかない。

これだけの設備の整った建物だ、寝室にエアコンが備えつけられてないわけがないだろう……と、僕は入口のドア付近を見る。案の定、電気スイッチのすぐそばの壁に、エアコンのリモコンが埋め込まれていた。

普通、寝ているときに、エアコンをつけっぱなしにはしないだろうが……タイマーで一時間後くらいに自動で切れるようにしておけば、たとえ途中で目が覚めたとしても、そんなに不思議ではないはずだ。幸い、このタイプのエアコンは、作動時に電子音がしないタイプだから、それで今日子さんを起こす心配はない——なんて、家電量販店で働いていたときの知識を生かしながら、僕は温度を二十六度に設定し、エアコンを暖房で作動させた。

と、そう言えば、エアコン本体の位置を確認していなかった。直接今日子さんに風が当たっては、逆に寝苦しくなるかもしれないから、風向を調整しないといけないかも……ん？　本体が見当たらない？　ああ違う、この機種は、天井に埋め込む方式のエアコンだったか——と、僕は視点を真上に向けた。

そして——ぎょっとする。

天井。

そうだ、僕はこの部屋に這入ってから、まだ一度も、天井を見上げていなかった——確かに、そこには最新鋭のエアコンが埋め込まれていた。どの風孔からも、寝台で眠る今日子さんに風は当たらない位置だ――考えてみれば、寝室のベッドを、エアコンの風が当たる位置に設置するはずもない。

だから――僕は、天井なんて見るべきではなかったのだ。なぜなら、天井にあったのは、エアコンだけではなかったからだ。

僕は知った。

今日子さんが、この部屋には『絶対に這入らないでください』と言った、その言葉の真の意味を――天井には黒いペンキで太々と、こう記されていたのだ。

『お前は今日から、掟上今日子。

探偵として生きていく。』

その荒々しい手跡は――どう見ても、今日子さんの字ではなかった。

4

現場の始末をすべて終え、僕が掟上ビルディングをあとにしたときには、終バスも出たあとで、かと言ってタクシーに乗れるような持ち合わせはなく（アシスタントとしての給料などもらえるはずもない）、僕は大量の本の詰まった段ボールをふたつ抱えて、歩いて帰るしかなかった――実はここが一番辛い工程だったかもしれない。

数時間の行軍の末、自宅アパートに帰って、ようやく泥のように眠ったけれど——しかし、これで終わりでもなかった。現場の後始末は終わっても、まだ僕には、完全犯罪遂行のために、口裏を合わせなければならない相手がいる。

言うまでもなく、今回の事件の直接の依頼人である、紺藤さんだ——翌日、起きたらもう昼過ぎだったけれど、即座に紺藤さんの携帯電話に連絡を入れ、アポイントメントを取った。今日は会議が連続しているが、その隙間でよければ、作創社に来てくれれば時間が取れる——とのことだったので、僕はそれでいいと承諾し、出掛ける準備をした。

今日子さんもきっと今頃、目を覚ましているはずだが——どうだろう、目覚めた今日子さんは、何を思っているだろう？　僕の稚拙な証拠隠滅は、果たして名探偵に通じているだろうか？

……もう、そこは終わったことだ、考えても仕方がない。失敗を反省してやり直すなんてことはありえないのだ。だから今、できることをするだけ——僕は須永先生の本が詰まった段ボール箱を持って、バスを乗り継いで、作創社へと向かった。

この日、初めて。

僕は降車ボタンを自分で押した。

「……驚いたな」

と、作創社内の社員食堂で、紺藤さんは僕の話を聞き終えて、そんな風に言った。僕は申し訳ない気分で、

「うん、紺藤さんには悪いと思っている、僕の勝手な判断で。だけど……」

と釈明するように言い掛けたが、紺藤さんは軽く、「いや、そうじゃない、俺が驚いたのは、お前の『犯行』の、あまりの手際の良さだよ」と笑った。

「どうして厄介みたいな気のいい男を、みんながこぞって疑いのまなこで見るのかと、俺は常々不思議だったけれど、いやはや、案外間違っていたのは俺かもしれないな。お前には名探偵そこのけの、犯罪者としての素質があるじゃあないか」

「じょ、冗談でもそういうことを言うのはやめてくれよ、紺藤さん。今思い出しても、昨夜のことは戦々恐々なんだ――どうして自分があそこまで大胆な行動をとれたのか、全然わからない」

と言っても僕は、『犯行』の一部始終を、紺藤さんに語ったわけではない。すべてを詳細に語ってしまえば紺藤さんを共犯者にしてしまうから――という実際的な理由ももちろんあるけれど、シャワールームから全裸の今日子さんを救助した、なんて話をするのは、並々ならぬ抵抗がある。今日子さんの名誉のためにも、そこは特に秘しておくべきだろう。

あくまでも、四徹の結果倒れてしまった今日子さんを介抱した、現場から仕事の痕跡

を消してきたとだけ、僕はふんわりと説明した――そして当然、寝室の天井にあったあのメッセージについても、一言も触れていない。

「とにかく……、紺藤さん。今回の依頼は無かったことにして欲しいんだ。今日しかない今日子さんには、最初から無理な話だったんだよ。どうしてもと言うなら、僕が責任を持って他の探偵を紹介するから……」

「いや、それには及ばないよ、厄介。依頼は撤回しよう……こうなると、むしろそっちのほうが都合がいいかもしれない」

「？　都合がいい、とは？」

「実を言うと……お前が掟上さんと仕事をしてくれている間に、こちらのほうでも動きがあってな。いわば、須永先生のご遺族の意向なんだが……須永昼兵衛の死は、自殺だったということにならないか、と迫られていて」

「…………？」

意味がわからなかった――いや、わかりたくなかっただけかもしれないが、飲み込みの悪い僕に、紺藤さんは更に説明する。

「つまり、須永先生の最後の原稿を、ただ最後の一作として発表するのではなく、そういう形で世に出せないか、というわけだ――『自殺した作家の遺稿』となれば、プロデュース上、セールス的には大きな売り文句になるのは確かだよ」

「……ご遺族とは、あまりいい関係じゃあなかった、のかな。須永先生は」

そんな風に、オブラートに包んだ反応をするのがやっとだった。

「どうだろう。前にも言ったが、作家にとって自殺というのは、必ずしも不名誉な最期じゃあない——感情や建前を抜きにして話せば、そんな風に発表すれば、須永先生の名が上がるのは確かだよ」

「……でも」

と、僕は口ごもった——今日子さんが言っていた。新作であり遺作の『とうもろこしの軸』は、いつも通りの須永昼兵衛だったと——いつも通りの、楽しめると同時に次回作が気になる一作で、だからそれをもって絶筆とすることを、須永先生は決してよしとはしないだろう、と。

だが、そんな見解を、ここで俎上《そじょう》にあげることはできない——今日子さんは、もうこの仕事を降りているのだ。否、僕が引きずりおろしたのだ——探偵としても、須永先生のファンとしても、今日子さんの意見は、もう事態には反映されない。

僕の内心をどの程度まで察しているのか、紺藤さんは、

「だから、掟上さんや、他の探偵に、下手に——上手にか、調査されて、『自殺でない』なんて結論が出てしまうほうが、俺達は遺族との板挟みになって、困っていたかもしれない——ここで自ら掟上さんが引いてくれるというなら、そっちのほうが助かる、

とも言える」

と言った——今日子さんは自ら引くわけではないけれど、まあ、紺藤さんの立場から見れば、同じことか。なにせ、助手が反乱を起こしたのだから——組織人として評価するなら、それは上長である今日子さんの責任だ。

「……今日子さんの名誉のために何度でもしつこく言っておくけれど、紺藤さん。この仕事は元々、今日子さんには不向きだったんだぜ。置手紙探偵事務所のルールを、色々と度外視しての依頼だったということを忘れないでほしい。今日子さんのファン心理につけ込んでの仕事だったということを——」

「わかっているわかっている、そう怒るな。これで、掟上さんの評価を下げたりはしない——一応、俺も言い訳をさせてもらえれば、俺だってまさか掟上さんが、百冊もの本を全部読むなんてところまで、熱を入れて調査をしてくれようとは思わなかったんだ」

僕をなだめるように、紺藤さんは釈明した——それは確かにそうだった。倒れるところまで仕事に熱中した今日子さんの、自己管理の甘さが、今回の事態を招いたとも言える。

できないことをできないと言うのは、社会人として最低限の心得である——今日子さんには今回、それが欠けていた。裏を返せば、それだけ彼女は須永先生のファンだと言うことになるのだろうが……。

「……紺藤さん。以前言っていたことを、もう少し詳しく教えてもらってもいいかな。今日子さんが探偵を志したのは、須永先生の著作を読んだからだ――と言っていた。あれはいったい、どういう意味だったんだ？」

「ああ……それは、俺としたことが口が滑ったんだが、しかしこうなると、沈黙を保っているわけにもいかないか。……里井先生の事件のとき、俺がお前に、掟上さんは昔、海外で活動していたことがないかと質問したことを覚えているか？」

「ああ、うん。忘れてくれとは言われたけれど、何分、印象的だったから……」

今日子さんに似た人と、紺藤さんが海外支部で働いていたときに会ったことがある、というような話だった。

「何を隠そう、その女性が、須永先生の愛読者だったんだよ――そもそも俺が彼女と接点を持つことになったのも、俺が須永先生と知り合いだったからなんだ。当時の作創社の社内事情も絡むから、退職したお前にすべてを語るというわけにはいかないんだが……俺はそのとき随分と、彼女に助けられたものだった。今の俺があるのは、彼女のお陰だと言ってもいい」

「へえ……」

紺藤さんほどの男がそこまで言うとは……、今の紺藤さんがあるのがその人のお陰なら、間接的に、今の僕があるのも、その人のお陰ということになるけれど、そんな人物が、今日子さんと同一人物だというのか？

「いや、わからない。年齢の計算が合わないようにも思うし、俺はいい加減なことを言っている。ただ、昔の思い出を追っているだけかもしれない――失礼にも、掟上さんにその人を重ねているだけなのかもしれない。それを確認したくて、今回の仕事を掟上さんにお願いしたというのも、実はある」

「そ、そうだったのかい」

妙に今日子さんにこだわると思っていたが……、そんな意図があったのか。ひょっとすると、僕に今日子さんをデートに誘わせるにあたって、須永先生の別荘を行先に選んだのも、そういう隠された第二の意図があったのだろうか――あるいはそちらこそが、紺藤さんにとって、第一の意図だったのかも。

「じゃ、じゃあ、結果、確証は得られたのかい？」

「いや、余計わからなくなったというのが正直なところだ――確かにその人は須永先生の熱烈なファンではあったから、掟上さんが基本ルールを破ってまでこの依頼を引き受けてくれたときには、もしやと思った。あれから彼女は、須永先生のファンが昂《こう》じて、探偵になったんだとほとんど確信しかけた――だけど、彼女は間違っても倒れるまで無茶をするような人じゃあなかった……」

そもそもあの人は、一日ごとに記憶がリセットされるなんて特性を、持っちゃあいなかったしな――と、紺藤さんはまとめた。そこだけ切り取ると、確かに明白に別人だが……、しかしそれは、紺藤さんが帰国して以降、記憶がリセットされるようになったのかもしれない。その際、紺藤さんとの出会いの記憶も、一緒に失った可能性だってある。

ただ、仮にそうだとしても、ひとつ確かなことは、決して今日子さんは、須永先生のファンが昂じて探偵になったわけではないということだ――今日子さんが探偵をやっている理由は。

寝室の天井に書かれたあの文字。

『お前は今日から、掟上今日子。

探偵として生きていく。』

……朝起きて、『昨日』の記憶を失って起きて、一番最初に目に入る、誰が書いたのかもわからないあの『指令』に従っているだけなのだ――しかし、皮肉なことに、探偵でなければ、今の彼女は生きていけないのである。

「どちらにしても、もう掟上さんを試すような真似はしないほうがよさそうだ――あまりに危なっかし過ぎる。すまなかったな、厄介。俺は金輪際、あの人の過去を探るようなことはしないよ」

「あ、ああ……そうしてあげてくれ」

「お前がいなければ、俺は取り返しのつかないことをしていたかもしれん。これからも今回のように、掟上さんを支えてやるんだな。彼女には助手が必要だろう」

「……紺藤さん」

いや、取り返しのつかないことをしたのは僕のほうだ。僕はもう二度と今日子さんに会うつもりはない——元々そんなに親しかったわけでもないし、紺藤さんにそそのかされなければ、デートに誘うようなこともなかった。今日子さんを裏切ってしまった僕は、今後、彼女に仕事を依頼することも、まして彼女の仕事を手伝うこともない——そう言おうとしたとき、バスルームで倒れている今日子さんの姿が思い出された。

あのまま冷水を浴び続けていたら、低体温症になって、本当に死んでいたかもしれない——しかも今日子さんは、その失敗を忘れてしまう。彼女は『懲りる』ということができないのだ。

誰かが助けなければ。

……ならば僕は、誰かが今日子さんを助けてくれるのを、指をくわえて待ち続けるのだろうか……そんな白馬の王子様が現れなかった場合は、可哀想だったねで、話をまとめるつもりだろうか？　『誰かがやらなければならない』と言うのは『自分はやらない』と宣言しているようなものだ——僕は今日子さんに、そんな宣言をするのだろうか？

だけど僕にはわからないのだ。今回僕がしたことが、本当に今日子さんのためになっているのかどうか——僕の裏切りは、本当に彼女のためになっているのかどうか。

「……そうだ。紺藤さん。ひとつ、訊いておきたいことがあるんだった——『とうもろこしの軸』は、通常の進行だったら、いつ頃発売になる予定だったんだい？」

いたたまれなくなった僕は、話題を変える意味も込めて、そのことを確認しておくことにした。今となってはどうでもいいことかもしれないけれど——

「？　『とうもろこしの軸』？」

「ああ、失礼。須永先生の遺稿のことだよ」

「ふうん……掟上さんがつけたのかい？　確かに、らしいタイトルだな。予定では、来年の春先……二月くらいに発売されるはずだったぞ。もっとも、須永先生がお亡くなりになったことで、いくらか前倒しされることになると思う……ご遺族の意向もある」

また『ご遺族の意向』か……いや、部外者で無関係の僕が口を挟むべきではない。遺産分与や相続税の問題など、色々あるだろう。ただ、作家にとって自殺は決して不名誉ではないというのはその通りなのだとしても、しかし、自殺ではないのに自殺と発表されてしまうことは、やっぱり本意ではないのではないだろうか——作家としてではなく、人間として。

「こう言っちゃあなんだが、自殺するのにあまりにいいタイミングだったことも事実なんだよな。数あるシリーズを閉じ、その『とうもろこしの軸』も新シリーズではない単体の小説で、つまり未完の小説を残さず亡くなっている——意図を感じずにはいられないよ」

二度あることは三度ある——が、三度目の正直、か。

「だから厄介、この件はそれで片が付いてしまうと思うよ——作創社としても、本は売れるほうがいいに決まっているからな。部署も違い、直接の担当ではない俺だって、口を挟める立場じゃない。元々、どちらとも取れるような曖昧な状況だったんだ。須永先生の死は自殺ではないという、確たる証拠が出てこない限り——」

「須永先生の死は自殺ではありませんよ」

と。

そこで——僕と紺藤さんが向かい合っていたテーブルに、ふてぶてしくも何の断りもなく、誰かが相席してきた。音もなく椅子を引き、上品に腰掛ける。

小柄な女性だった。眼鏡をかけた——総白髪の女性だった。

すっきりとしたパンツルックで、シャツを第一ボタンまでとめている。

「初めまして、掟上今日子です」

置手紙探偵事務所所長、掟上今日子。

堂々とそう名乗って彼女は——探偵は、手にしていた、なみなみ注がれたブラックコーヒーの紙コップを持ったまま、にこやかに宣言する。

「では、証明を開始します」

5

突如現れた今日子さんに、紺藤さんは驚いた風に僕を見る——話が違うじゃないかと言いたげだが、彼女の登場に誰よりも驚いているのは僕である。またぞろ紺藤さんの計らいかと思ったくらいだ——しかし、この反応を見る限り、それはない。

ただひとり、落ち着き払った態度で微笑む今日子さんは、「申し訳ありません、編集部に寄っていたら、遅くなりました」と言う——そして小脇に抱えていた封筒を、テーブルの上に置いた。

「小中さんからこれを受け取って、読ませていただいていたら、こんな時間に——お待たせしました」

「これは……」

と、紺藤さんはその封筒の中身を改めたが、しかしそれには及ばなかっただろう——中に入っているのは、須永昼兵衛の遺稿のプリントアウト、『とうもろこしの軸』に決まっている。僕が回収したものとは違うコピーだろうが、厚さや状況から判断して……。

「素晴らしい原稿でした。仮に『ホーム・スイート・コーン』と名付けておきましょう」

今日子さんは澄まして言う——仮につけるタイトルも、感想も違う。感想については、出版社の人間である紺藤さんを前に飾っているというのはあるだろうが……、仮題が変わっているのは、これが『今日の今日子さん』だから？

小中さんというのは、確か文芸の部署に所属する須永先生の直接の担当……、そうか、紺藤さんの同期である彼から、詳しい話を聞いたのか。編集部というのは、そっちの編集部のこと……口止めが間に合わなかった……しまった、紺藤さんから今日子さんの過去らしきものを聞いている暇があったら、一刻も早く、紺藤さんに社内の政治工作に入ってもらうべきだった。

いや、そもそもどうして今日子さんが社内に、という話だ——事情を知っている小中さんに言えば、原稿のコピーを受け取ることはできるだろうが、そもそも社内に這入って来るには受付を通らないと……。

「そこは、探偵ですから。潜入調査はお手のものです——関係者みたいな顔をしたら、すっと入れてもらえましたよ。本当は紺藤さんを訪ねようとしたんですけれど、会議で不在のようでしたので、須永先生の直担の小中さんを。その後、会議を終えた紺藤さんは社員食堂にいると教えてもらいました」

今日子さんはそう説明した——が、それでは、説明になっているようでなっていない。まあ今日子さんならば、出版社の強固なセキュリティを突破するのに難はなかろう……と言うか、そのためのパンツルックか。若い女性なら警戒されにくく、澄まして通れば通してもらえるかもしれないが、僕達が気にしているのはそもそもどうして今日子さんがここに来たか、である。

混乱の極致にある僕を向いて、今日子さんはにこっと笑い、「で、どちらが紺藤さんですか？」と言う——慌てて紺藤さんが、先生に名前を呼ばれた生徒のように挙手した。ダンディな彼らしからぬその滑稽な挙動に、僕は却《かえ》って冷静になれた。

記憶は飛んでいる……紺藤さんの顔も僕の顔も憶えていない。だけど、今日子さんは須永先生の死に絡んで、作創社から依頼を受けたことを知っている——小中さんから聞いたから、じゃあない。だってそれを知らなければ、作創社を訪ねて来たりはすまい——じゃあ、結局、僕の現場の処理に、抜かりがあったということか？

目を覚ました今日子さんは、自分のオフィスから違和感を感じ取り、そして作創社にやってきた……いや、そうだったとすれば、そこまではいい。いったい、僕の隠蔽工作の、どこにミスがあったのかは定かではないけれど、事実こういう状況になった以上、それは受け入れる。

だけど……、わからないのは、今日子さんが現状、既に須永先生の死の真相を突き止めたかのような振る舞いを見せていることだ——なんにしても、今日子さんは力尽きた。それだけは確かで、起きたときには、記憶は——五日分の記憶はリセットされたはずなのだ。それなのに、どうやって須永先生の死の真相を突き止めたというのだ？

目が覚めてから、もっとも多く見積もってもたったの半日で、須永先生の全著作——百冊の本を読んだというのか？　無理だ、それができるなら最初からやっている。読めても精々十冊以下……それで何かがわかるわけがない。そもそも、掟上ビルディングからは、須永先生の著作を僕がすべて持ち出している——あの中には相当数、手に入れるのが難しい絶版作品もあるはずだ。

……ハッタリ？

ハッタリは言い過ぎにしても、更級研究所で真犯人に対してそうしたように、今、今日子さんは、僕と紺藤さんに対して、ゼロの状態で、虚勢を張っているだけ……？

「……須永先生の死は自殺でない、とおっしゃいましたが。もちろん、根拠があっておっしゃっているんですよね、掟上さん？」

「ええ。私は根拠のないことを言いません——探偵ですから」

紺藤さんからの問いかけに、今日子さんはにこやかに、ふてぶてしく答える——疲労の色を感じさせない、いつもの、通常運転の今日子さんだ。

「ただしその前に、ひとつ、確認させてください——あなたが隠館厄介さんですか？」

「え？　あ、は、はい……」

へどもどしながら、僕は答える——今日子さんに裏切り行為を働いたという罪悪感があって、彼女を直視できない。かなり挙動不審に見えただろう——今、須永先生を殺した犯人はお前だと指摘されたら、僕自身納得してしまいかねないくらいだった。

「そうですか。いえ、小中さんから聞いています——あなたが私の仕事を手伝ってくれたそうですね。ありがとうございました」

小中さんの口が軽過ぎる。いや、彼を責めても仕方がない——探偵の技術で事情聴取されて、口止めされてもいないことを隠しきれるわけがない。

「あ……い、いえ、手伝ったというほど、お役に立てたわけでは……」

「そうですね。むしろ邪魔をしようとした」

と、今日子さんは笑顔のままで言った。

……やはり、手抜かりを見抜かれていた。

しかし、今日子さんは「ありがとうございました」と、繰り返した。

「隠館さんが邪魔をしてくれたお陰で——真相がわかりやすくなりました」

「……え？　それは、どういう……」

「そ、その前に」

と、紺藤さんが割り込んだ。

「どうして、わかったんですか、掟上さん——その、我々があなたに、須永先生の死について、調査をお願いしたことを」

「んー。えっと、それ、重要ですか？」

「重要です——弊社は忘却探偵としてのあなたを見込んで、依頼申し上げたのですから。あなたの記憶が、リセットされることなく日をまたいでも維持されるのであれば、看板に偽りがあったことになる」

これは紺藤さん流のレトリックだろう。むしろ、犯行を看破された僕の混乱を汲んで、僕の代わりに訊いてくれたようなものだ。

「そうですか、言われてみれば、確かにその通りです——まあどの道、真相を説明しようとすれば、言わざるを得ないことでしたが。隠館さん」

と、今日子さんはテーブルの上に、一枚の紙を置いた。

「部屋を掃除していってくださったのは助かりましたが、こんな大切なものを忘れていってはいけませんよ——重要な証拠です」

折り畳まれたその紙は——果たして、紺藤さんが作成した、須永昼兵衛の著作リストだった。ご丁寧にも作成者として『作創社・紺藤文房』の名前まで入っている。これで、今日子さんが作創社を訪ねてきた理由ははっきりした——が、しかし。

「そ、そんな……こんなものが、どこに」

「脱衣所です。起きて、シャワーを浴びようとしたら発見しました——どうしてそんなところに落ちていたのかまではわかりませんが、心当たりはありませんか？」

逆にそんな風に質問されて、考える——脱衣所？　確かに、僕が一番どたばた混乱した場所ではあるが……、濡れたジャケットを脱いだときか？　ジャケット自体は最終的に回収したけれど、その際、ポケットからこぼれ落ちたとか……そんな見落としをするわけがない、と思いたいけれど、事実、そのペーパーは今日子さんの手の内から出てきた。

「前言撤回だ、厄介。お前に悪いことはできないな」

紺藤さんが苦笑しながら言った——言葉もない、ただ恥じ入るばかりだ。

「掟上さん。どうか、わかってやってください——厄介がそんなことをしたのはあなたの身を慮ってのことなんです。決して、あなたの邪魔をしようとしたわけではありません」

紺藤さんはそんな風に僕を庇ってくれた——本当にできた人だ。もしも僕が、全裸の今日子さんを介抱したと知っても、そんな風に庇ってくれたかどうかはわからないけれど。

「ええ、了解しています——私も、相当無理をしたようですし、それについては感謝しかありません」

と、今日子さんも言ってくれた……その振る舞いを見る限り、感謝の言葉に偽りはなさそうだ。さっきの発言から察すると、自分がシャワールームで倒れたとは思っていないようだし……ならば、今日子さんに余計な恥をかかせないためにも、せめてその件だけは最後まで隠し通そうと、僕は、

「でも、それでわかりやすくなった、というのはどういうことなんですか？　僕は須永先生の著作をすべて持ち出してしまったというのに――」

　そう事件そのもののほうへと話を持って行った。一番の部外者でありながらその性急さは不自然だったかもしれないが、今日子さんは、「須永先生の全著作を読む必要なんて、そもそもなかったということですよ」と言った。

「はっきり言えば、このリストだけ見れば、事件はほぼほぼ解決できていたんです――オッカムの剃刀ですね。たぶん『昨日の私』は、須永先生のファンゆえに、仕事にかこつけて全著作を読みたいという気持ちも強かったのでしょう」

「で、でも――え？　このリストだけで？　ど、どうやってですか――」

　僕が何度も目を通した通り、あくまでもただの、須永昼兵衛の著作リストだったが……、紺藤さんが作っているだけあって詳細なそれではあるけれど、しかしリストはリストだ。これだけで、須永先生の死の真相がわかるとは思えない。

「それがわかるんですよ。私は脱衣所でこのリストを見て、一秒で気付きました」

「い、一秒ですか」

最速の探偵。

「見てください。重要なのは――ここです」

今日子さんが指さしたのは、リストの下段部分――具体的には、出版月日欄だった。この本が、キャリア何年目の何月何日に発売されたかを記載している枡《ます》――その欄を眺めるだけでも、作家・須永昼兵衛の四十五年にわたる歩みを知れるというものだが――

これが？

「ぴんと来ませんか？」

「来ません」「来ません」

僕と紺藤さんの声が揃う。今日子さんは教え子に丁寧に指導する家庭教師のように、「たとえば」と例を挙げる。僕はまだしも、紺藤さん相手にその態度は、ふてぶてしさの範囲を越えている。

「ある作家の著作の発売日が、すべて一月に偏っていたら――毎年一月に集中していたら、そこには作家の強い意志があると思いませんか？」

例が極端過ぎて、咄嗟には把握できなかったが……、まあ、そりゃあそうだろう。該当作家の、一月に対する強いこだわりを、否応なく感じることになる。逆に、四月には絶対に本を出さないという作家がいたら、そういう縁起を担ぐ人なんだろうと、思わされるだろう。

「だけど須永先生の著作の刊行には、そんな偏りはありませんよ……アトランダムというか、多作な作家だけあって、満遍なく、十二ヵ月に散っていると言うか……」

「もちろん、この表を全体的に見れば、そうでしょう……だけど、細分化すれば？　シリーズごとに分けて、考えてみてください」

「シリーズ……」

須永先生の抱える、二十二の小説シリーズ……つまり、シリーズごとに発売月が偏っているということか？　あるシリーズは偶数月に発売され、またあるシリーズは奇数月に発売されているとか……僕と紺藤さんは、手分けして、その確認作業に入った。

その間、今日子さんは優雅にコーヒーを飲んでいる……だが、結果はかんばしくなかった。シリーズごとで通算してみても、有意差と言えるような偏りは見つからない。唯一、『名探偵めい子』シリーズが、発売がすべて偶数月に片寄っているようだが、これは発売の間隔を空けられない、隔月での刊行をベースとする少年少女小説の必然と見るべきだろう……意図と言えば意図だが、作家の意図と言うより、出版社の意図だ。

「掟上さん、私は次の会議があるので、あまり時間があるわけではないのですが……」

紺藤さんが、骨折り損をさせられたことにやんわりと文句を言ったけれど、今日子さんは何食わぬ顔で、「失礼。男子のがんばっている姿が好物なもので」と軽くいなした。

「では、野暮にもずばり答を言ってしまいますが——重要なのは、シリーズごとに選りわけて、あとに残った作品です」

「あとに——残った？」

「つまり、ノンシリーズの六作品ですよ」

言われて、リストを見直す——確かに、見落としていた。シリーズごとにくくって発売日を分析したけれど、シリーズじゃない作品、というのも、それはそれでくくりにはなりうる。集合から外れるものを集めても、また集合なのだ。

単体の小説、六作品。

デビュー作の『水底の殺人』から、八年目に発売された『瞳悟空』、あとは……

「あ」

それら六作品は——すべて、二月に発売されていた。

6

これは……どう見るべきだ？

一秒と言うのは大袈裟にしても、確かにリストだけを見たからこそ、わかる共通点だ——著作百冊とか、四十五年の作家歴とか、作風とかジャンルとかをそぎ落として、純粋に味気のない出版情報だけを箇条書きにしてこそ、見つかる共通点だ。

それゆえに、ただの偶然だと切って捨てることもできるだろう——たまたま、六作の発売月が揃ってしまったのだと。しかし、二作や三作が重なるのならまだしも……六作？ 単純計算で、12分の1かける6……いや、確率を計算する気にもならない。意図的な調整があったとしか思えない。

……そう言えば、例の宝探し。

大御所作家のお遊びで、ほとんどの場合、編集者が見つけるまでヒントを出し続けてくれると言っていたが、結果、見つからないパターンもあるとも言っていた。ごくわずかな例外にしても、出版社側からすれば洒落では済まない事態だと思うのだが、ひょっとして須永先生はそうやって、本の発売日を微調整していた……？

どうして誰も、こんなあからさまな事実に気付かなかったんだ——と、示されれば思うけれど、こんなダイナミックな仕掛け、気付けるものか。四十五年もかけて、九十九冊の中に紛れ込まされたら……、スケールが違う、それに、時代が違う。今ならデジタルのデータベースで、統計を取ることもたやすかろうが、偉大なる作家の活動履歴は、すべてがインデックス化される以前から脈々と続く長大なものだ。

だから——だから？

いや待て。論理の飛躍が激しい。こんなのは、思いつきを繋げているだけだ——僕は今日子さんを見た。睨んだ、と言ったほうがいいくらい、強い視線になってしまったかもしれないが、今日子さんはそれを軽く受けて、受け流して、

「私の予想では、この新作――ノンシリーズの新作『ホーム・スイート・コーン』の発売日は、年明けの二月を予定していたんじゃないかと思うんですが」

と言った。

発売日。

そうだ、『昨日の今日子さん』も、それは気にしていた――遺稿の発売日についての疑問を、左足に書き留めていた。有効な仮説として……ただ、あまりに情報が多過ぎて、その仮説を検証するには至らなかった。たとえば、『須永作品には自殺者が出ない』ことも、全作品に亘って確認しなければならなかった――有力であろうと、百冊読み終わるまでは、仮説の証明に入るわけにはいかなかった。だが、今日の今日子さんには、最初から情報が欠けていて――だからこそシンプルに、ひとつの仮説に注力できた。

紺藤さんは首肯した。

僕もさっき聞いている――たぶん前倒しされるであろう新作の発売日は、本来、来年の二月だったと。

「そもそも、作創社に足を運んで小中さんから話を聞くまで、私は依頼内容も忘れてし

まっていたんですが——でも、脱衣所に残されていたこのリストを見て、おや、と思いました。ノンシリーズに限った、発売日の偏り——幸い、私はノンシリーズのうち半分を読んで……憶えていましたので、残り半分を作創社に来るまでの本屋さんで購入して、読ませていただきました——絶版になっていなかったのが幸いでした。そして先程小中さんに須永先生の遺稿を読ませていただいて、結論を導き出しました——」

遺稿を含めてたった四冊ですから、すぐ読めました。

今日子さんはそう言う——四冊だって、すぐには読めないだろうが、しかし百冊読むことにくらべれば、その労力は雲泥の差だろう。既読の作品の再読を、結果、しなくて済んでいるし……。

「——ノンシリーズだと思われていたこれら七作は、共通するテーマを持つ、ひとつの確立したシリーズなのだと」

「……とても、そうは思えませんが」

紺藤さんは慎重に答える。リストを作った張本人でありながら、そんな共通項に気付かなかった不明を恥じて、強くは出られないのかもしれないが——それでも、かつて須永先生と縁のあった編集者として、言うべきことは言わねばならないのだろう。

「七作品とも、主人公や主要登場人物はもちろん、テーマもジャンルも、まったく違うようにしか読めない——」

「仰る通りです。私も、この七作に特化して読まなければ、そうとは読めなかったでしょう。なぜなら、これら七作に一貫しているのは――脇役ですから」

今日子さんはどん、と、袖をまくった自分の左腕をテーブルの上に置いた――そしていつの間にか右手に持っていた細い油性ペンで、自分の肌に、以下のような内容を書いていく。

「一作目の『水底の殺人』――主人公の妹、そのクラスメイトに、とある少女が登場します。特にこれと言った見せ場もない、名前も出てこない、友人その一としての扱いです」

「……そんな登場人物、いましたっけ？」

紺藤さんが首を傾げるも、今日子さんは「覚えてらっしゃらないのも無理はありません――本当に見せ場はありませんし、数少ない台詞も平凡なそれです。ヒントがあるとすれば、主人公の妹と出席番号が近い、苗字が『ま行』から始まる生徒という暗示があるくらいです」と言って、「そして『水底の殺人』から七年を経て発売された、ノンシリーズ第二作『瞳悟空』には、殺人事件の目撃者として、若い女性が登場します」と、描写を続ける。

「『桃田《ももた》』という名前が出てくるだけで、やはり確たる描写はありません――目撃者というだけで、別段『実は犯人』でもありませんし、その後重要な役割を振られたりはしません」

「…………」

「更に九年後の二月に発売されたノンシリーズ第三作目『天使が通る人生』に登場する、主人公の女性刑事のペンフレンド『桑田《くわた》』さん。性別も明らかにされていない、事件とかかわることもない相談相手という風です。翌年二月に発売されたノンシリーズ第四作『すったもんだの殺人』では、『朝美《あさみ》』さんという主婦が主人公の探偵を旅行先で道案内してくれます。九年後の二月に発売されたノンシリーズ第五作『バタ足倶楽部《あしくらぶ》』には『受付のおばさん』と呼ばれるかたが登場していて、更に七年後、ノンシリーズ第六作『黄緑少年《きみどりしょうねん》』には、『朝ちゃん』を名乗る初老の女性に、主人公の子供達が席を譲る——で、来年二月に発売される、何と十二年ぶりのノンシリーズとなる、遺稿にして新作、『ホーム・スイート・コーン』では、主人公の一家に、とうもろこしをわけてくれる農家のおばあちゃんが登場します」

今日子さんの左腕が、あっという間に埋まった——ノンシリーズの中にそれぞれ登場するという、七人の『脇役』の描写によって。

「この七人が……同一人物だと？」

紺藤さんの質問に、「そう考えると、ぴったりハマるんですよねー」と、言う。

「なにがって、年齢が。一作目で女子学生だった少女が、その七年後の二作目で若い成人女性になり、その九年後、十年後の三、四作目では三十路過ぎ……更にその九年後の五作目では四十代の『おばさん』になって、その七年後の六作目では五十代の初老……そして、十二年後には、六十代のお婆ちゃん」

ぞっ――とした。

今日子さんの腕を通して、人の一生をまざまざと見せつけられたようで――ノンシリーズの中において、一人の登場人物が、読者の目に留まることなく人生を送っていた？　目立つことなく、誰にも気づかれず――脇役として？

もしそれが事実なら、それは確かに七作に特化し、そして出版順に読んだからこそ推定できた事実だ――途中でくじけたとは言え、逆向きに読まず順番に読むことにこだわった、今日子さんの探偵としての方向性は、決して間違っていなかったのだ。

「『朝美』さんと『朝ちゃん』が同一人物……と推定するだけなら、まだわからなくはありませんが、しかし掟上さん、七人全員がそうだというのは、無理がありませんか？　『桃田』と『桑田』じゃあ、名字からして違う」

「ご結婚なさったんだと思います」

今日子さんは紺藤さんの反論を歯《し》牙《が》にもかけない。

「物語の脇役として、決して大きなトラブルに見舞われることもなく、友人を作り、結婚し、働き、家庭を持ち、子を育て――四十五年にわたり、須永先生の作品の中で生きている。それがこの人——旧姓桃田朝美さんなのです」
「……仮にそうだとして、意味がわかりません。どうして須永先生は、シリーズもので
もない六作、いや七作ですか、七作の小説の中に、そんな脇役を出し続けたんですか？
まるでカメオ出演じゃないですか——でも、桃田朝美さんなんて、誰も知らない」
「それを知るのが私の仕事です。ここから先は、名探偵の推理と言うより、現実的な探
偵としての通常業務でした——即ち、人探しであり、身辺調査です。須永先生の生涯に
関わる、桃田朝美という名前のかたを探しました」
小中さんにも協力していただきましたが、と前置きをする今日子さん。
「三十分とかからず突き止められました——須永先生が十七歳の頃、近所に住んでいた
同い歳の女の子です。将来を誓い合った仲だったそうですが、自殺なさったそうです」
詳しい事情はわかりません、と今日子さんは事務的に言った——自殺。果たして何が
あったのだろうか——何があったとも想像はできそうだが……あるいは今日子さんも、
そこまで調べはついていて、黙っているのかもしれない。それとも、突き止めたのでは
なく、あえてそこで、調査を止めたのかも。
須永作品には、自殺という言葉が出てこない。
それは——十代の頃の恋人が、そんな死にかたを選んだからだったのか？
「じゃ、じゃあ……二月というのは、その桃田さんの、亡くなった月……ということで

すか？」

「いえ、誕生月でした。二月生まれだったそうで——まあ、須永先生が小説家になった理由を、死んだ桃田さんを小説の中で生かし続けるためだった、とまでするのは、ロマンチスムにしてもいささか強引だと私も思います。小説家を志された理由は、他にも色々あるでしょう——だけど、少なくともその理由のひとつではあったのではないか、と推理しないことも、同様に無理があります」

死んだ人間を、小説の中で生かし続ける……普通に聞いたら、一笑に付すような話だったかもしれない。あるいは、知り合いをモデルにしたキャラクターを登場させるなんて、よくある話だと、聞き流すこともできたかもしれない。

だが僕にはこの推理を、笑うことも、聞き流すこともできなかった。それは須永先生が、旧姓桃田朝美を、脇役として描いたからだ。小説になるような事件の起こる世界観において、あくまで脇役として——登場人物表にも名前が載らないような脇役として、平凡でつつましい人生を、彼女に送らせていたからだ。結婚もさせて、家庭も持たせて——当然のように幸せにしていることが、衝撃的でさえあった。

当たり前の人間として。

平凡に描いたことが——素晴らしいと思う。

今日子さんもきっと同じように思ったのだろう——だから感想が変わったのだ。

初めて、今日子さんと、須永先生への評価が一致した——素晴らしい。

「箸休めなんて、とんでもなかった——むしろ須永先生にとっては、このノ、ン、シ、リ、ー、ズ、シリーズこそが、唯一、自分のためだけに書いていた小説だったのかもしれません。誰にも気付かれることなく、誰にも言うことなく、多くの自作の中に、多作の中に、自分だけの宝物を埋めていた。須永昼兵衛の、作家人生すべてをかけた壮大な宝探し——残念ながら、デビュー作である『水底の殺人』以外の売り上げはよくなかったようですし、読者受けもいまいちだったようなんですが……このシリーズに限っては、須永先生はそれでよかったのでしょうね」

「……では、掟上さん。肝心の点ですが……もしもその推測が当たっていたとしても、それがどうして、須永先生の死が自殺でない理由になるんです？」

「え？　逆に、なんでわからないんです？　紺藤さんは、もうこの『ホーム・スイート・コーン』を読んでらっしゃるはずでしょう？」

今日子さんは本当に意外だというように驚いた風に、服の袖を戻した——謎解きも証明も、既にあますところなく終わったと言うように。

「この作品の中で、とうもろこし農家のおばあちゃんは、まだまだ矍鑠《かくしやく》としてお元気です——一人の人間の人生を描くというのなら、その最期を描いてこそ、人生でしょう。ならば、このノンシリーズ第七作は、まだ完結編ではありません——旧姓桃田朝美さんが平凡にも大往生するシーンをこれから描かねばならないのに、四十五年間生命に向き合ってきた須永先生が自ら命を絶たれる理由なんて、あるわけないじゃないですか」

7

いろんな考えかたがあるだろう。百歩譲って今日子さんの推理を認めるとしても、人間の心理にはゆらぎというものがある——ふと、心が弱って、すべてがどうでもよくなって、ずっと続けてきた習慣を擲《なげう》ち、衝動的に死を選ぶことだってあるだろう。それを言うなら、かつて恋人が自殺したというトラウマを持つ須永先生が、自殺を選ぶはずがないと言ったほうが、まだ伝わりやすい層もいるに違いない——結局、須永先生の真意を確かめることが不可能である今、すべては推測に過ぎない。今日子さんの推理には、須永先生のファンとして贔屓目のベクトルが働いていることは、やはり否定できまい。

だからここで、今日子さんの推理を真実と認定することはあえてせず——それからの事実だけを述べよう。つまり、その後、須永先生の死は自殺として発表されることはなく、睡眠導入剤はその夜、誤って若干量多めに飲んでしまっただけで、しかも偉大なる作家の死にはまったく関係ないものとされ——そして紺藤さんは権限のない立場から、小中さんや営業部を説得し、須永先生の最新作にして最終作の発売日を前倒しせず、当初の予定通りに来年の二月にするよう、働きかけたと。もっとも、それは鬼が笑うような未来の話であり、今日の僕達は、時間いっぱいになって、作創社の社員食堂で、解散するだけだった——紺藤さんには、次の会議がある。

「隠館さん。帰り、事務所まで送ってもらえますか？」

作創社を出たところで、今日子さんからそんなことを言われた——夜道というわけではなく、また僕が自家用車で来ているというわけでもなかったので、これは実に奇妙な要求ではあったが、まさか断れるはずもない。

むしろ僕個人の問題としては、ここからが本番だった——ここからが謎解きで、そして裁判の場だった。

バスを乗り継いで置手紙探偵事務所・掟上ビルディングに到着し、応接室までエスコートされる——今となっては勝手知ったる、とも言える部屋である。

「さて、大人の話をしましょうか、隠館さん」

今日子さんは、手ずから淹れてくれたコーヒーをテーブルに置きながら、にこやかに言う——圧力のあるにこやかさだった。

「何か私に、言いたいことがあるのでは？」

「言いたいこと……の前に、訊きたいことが」

促されて、僕は言う——覚悟はとうに決まっていた。

「紺藤さんが作ってくれた須永先生の作品リスト……、あれが脱衣所に落ちていたっていうのは、嘘ですよね。何度考え直してみても、そんなミスをするわけがありません。あんなに気をつけていたのに」

「ええ。嘘ですよ」

悪びれもせずに答える今日子さん。

「どうしてそんな嘘を……紺藤さんに、呆れられちゃったじゃないですか」

「その紺藤さんに対する建前ですよ。隠館さんにとって大事な友人だとお見受けしましたので、その前で恥をかかせるのはよくないと思いまして。知られたくなかったでしょう？　裸の私を介抱したことなんて」

「………………」

それを知っている――それを覚えている。

驚きはしない、途中から、なんとなくわかっていたことだ。落ち着いてみればわかる、いくら名探偵でも、あのリストを見ただけで真相にたどり着くのは不可能だ――オッカムの剃刀と言っても、あのリストでも、まだ情報は多過ぎる。あんな無機質な一覧表のみから答を導き出すなんて、できるはずもない。

指針となるヒントがあれば――別だが。

そう、別荘での宝探しのときにそうだったように、あらかじめ、答を暗示するヒントがあれば――たとえば、左足の付け根に……。

「……つまり、どういうことになるんです？　いえ、脱衣所にリストを落としたはずがないってだけで、僕にはまだ、状況が全然わかってないんですけれど……さっき、本当は憶えている僕のことを、知らんぷりしてくれたっていうのもわかりましたけれど。今日子さんは、僕が今日子さんの身体からヒントをぬぐい去る前に、どこかの時点で目を覚ましていた――んですか？」

「はい」

拍子抜けするほどあっさり頷いた。

「具体的には、バスルームでお姫様だっこされたときに、実はもう起きてました」

直後じゃないか。

そうか、いくらなんでも眠りが深過ぎるとは思っていたが……、四徹したのちだからと納得していたけれど、よく考えたらあの時点で今日子さんは、数時間、冷水を浴びながらとはいえ、睡眠をとっていた……。

「ご存知なかったようですが、私、ショートスリーパー気味でして。肉体的な疲労はともかく、精神的な疲労は、数時間も眠れば回復するのです」

それは知らなかった――否、今日子さんが忘却探偵の『切り札』として伏せていたスペックなのだろう。僕はまんまと、それにしてやられたというわけだ。

「ん？　でも、数時間とは言え寝てしまったなら、やっぱり記憶は……」

「はい、リセットされていました――ゆえに、意識が戻ったときはわけがわかりませんでした。混乱の極致でした――なので、目をつむったまま、寝たふりをしておくことにしました」

混乱の極致にある人間の判断力ではない……、ふと気がついたら、記憶がなく、しかも裸で、巨人のごとき大男に抱き抱えられていたのだ。それを寝たふりでやり過ごそうとは……なんて心臓だ。

「不思議と……」

と、何かを言い掛けて、今日子さんはソファを立った。コーヒーはお互い、まだ十分残っているのにどこに行くのかと思ったら、彼女は台所用洗剤とキッチンペーパーを取ってきて、それを僕に手渡す。

「これもお願いしていいですか？　機密情報ですので、処分しないと」

そう言って、まくった左腕――旧姓桃田朝美さんの七冊にわたる描写――を、僕に示す。抵抗するすべなどあるはずもない、僕は軟膏《なんこう》でも塗るように丁寧に、今日子さんの腕から油性ペンのあとを消していく――昨夜、そうしたように。

「つまり……僕があやって、台所用品を取りに行くために寝室を離れたときに、ご自身の左足に書かれたヒントをご覧になったたってことですね」

「ヒントだけではなく、腹部に書かれた己の正体も——左腕に書かれた仕事内容も、右腕に書かれた誓約書も。下腹部に書かれていた巨人というのが、あなただということも推測できました」

僕がちまちまと文字を消す以前に、今日子さんはそれらのメッセージをすべて既読だったと言うわけだ——なんともやり切れない。

「まあ、それだけだとさすがにわけがわからなかったですけれどね。その後、隠館さんがタオルを洗濯かごに出すためにバスルームに移動された際、応接室に置かれていた段ボール箱の中に、須永先生の大量の著作と一緒に入っていた、例の作品リストを失敬しました」

本当は『未発表原稿』とやらを探していたんですけれど、それは運悪くもうひとつの段ボール箱に入っていたようで、閲覧は間に合いませんでした、と今日子さんは説明する。

「思ったよりも早く隠館さんがバスルームから戻ってきたので、段ボール箱の中から正体のわからない紙を一枚、持ち出すのがやっとで——慌ててベッドに飛び込みました」

寝相が悪いと思ったのは、そういうことか。

しかし、身体を拭かれようと、下着やパジャマを着せられようと、一貫して狸寝入り《たぬきねい》りを続けていたとは……客観的に見れば、いったいどんな画面《えづら》だったのだろう。

「隠館さんが帰ったあと、ヒントとリストを照らし合わせて、おおむね、答に至りました――あとは紺藤さんの前で説明した通りです。事実と違うのは、紺藤さんには隠館さんが口止めを行っている可能性が高いので、私は最初から小中さんから話を聞くつもりだったということでしょうか」

「……そこまでお見通しだったのなら、昨夜の段階で僕を止めてくれてもいいじゃないですか。これじゃあ、僕が本当に馬鹿みたいだ」

自分のやったことを棚に上げて、責めるように僕が言うと、今日子さんは「寝た振りをやめるタイミングを逸したというのが正直なところです」と答えた。

「がんばる男子の姿が好物なもので――それに、寝た振りを続けている限り、身の安全だけは確保できそうでしたから」

それはその通りか――身体にどんなメッセージが残っていようとも、僕がただの暴漢である可能性もあったのだ。それを思うと、僕の不在時をねらって段ボール箱を物色しただけでも、今日子さんは蛮勇と言えた。

「……ごめんなさい。悪気はなかったんです……あのときは、あれが最善だと思っていました。だけどとんだ思い上がりでした、僕が今日子さんのために、何かをできるだなんて――」

「ああいえ、謝って欲しくて、お招きしたわけではないんです――裸を見られたことは確かにお恥ずかしい出来事ですけれど、どうせ寝て起きたら忘れてますし」

ようやく謝罪の言葉を口にした僕に、今日子さんはけろりとして答えた。

「それに、言ったでしょう？　隠館さんのお陰で解決できたようなものです。結果として、隠館さんが須永先生の全著作を持って帰ってくれたから、私は仮説を絞ることができたんです。そのことに関しては、お礼を言っても言い尽くせません――ただ」

と、今日子さんは再び立ち上がり、今度はキッチンとは反対側――寝室のほうへと歩み出した。ソファに座ったままの僕に、「ついてきてください」と言う。

「え……いいんですか？　絶対に這入らないでくださいって……」

「それを言ったのは、昨日の私でしょう？　それに、あなたはもう、何度となく這入られているじゃないですか」

寝室の電気をつけた今日子さんは、ベッドのそばまで歩いてからこちらを振り向いて、天井を示した――そこに書かれた乱雑な文字。

『お前は今日から、掟上今日子。

探偵として生きていく。』

「隠館さんをお招きしたのは、口止めのためですよ。この天井に書かれた文章のことを、まさかもう言い触らしたなんてことはありませんよね？」

「ま、まさか」

にこやかな今日子さんが、このときだけは引き締まった真剣な顔で、僕に訊いた――しどろもどろになりつつ、正直に答える。この天井のことは紺藤さんにも言っていない――どう言っていいのかわからなかったからだ。

「で、でも、これは、どういうことなんです。誰が、こんなメッセージを書いたんです」

「わかりません。私はそれを知りたくて――探偵をやっているのかもしれません。私に探偵をやらせている『犯人』が、誰なのか知りたくて」

「…………」

「でもね、しっくり来るんですよ。昨夜も、隠館さんが席を外したとき、身体に書かれた文字を見るより先に、まず天井を見て――自分を掟上今日子なんだと思ったとき、歯車がはまったように、しっくり来たんです。記憶がなくとも――その名前があれば、今日一日を、生きていけるような気になったんです」

だとすれば、僕が思っている以上に、この天井の文字は根深い――ペンキだから、台所用洗剤じゃあ消えないが、そもそも、消していいものではないのだろう。それに、これは今日子さんに探偵をやらせている『犯人』を捜すための、重要な手がかりでもあるのだ……。

「というわけで、この件については口外しないようにお願いします。探偵が謎の人物に言われるがままに探偵をやっているなんてバレたら、事務所の信用問題ですから」

と、ようやく今日子さんは、寝室に入って初めて、笑顔を浮かべた――いつもの、営業スマイルだ。

ただ優しく、ただ穏やかなだけの笑顔。

「わかりました。誰にも言わないと約束します。……今日子さん」

「はい。なんでしょう」

「こちらからもお願いがあります」

「おや。新しい仕事の依頼でしょうか？　だったら日を改めてもらったほうが……結局、あれから起きっぱなしなので、さすがのショートスリーパーも睡眠不足は否めませんし、私も今回の件では、いささか懲りました。いえ、懲りても忘れちゃうんですけれど――」

「僕が今回、あなたにしてしまったこと。あなたに働いてしまった数々の裏切り、不実。この通りです、どうか許してもらえないでしょうか」

今日子さんはそれを聞いて、驚いたように目をぱちくりとした――その話はもう済んだはずだと言いたげだ。

「やだなあ、気にしなくていいって申し上げたじゃないですか。許すも何も、明日になれば私は――」

「僕は」

今日の今日子さんに、許して欲しいんです。

そう言って、ひたすら頭を下げ続ける――我ながら馬鹿なことを言っていると思うし、自分が楽になりたいだけなんじゃないかとも思う。

ただ、僕は後悔しているのだ。

須永先生の別荘で、気まずいまま今日子さんと別れてしまったことを――今日子さんには今日しかないと言うのなら、その今日のうちに、仲直りまでしておくべきだった。謝るのも、許してもらうのも、今日のうちだ。忘れられる前に、仲直りしたい。たとえ、明日にはなくなってしまう関係だとしても。

「今日の今日子さんに許すと言ってもらえなければ、僕は明日の今日子さんに、助けを求められない。それが嫌なんです。あなたが忘れても、僕が覚えている」

僕はこれからも、今日子さんに助けて欲しいんだ。

「不思議と……、そんなに、怖くなかったんですよ」

今日子さんは、頭を下げたままの、僕に言った。どうやらそれは、さっき応接室で言い掛けて、やめた言葉の続きのようだった。

「隠館さんに抱き抱えられて、目を覚ましたとき。このベッドに寝かされたときも、身体の文字を拭き取られているときも。なんて言うんでしょう、むしろ安心していました。この人に任せておけば大丈夫だろう——と。さっき、寝た振りをやめるタイミングを逸したって言いましたけれど……隠館さんに甘えていたというのが本当に正直なところだと思います」

「甘……えて？」

「私の記憶は一日ごとにリセットされますが、それはあくまで『脳』の問題です。私の身体は、私の心を置き去りにして、前へ前へと進みます——日々経年変化し、しかしてそれは精神にも影響を及ぼします。昨日の私と今日の私は決して同じではありません。何が言いたいかと言いますと、つまり——体験したことは身体が覚えています。私がそんな風に安心して、無防備に隠館さんに身を任せられたのは、隠館さんがこれまで、私に優しくしてくれていたからでしょう。今回の件だって、紺藤さんに言われるまでもなく、私のためにしてくれたことだとわかっています」

だから頭を上げてください。

今日子さんは言った。

「私は、あなたを許します。なので、これからもご入り用の際は、どうか遠慮なく置手紙探偵事務所を頼ってください。……これでいいですか？」

「……はい。ありがとうございます」

嬉しかった。

許してもらえたことだけじゃあない——これまで、今日子さんと何度となく築いてきた関係が、築いては忘れられてきた関係が、決して無駄ではなかったことが、嬉しかった。

どれだけ忘れられても、会うたび一からやり直しでも——意味はあったんだ。

「では、仲直りの握手をば」

震える声で応えた僕に、今日子さんはそう言って右手を差し出してきた——慌ててその手を握り返す、と、同時にぐいっと引っ張られた。そんな強い力でもなかったけれど、何せいきなりだったので、僕はふらつく。

「な……なんですか？　今日子さん」

「いえいえ……、でも隠館さん、そこまで言うからには、まさかただで許してもらえるとは思ってないですよね？」

ぎゅっと、握った手を離さないまま、今日子さん。

冗談めかしてはいるが、本気の目だ。さすがこのあたりは、今日子さんらしい現金さと言うか……もちろん僕も半端な覚悟で謝罪したわけじゃない、「は、はい。なんでもします。取り返しのつくことではありませんが、僕にできることなら、どんな償いでも」と言う。

すると今日子さんは、「じゃあ」と、その左手のひとさし指で、僕の胸元あたりに触れて——しっとりと微笑んだ。

「隠館さんの裸、見せてもらおっかな」

（さようなら、今日子さん——忘却）

付記

岐阜部ながめさんのお母さんのことだが、笑井室長の伝手《つて》で、いい眼科医を紹介してもらったそうだ――加齢による視力の低下なので、現代医療の最新技術を駆使しても、やはり限度はあるだろうけれど、今の視力を維持することくらいは、それでもできるかもしれないとのことだ。なんだか意外な話だが、だからと言って笑井室長が『実はいい人』というわけではないのだろう――やはりあれくらいの天才になると、僕なんかの物差しでは測れない。

売れっ子漫画家の里井先生は、その後も順調に活動中――余談ながら今日子さんの、探偵の勘ならぬ女の勘に狂いはなかったようで、先頃、彼女は紺藤さんにプロポーズしたそうだ。累計部数が二千万部を超えたら結婚して欲しいと――紺藤さんはそれをどうやら子供の冗談と受け取っているようだが、さて、どうなることやら。

須永先生の遺稿は、その紺藤さんの働きが奏功し、翌年二月に無事に発売された――

須永昼兵衛の最後の原稿と銘打った割には、残念ながらあまり売り上げは芳しくなかったとのこと。ノンシリーズだったことが災いしたのだろう——もしも旧姓桃田朝美さんの件を帯の惹句《じやつく》に加えておけば数字も変わっただろうが、それをしなかったのは、今は亡き偉大なる作家の遺志ならぬ意思を尊重したのか、あるいはそんな信憑性《しんぴようせい》の薄い推理を売り文句にはできないという判断があったのか。ちなみに正式タイトルは『とうもろこしの軸』とされた——『ホーム・スイート・コーン』も悪くないタイトルだが、そこは四徹した日の今日子さんの労に報いようということになった。須永先生も、まあ反対はすまい。

そして僕、隠館厄介はと言うと……実はまだ、休職中で、求職中だったりする。こんなに長期間、仕事が見つからないのは久し振りだった——まったく、酷いご時世になったものだ。履歴書ばかり書いていても気が滅入るので、最近は暇に飽かせて、素人趣味の書き物を始めてみた——僕がこれまで巻き込まれてきた数々の事件を、ここらでひとつ、形にしてみようと思ったのだ。いや、須永昼兵衛の人生に感化された、なんて言うつもりはない——まして万策尽きて、小説家を目指そうなんてわけでもない。そもそも、僕の体験談と来たら、とても世間様には発表できないおぞましい事件ばかりだ。世に出すつもりはない、あくまでも私的な趣味である。記録に残しておけば、次に疑惑の的となったときに備えて、傾向と対策を練れるかもしれないなんて、思った程度だ——

そうでなくとも、何かの役に立つことはあるだろう。

まだ書き始めたばかりなので、僕のことである、途中で飽きてしまうかもしれないけれど、とりあえず一冊目のタイトルは決まっているんだ。

『掟上今日子の備忘録』。

きっと、忘れられない本になる。

本書は二〇一四年十月、小社より単行本として刊行されました。

|著者|西尾維新　1981年生まれ。2002年に『クビキリサイクル』で第23回メフィスト賞を受賞し、デビュー。同作に始まる「戯言シリーズ」、初のアニメ化作品となった『化物語』に始まる〈物語〉シリーズ、「美少年シリーズ」など、著書多数。

掟上今日子《おきてがみきょうこ》の備忘録《びぼうろく》

西尾維新《にしおいしん》

講談社文庫

定価はカバーに
表示してあります

2018年7月13日第1刷発行

発行者——渡瀬昌彦

発行所——株式会社　講談社

東京都文京区音羽2-12-21　〒112-8001

電話　出版（03）5395-3510
　　　販売（03）5395-5817
　　　業務（03）5395-3615

デザイン—菊地信義

本文データ制作—講談社デジタル製作

印刷——凸版印刷株式会社

製本——株式会社若林製本工場

Printed in Japan

ISBN978-4-06-512163-4

講談社文庫刊行の辞

二十一世紀の到来を目睫に望みながら、われわれはいま、人類史上かつて例を見ない巨大な転換期をむかえようとしている。

世界も、日本も、激動の予兆に対する期待とおののきを内に蔵して、未知の時代に歩み入ろうとしている。このときにあたり、創業の人野間清治の「ナショナル・エデュケイター」への志を現代に甦らせようと意図して、われわれはここに古今の文芸作品はいうまでもなく、ひろく人文・社会・自然の諸科学から東西の名著を網羅する、新しい綜合文庫の発刊を決意した。

激動の転換期はまた断絶の時代である。われわれは戦後二十五年間の出版文化のありかたへの深い反省をこめて、この断絶の時代にあえて人間的な持続を求めようとする。いたずらに浮薄な商業主義のあだ花を追い求めることなく、長期にわたって良書に生命をあたえようとつとめるところにしか、今後の出版文化の真の繁栄はあり得ないと信じるからである。

同時にわれわれはこの綜合文庫の刊行を通じて、人文・社会・自然の諸科学が、結局人間の学にほかならないことを立証しようと願っている。かつて知識とは、「汝自身を知る」ことにつきていた。現代社会の瑣末な情報の氾濫のなかから、力強い知識の源泉を掘り起し、技術文明のただなかに、生きた人間の姿を復活させること。それこそわれわれの切なる希求である。

われわれは権威に盲従せず、俗流に媚びることなく、渾然一体となって日本の「草の根」をかたちづくる若く新しい世代の人々に、心をこめてこの新しい綜合文庫をおくり届けたい。それは知識の泉であるとともに感受性のふるさとであり、もっとも有機的に組織され、社会に開かれた万人のための大学をめざしている。大方の支援と協力を衷心より切望してやまない。

一九七一年七月

野間省一

講談社文庫 最新刊

新美敬子
猫のハローワーク
世界中の〝働く猫たち〟にインタビュー。ニャンでもできるよ！ 写真も満載。〈文庫書下ろし〉

柳田理科雄
スター・ウォーズ 空想科学読本
「空想科学読本」の柳田理科雄先生が、あのフォースを科学的に考えてみる！

決戦！シリーズ
決戦！川中島
大好評「決戦！」シリーズの文庫化第四弾。武田vs.上杉の最強対決の瞬間に武将たちは！

高田崇史
化けて出る〈千葉千波の怪奇日記〉
ぴいくんが通う大学に伝わる、恐怖の七不思議。千波くんは怪奇現象を解き明かせるか？

早坂吝《やぶさか》
誰も僕を裁けない
史上初、本格×社会派×エロミス！ ミステリ・ランキングを席巻した傑作、待望の文庫化。

平岩弓枝
新装版 **はやぶさ新八御用帳(八)**〈春怨 根津権現〉
旗本・森川家の窮状を救うための養子縁組。その家督相続の裏には!? 新八の快刀が光る。

睦月影郎
快楽ハラスメント
3P、社内不倫、取引先との密通。官能小説の巨匠が描く夢のモテ期。〈文庫書下ろし〉

ニール・シャスタマン
池田真紀子 訳
奪《サ》命《イ》者《ズ》
レビューで☆☆☆☆を連発した近未来ノベル。選ばれし聖職者たちがヒトの命を奪う！

講談社文芸文庫

江藤 淳
海舟余波 わが読史余滴
解説・年譜＝武藤康史
「朝敵」の汚名をこうむった徳川幕府の幕引き役を見事務めた勝海舟。明治になっても国家安寧を支え続けた、維新の陰の立役者の真の姿を描き出した渾身の力作評論。
978-4-06-512245-7
えB8

鏑木清方
紫陽花舎随筆《あぢさゐのやずいひつ》
選＝山田 肇
晩年を鎌倉で過ごし、挿絵画から日本画家として「朝涼」「築地明石町」などの代表作を残した清方。流麗な文体で人々を魅了した多くの随筆は、今なお読者の心をうつ。
978-4-06-512307-2
かX1

日夏耿之介
唐山感情集
解説＝南條竹則
幽玄な詞藻で、他に類を見ない言語世界を構築した日夏耿之介。酒と多情多恨の憂いを述べる漢詩の風韻を、やまとことばの嫋々たる姿に移し替えた稀有な訳業。
978-4-06-512244-0
ひE3

講談社文庫　目録

平岩弓枝　花祭
平岩弓枝　青の伝説
平岩弓枝　青の回帰(上)(下)
平岩弓枝　青の背信
平岩弓枝　五人女捕物くらべ(上)(下)
平岩弓枝　はやぶさ新八御用帳(八)〈春怨 根津権現〉
平岩弓枝　はやぶさ新八御用帳(九)〈王子稲荷の女〉
平岩弓枝　はやぶさ新八御用帳(十)〈幽霊屋敷の女〉
平岩弓枝　はやぶさ新八御用旅(一)〈東海道五十三次〉
平岩弓枝　はやぶさ新八御用旅(二)〈中仙道六十九次〉
平岩弓枝　はやぶさ新八御用旅(三)〈日光例幣使道の殺人〉
平岩弓枝　はやぶさ新八御用旅(四)〈北前船の事件〉
平岩弓枝　はやぶさ新八御用旅(五)〈諏訪の妖狐〉
平岩弓枝　はやぶさ新八御用旅(六)〈紅花染め秘帳〉
平岩弓枝　新装版 はやぶさ新八御用帳(一)〈大奥の恋人〉
平岩弓枝　新装版 はやぶさ新八御用帳(二)〈江戸の海賊〉
平岩弓枝　新装版 はやぶさ新八御用帳(三)〈又右衛門の女房〉
平岩弓枝　新装版 はやぶさ新八御用帳(四)〈鬼勘の娘〉
平岩弓枝　新装版 はやぶさ新八御用帳(五)〈御守殿おたき〉
平岩弓枝　新装版 はやぶさ新八御用帳(六)〈春月の雛〉
平岩弓枝　新装版 はやぶさ新八御用帳(七)〈寒椿の寺〉
平岩弓枝　新装版 おんなみち(上)(中)(下)
平岩弓枝　老いること暮らすこと
平岩弓枝　なかなかいい生き方
東野圭吾　放課後
東野圭吾　卒業
東野圭吾　学生街の殺人
東野圭吾　魔球
東野圭吾　十字屋敷のピエロ
東野圭吾　眠りの森
東野圭吾　宿命
東野圭吾　変身
東野圭吾　仮面山荘殺人事件
東野圭吾　天使の耳
東野圭吾　ある閉ざされた雪の山荘で
東野圭吾　同級生
東野圭吾　名探偵の呪縛
東野圭吾　むかし僕が死んだ家
東野圭吾　虹を操る少年
東野圭吾　パラレルワールド・ラブストーリー
東野圭吾　天空の蜂
東野圭吾　どちらかが彼女を殺した
東野圭吾　名探偵の掟
東野圭吾　悪意
東野圭吾　私が彼を殺した
東野圭吾　嘘をもうひとつだけ
東野圭吾　時生
東野圭吾　赤い指
東野圭吾　流星の絆
東野圭吾　新装版 浪花少年探偵団
東野圭吾　新装版 しのぶセンセにサヨナラ
東野圭吾　新参者
東野圭吾　麒麟の翼
東野圭吾　パラドックス13
東野圭吾　祈りの幕が下りる時
東野圭吾作家生活25周年祭り実行委員会　東野圭吾公式ガイド〈読者1万人が選んだ東野作品人気ランキング発表〉
姫野カオルコ　ああ、懐かしの少女漫画

講談社文庫　目録

講談社文庫　目録

藤田宜永　いつかは恋を
藤田宜永　喜の行列 悲の行列(上)(下)
藤田宜永　老猿
藤田宜永　女系の総督
藤 水名子　紅嵐記(上)(中)(下)
藤原伊織　テロリストのパラソル
藤原伊織　ひまわりの祝祭
藤原伊織　雪が降る
藤原伊織　蚊トンボ白鬚の冒険(上)(下)
藤原伊織　遊戯
藤田紘一郎　笑うカイチュウ
藤本ひとみ　新・三銃士 少年編・青年編〈ダルタニャンとミラディ〉
藤本ひとみ　皇妃エリザベート
藤木美奈子　傷つけ合う家族〈ドメスティック・バイオレンスを乗り越えて〉
福井晴敏　Twelve《トゥエルブ》 Y.O.《ワイ・オー》
福井晴敏　亡国のイージス(上)(下)
福井晴敏　川の深さは
福井晴敏　終戦のローレライ I〜IV
福井晴敏　6ステイン

福井晴敏　平成関東大震災〈いつか来るとは知っていたが今日来るとは思わなかった〉
福井晴敏　人類資金 1〜7
福井晴敏　限定版 人類資金7
福井晴敏作 霜月かよ子画　C-blossom《シーブロッサム》〈Case《ケース》729〉
藤原緋沙子　遠花火〈見届け人秋月伊織事件帖〉
藤原緋沙子　春《はる》疾《は》風《やて》〈見届け人秋月伊織事件帖〉
藤原緋沙子　暖《ぬく》め鳥《どり》〈見届け人秋月伊織事件帖〉
藤原緋沙子　霧の路《みち》〈見届け人秋月伊織事件帖〉
藤原緋沙子　鳴《なる》子《こ》守《もり》〈見届け人秋月伊織事件帖〉
藤原緋沙子　夏ほたる〈見届け人秋月伊織事件帖〉
藤原緋沙子　笛吹川〈見届け人秋月伊織事件帖〉
藤原緋沙子　青《せい》嵐《らん》〈見届け人秋月伊織事件帖〉
椹野道流　禅定の弓〈鬼籍通覧〉
福田和也　悪女の美食術
深水黎一郎　エコール・ド・パリ殺人事件〈レザルティスト・モウディ〉
深水黎一郎　トスカの接吻〈オペラ・ミステリオーザ〉
深水黎一郎　ジークフリートの剣《つるぎ》
深水黎一郎　言霊《ことだま》たちの反乱

深水黎一郎　世界で一つだけの殺し方
深水黎一郎　ミステリー・アリーナ
深見 真　猟犬〈特殊犯捜査・呉内冴絵〉
深見 真　硝煙の向こう側に彼女〈武装強行犯捜査・塚田志士子〉
藤谷 治　遠い響き
深町秋生　ダウン・バイ・ロー
冬木亮子　書けそうで書けない英単語〈Let's enjoy spelling!〉
古市憲寿　働き方は「自分」で決める
船瀬俊介　かんたん「1日1食」!!〈万病が治る! 20歳若返る!〉
二上 剛　黒薔薇 刑事課強行犯係 神木恭子
藤野可織　おはなしして子ちゃん
古野まほろ　身元不明《ジェーン・ドゥ》〈特殊殺人対策官 箱崎ひかり〉
辺見 庸　抵抗論
星 新一　エヌ氏の遊園地
星 新一編　ショートショートの広場①〜⑨
本田靖春　不当逮捕
堀江邦夫　原発労働記
保阪正康　昭和史七つの謎
保阪正康　昭和史七つの謎 Part2

保阪正康　天皇〈「君主」の父、「民主」の子〉
保坂和志　未明の闘争(上)(下)
堀江敏幸　熊の敷石
堀江敏幸　燃焼のための習作
本格ミステリ作家クラブ編　珍しい物語のつくり方〈本格短編ベスト・セレクション〉
本格ミステリ作家クラブ編　法廷ジャックの心理学〈本格短編ベスト・セレクション〉
本格ミステリ作家クラブ編　見えない殺人カード〈本格短編ベスト・セレクション〉
本格ミステリ作家クラブ編　空飛ぶモルグ街の研究〈本格短編ベスト・セレクション〉
本格ミステリ作家クラブ編　凍れる女神の秘密〈本格短編ベスト・セレクション〉
本格ミステリ作家クラブ編　からくり伝言少女〈本格短編ベスト・セレクション〉
本格ミステリ作家クラブ編　探偵の殺される夜〈本格短編ベスト・セレクション〉
本格ミステリ作家クラブ編　墓守刑事の昔語り〈本格短編ベスト・セレクション〉
本格ミステリ作家クラブ編　子ども狼ゼミナール〈本格短編ベスト・セレクション〉
星野智幸　毒身
星野智幸　われら猫の子
星野智幸　夜は終わらない(上)(下)
本田靖春　我、拗ね者として生涯を閉ず(上)(下)
本城英明　警察庁広域特捜官　梶山俊介〈広島・尾道「刑事《デカ》殺し」〉
堀田純司　スゴい雑誌〈「業界誌」の底知れない魅力〉

堀田純司　僕とツンデレとハイデガー〈ヴェルシオン　アドレサンス〉
本多孝好　チェーン・ポイズン
穂村弘　整形前夜
穂村弘　ぼくの短歌ノート
堀川アサコ　幻想郵便局
堀川アサコ　幻想映画館
堀川アサコ　幻想日記店
堀川アサコ　幻想探偵社
堀川アサコ　幻想温泉郷
堀川アサコ　大奥の座敷童子
堀川アサコ　おちゃっぴい〈大江戸八百八〉
堀川アサコ　月下におくる(上)(下)〈沖田総司青春録〉
堀川アサコ　芳《ほう》一《いち》
本城雅人　境界〈横浜中華街・潜伏捜査〉
本城雅人　スカウト・デイズ
本城雅人　スカウト・バトル
本城雅人　嗤うエース
本城雅人　贅沢のススメ
本城雅人　誉れ高き勇敢なブルーよ

本城雅人　シューメーカーの足音
本城雅人　ミッドナイト・ジャーナル
堀川惠子　裁かれた命〈死刑囚から届いた手紙〉
堀川惠子　死刑の基準〈「永山裁判」が遺したもの〉
堀川惠子　永山則夫〈封印された鑑定記録〉
堀川惠子　教誨師
堀川惠子
小笠原信之　チンチン電車と女学生〈1945年8月6日・ヒロシマ〉
ほしおさなえ　空き家課まぼろし譚
誉田哲也　Qros《キュロス》の女
松本清張　草の陰刻
松本清張　黄色い風土
松本清張　黒い樹海
松本清張　連環
松本清張　花氷
松本清張　ガラスの城
松本清張　殺人行おくのほそ道(上)(下)
松本清張　塗られた本
松本清張　熱い絹(上)(下)
松本清張　邪馬台国　清張通史①

講談社文庫　目録

2018年6月15日現在